愛い
e is soooo cute!!

登場人物紹介
CHARACTERS

ネフィラ

魔王軍直属特別攻撃隊『雷槍《らいそう》疾走《しっそう》』隊長。冷徹で血も涙もない好戦的な性格。

鈴木 隆

［すずき たかし］

『現地の種族から無条件に愛される力』を手に転生。ほのぼのスローライフな異世界転生をするはずだった不運な青年。

残虐すぎる異世界でも鈴木は
エクセラ
魔族に征服されたレイルーン王国の第三王女。奴隷の身に堕ちてなお密かに再興を志す。
キル＆メル
ネフィラの右腕となる双子悪魔。
赤髪のキルが姉、蒼髪のメルが妹。

残虐すぎる異世界でも
鈴木は可愛い 2
He is soooo cute!!
土日月
illustration／大熊猫介

序章　三大勢力

旧グランバレル帝国を西南に臨む無人島に一艘《いっそう》の小舟が着いた。

ボートのような木の船から砂浜に降り立ったのは、フードを被《かぶ》った二人である。海岸に人間や魔物の姿がないのを確認すると、一人がフードを取った。

美しい桃色の髪が風に棚引く。帝国軍元軍師リールー＝ディメンションと従者は、小舟を海岸沿いの林に隠すと無言で歩き出した。

しばらくの間、原生林に囲まれた野道を進む。ふと何処《どこ》からか、獣のようなけたたましい鳴き声が聞こえて、従者が身構えた。

「問題はないのぞ」

リールーが従者を宥《なだ》めるように優しげに言う。リールーが林を覗《のぞ》き込むと、人間の膝から下しか背丈のない低級モンスター達が争っていた。

スライムと一角兎《うさぎ》、そしてキノコの怪物マタンゴである。縄張り争いなどで野生の低級モンスターが争うのはよくあることだが……。

(三匹同時は珍しいのぞ)

好奇心を隠しきれず、リールーがジッと観察していると、従者がおずおずと口を開く。

「リールー様。そろそろ談合に向かわねば……」

「お主はどれが勝つと思うのぞ？」

屈託のない笑顔のリールーに、少し躊躇《ためら》いを見せた後で従者は言う。

「戦闘力で勝る一角兎かと」

「我はスライムと予想するのぞ」

「スライム、ですか？」

従者は怪訝《けげん》そうに首を捻《ひね》った。リールーが片方の口角を上げる。

「戦況をよく見るのぞ。一角兎もマタンゴも、一番弱いスライムのことは眼中にない。戦闘で弱った二匹を倒して、最後に残るのはスライムかも知れんのぞ」

「なるほど。流石《さすが》はリールー様」

訝《いぶか》しげな顔から一転、従者は感心した表情を見せる。

「談合が終われば決着もついていよう。帰りの楽しみができたのぞ」

微笑《ほほえ》みながら、リールーはその場を後にした。


原生林を抜けた先、視界に入ってきたのは小高い丘。そこにそびえ立つ石造りの堅牢《けんろう》な砦《とりで》の周囲には、旧帝国軍の鎧《よろい》をまとった兵士達が陣取っていた。

魔王軍に世界の八割を征服された今だからこそ、リールーは談合にこの無人島を選び、しかも、魔物に察知されないよう、島全体に強力な結界を張っている。

それでも天剣の担い手、剣聖タルタニンは非常に用心深い男であり、武装した部下を多数引き連れていた。

砦内部、戦略会議に使用する円卓にて、タルタニンは屈強な体を黄金の鎧で包み、その隣に忠臣マーグリットを携えている。短く刈《か》り揃《そろ》えた金髪の強者は、リールーを目に留めると鷹《たか》のような鋭さで睨《にら》んできた。

(慎重なのは昔から変わらぬことぞ。変わったのは……)

旧帝国時代は無骨ながらも礼儀をわきまえていた。だが今、タルタニンは魔物でも見るような目付きでリールーと従者を睥睨《へいげい》する。今回の招聘《しょうへい》に応じてくれたことにリールーが謝意を述べても、タルタニンは「フン」と鼻を鳴らした。

「このような談合に意味などあるのか？　元軍師殿」

不遜な態度で『元』を強調する。もはや自分の方が位が高いと言わんばかりに。

「東の天剣に、西の天力。双方が協力すれば、人類救済はより一層早かろうと思うたのぞ」

「我が天剣の威力をもってすれば、それだけで世界は救われる。天力も、その担い手との話し合いも不要だ」

「しかし……あまりに気が逸《はや》れば、思わぬ損害をこうむることもあるのぞ」

リールーはそう言いながら、マーグリットに視線を向けた。魔王軍特別攻撃隊・雷槍疾走《らいそうしっそう》との争いで片腕を無くしたマーグリットは「ぐっ」と小さく唸《うな》る。

リールーは前もって、南部への侵攻を見送るべきだと書面で忠告しておいた。にもかかわらず、マーグリット率いる救世十字軍は雷槍疾走《らいそうしっそう》が支配するレイルーンに攻め入った。結果、マーグリットは片腕を失い、敵軍よりも多くの死傷者を出した。

「た、タルタニン様は独自に帝都奪還の準備を進めておられる！　他者のかかわる余地はない！　無論アナタもです！　元軍師殿！」

マーグリットは顔を赤くして、叫ぶように言った。

やれやれ、とリールーは思う。反省しているかと思えば、敗れてますます血気盛んである。やにわに剣呑《けんのん》な雰囲気になった戦略会議場。だが、そこに突如、

「すいませーん！　遅れましたー！」

気勢を削《そ》ぐ声が響く。司祭服を着た神父が戦略会議場に駆け込んできた。つるりと禿《は》げ上がった頭、口元には黒い髭《ひげ》を蓄えている。

円卓の前、神父は中腰で息を切らしていた。やや遅れて、白装束をまとった十歳ばかりの年頃の子供達が神父の周りに集まった。

この場にそぐわない神父と子供達を見て、マーグリットは毒気を抜かれたように呆《あき》れた顔をしている。リールーは神父に席を勧めながら、やんわりと尋ねた。

「貴殿が天力の御使《みつか》い、ザビエストなのぞ？」

「はい。いかにも……おおっ！　その美しき桃色の髪！　噂通り、ご存命でしたか、大軍師リールー＝ディメンション殿！　いやぁ、何と美しい！　まさに神の御業《みわざ》！」

世辞を述べるザビエストにリールーが苦笑いしていると、連れていた子供の一人が突然激しく咳《せ》き込んだ。

「この子達は？」

「先般、魔王軍に滅ぼされたコブの町の子供達です！　不肖、私めが世話をしております！」

自慢げに笑みを湛《たた》えるザビエストをタルタニンが睨み付ける。

「こんな男が救世主……天力の御使いだと？　一介の神父ふぜいが英雄気取りとはな」

ザビエストが悪態を吐《つ》くタルタニンを振り返った。しかし、ザビエストは怒るでもなく、

「剣聖タルタニン様ですな！　いやいや！　何と凛々《りり》しいお顔にお姿！　敬服致します！」

ニコニコと微笑むザビエストに、タルタニンは小さく溜《た》め息《いき》を吐くと、黙って首を横に振った。

ザビエストは隣のマーグリットに視線を移す。

「そちらは帝国軍剣術指南役のマーグリット様とお見受けします！　こちらもまたお美しい……ん？　その腕は？」

「貴様には関係のないことだ！」

負傷した腕のことに触れられ、マーグリットは声を荒らげた。ザビエストが心配げに言う。

「し、しかし、剣聖様の懐刀となるべき御方が、その腕では。治療されては如何《いかが》です？」

「治せるものなら、とっくに治している！」

リールーは憤慨しているマーグリットを一瞥《いちべつ》する。その腕は十中八九、雷槍疾走《らいそうしっそう》の長ネフィラにやられたものだろう。

(雷の魔力で切断面が壊死《えし》しているのぞ)

だとすれば、どのような医術や治癒魔法を用いても腕が完全に再生することはあるまい。

それでもザビエストは笑顔を湛えたまま、

「ならば我が天力を」

そう呟《つぶや》いて、背後の少年をちらりと振り返った。

「お手伝いなさい」

「はい！」

少年が満面の笑みを見せて、ザビエストの司祭服の袖をまくる。神父らしからぬ、花の入れ墨が彫られた筋骨隆々の腕が現れた。ザビエストは、失われたマーグリットの腕辺りに両手をかざす。

「福音『咲乱牡丹《さくらんぼたん》』より【聖生花《せいせいか》】」

呟いたザビエストの掌《てのひら》から靄《もや》が発生し、それはすぐに沢山の花弁を象《かたど》った。花のオーラがマーグリットの消失した腕付近に集まる。

「な、何だ、これは……！」

驚くマーグリット。やがて密集していた花のオーラが突風に散るように飛散した。そしてそこには、失われた筈《はず》のマーグリットの右腕があった。

マーグリットが大きく目を見開き、再生した手の指を開いたり閉じたりする。「おおおっ！」と周囲の兵士達から感嘆の声が漏れた。

戻らぬものと思っていた腕を治癒され、口元をほころばせたマーグリットだったが、ハッと気付いたように慌てて「か、感謝する！」と叫んだ。変わらず微笑むザビエストに兵士達がざわつく。

「あの状態の腕を再生させるとは！」

「これが天力！　救世主の力か！」

ザビエストの能力を目の当たりにして、兵士達は勿論《もちろん》、マーグリットでさえも不遜な態度を改めかけていた。しかし。

「……くだらん」

吐き捨てるように、タルタニンは言う。

「ハイ・プリーストに毛が生えた程度の治癒能力。防御に偏った補助たる力だ。かように瑣末《さまつ》な力では魔王軍を滅ぼすことなどできん」

辛辣な言葉を浴びせられたザビエストは、頬をポリポリと指で掻《か》く。

「は、はい。私めの力は仰《おっしゃ》る通り、補助たる力。おそらく、天剣の担い手タルタニン様を援助する為《ため》に神から与えられたものかと思います……」

タルタニンに言い返すことなく平身低頭に徹するザビエスト。だが、リールーは今、垣間見《かいまみ》たザビエストの力に震撼《しんかん》していた。

（まさしく救世主と呼ぶに値する力ぞ）

タルタニンは低く見積もっているが、無くなった腕そのものを完全に再生させることはハイ・プリーストにも不可能。言うならば、伝承クラスの能力である。

（だが、その強大な力の源は……？）

リールーが思案していると、子供がまたも咳《せき》をした。今度は先程よりも激しく咳き込み、床に吐血する。タルタニンは、汚い物でも見るような眼差《まなざ》しを子供に向けた。

「おい。この小僧。もしや伝染病ではあるまいな？」

「い、いいえ。この子は生まれつき体が弱いもので……」

ザビエストが子供の背をさすりながら弁解した。

「ザビエスト様、ありがとうございます！」

男の子は吐血したというのに、ザビエストに感謝して幸せそうに笑っていた。

タルタニンがザッと席を立つ。

「ともかく、これではっきりした。世界を救うのは天力ではない。我が天剣だ」

颯爽《さっそう》とこの場から立ち去ろうとしているタルタニンに、リールルーは脱力する。

（い、いやいや！　まだ何の話もしていないのぞ！）

「元軍師殿の名に免じて義を通し、顔を出した。されど、このような談合はこれ一度きりだ」

タルタニンは、天力がどれほど威力のあるものか確認したかったのだろう。だから渋々、この談合に出席した。そして、天剣の威力に遥《はる》かに及ばぬと知って安堵《あんど》したのだ。

（はぁ……。まぁ予想通りといえば予想通りなのぞ）

「タルタニン。一つだけ、頼みがあるのぞ」

帰り支度をするタルタニンにリールルーが言う。

「これを言うのは二度目なのだが……レイルーンのことは、先に天より遣わされた勇者に任せて欲しいのぞ」

リールルーはマーグリットを一瞥した後で念押しした。気まずそうにマーグリットが視線を逸《そ》らす。

「スズキは今までにない新しい方法で世界を救おうとしているのぞ」

「マーグリットから聞いている。魔物に好かれる能力を持つという『偽りの勇者』だな……」

タルタニンが呟く。そして、その刹那――黄金の剣を鞘《さや》から抜き、リールーの背後に回り込んだ。瞬きほどの一瞬でリールーの背後を取ると、タルタニンはにたりと笑った。

「天力も、偽りの勇者の力も、貴女《あなた》の力も同じく瑣末なもの。強大な力の前ではこのように簡単に命を奪われる」

自らの能力を誇示した後で、

「戯れだ。許せ」

タルタニンはしたり顔で剣を収めた。

「安心しろ。今は帝都奪還の準備に忙しい。レイルーンに構っている暇はない」

「それは良かったのぞ」「うむ。良かったのぞ」

「……何?」

背後からオウム返しのように同じリールーの声が聞こえて、タルタニンは眉間に皺《しわ》を寄せる。タルタニンの背後にいた従者はリールーと全く同じ声色であった。

「目に見えるものだけを見ていると、いずれ足をすくわれるのぞ」

従者がフードを取ると、桃色の髪が棚引いた。瓜二《うりふた》つのリールーを見比べて、タルタニンが僅かに口角を上げた。

「なるほど。影武者か。貴女の変化《へんげ》の術は、自身以外の者の姿を変えることもできるのだな」

「人間だけではないのぞ。……タルタニン。剣は此処《ここ》に置いておくのぞ」

リールーが、ことりとタルタニンのゴールド・ブレイドを机に置く。タルタニンは自分が握っていた剣が、いつしか木剣に変わっていることに気付くと「女狐《めぎつね》が！」と忌々しげに吐き捨てた。

タルタニンが軽々と腕で木剣をへし折ったその瞬間。立派だった戦略会議場は石の転がる廃墟《はいきょ》へと変わった。

マーグリットと兵士達が動揺する。

「こ、これは……！」

「空間そのものを変化させていたのか!?」

兵士達がざわめく中、リールーと従者はタルタニンの刺すような視線を背中に感じつつ、石の廃墟を後にした。

◇

談合の後、二人のリールーが原生林を歩く。

リールーとしては、従者にかけている変化の術はもう解いても良いのだが、拠点に着くまでは影武者としての任務を全うしたいという従者の願いだった。

「やはりタルタニンとマーグリットは危険ですね」

憎々しげに従者が言うので、リールーは少し笑った。

「うむ。まるで劇薬なのぞ」

タルタニンは着々と帝都奪還計画を進めている。だが、リールーは、後一年は足回りをしっかりと固め、もっと兵力を付けてから実行すべきであると考えていた。

天剣を授かったタルタニンの元には、続々と有志が集まり続けている。タルタニンの軍は今や、人類最後の兵力と言っても良い。もし敗北することがあれば、人類は二度、魔王軍に滅ぼされることになる。そうなれば再起は完全に不可能。

そうならない為にも、天力と天剣が力を合わせ、帝都を包囲できる程に兵力を増せば勝機は充分にある――今日、リールーはタルタニンにそう進言するつもりだったが……。

(結果は悪い予想通りだったのぞ)

どう見ても失敗に終わった談合ではあったが、こちらとしてもタルタニンの現状把握と、ザビエストの天力を目の当たりにできた。それなりに意味があったとしておこう。

(まぁ、これまで通り、タルタニンには監視が必要なのぞ)

タルタニンは直情的だが、それ故に行動も読みやすい。むしろ不気味だったのは……。

ザビエストの仮面のような笑顔が脳裏を過《よぎ》る。そして、同じく不自然な笑顔の子供達――。

(天力……あれは、おそらく……)

ハイ・プリーストの癒やしの力とは別種の力。発動時にザビエストから醸し出された怖気《おぞけ》をふるう波動を思い出して、リールーは頭を横に振った。

世界を救わんとして神は、天剣と天力を器となるタルタニンとザビエスト両名に与えた。だが現実は、神が思い描いた通りにはいきそうもない。

(彼らは真に世界の救世主たりえるのか。『偽りの勇者』はどちらなのか)

歩きながら、ふと、リールーは思い出す。来る途中で見た三匹のモンスター達の争いはどうなったろうか。

(確か、あの辺りだったのぞ)

道を逸れて、林を覗き込み——リールーは、切れ長の目を大きく見開いた。

「何と……!」

争っていたスライム、一角兎、そしてマタンゴ——その全てが倒れて絶命していた。

リールー自身はスライムが生き残る確率が一番高いと予想していた。無論それ以外にも、様々な可能性を考えた。だが……。

(まさか三匹全てが相打ちになって、全滅しているとは……)


従者が小舟の梶《かじ》をとるキィキィという音を聞きながら、リールーは静かに瞼《まぶた》を閉じていた。そしてつい先程、林の中で見た珍事を思い返す。

あのモンスター達の争いは『兆し』かも知れぬ。天剣、天力、そして魔王軍。強大な力同士がぶつかり合えば、あのような最悪の結末も起こり得るということ。

リールーは続けて思い浮かべる。この世界とは異なる世界から来た少年のことを。

船を下りた後も、リールーは一言も従者と口をきかずに歩いた。そしてタルタニンの拠点へと続く分かれ道で、リールーはしばらく立ち止まった。

「……リールー様？」

（やはり、この世界にはあの力が必要なのぞ）

「どうされました、リールー様？」

従者に呼ばれていることに気付く。リールーは決心した後、厳しい目を従者に向けた。

「我はこの後もタルタニンの動向を監視する。お主はレイルーンへ」

言った後、リールーは荷から小包を取り出して、従者に手渡した。

「これをスズキに届けて欲しいのぞ。そして、我が弟子の力になってやって欲しいのぞ」

「かしこまりました」

跪《ひざまず》いて包みを受け取ると、従者は変化していたリールーの姿から元の姿に戻る。

腰より下にスリットの入った光沢のある服。髪は団子のように二つにまとめている。年端のいかない顔立ちは見事なまでに愛らしく整っていた。

「リールー様。お気を付けて」

「お主もの」

二人は別れ、互いに違う道を歩き出した。

◇

「まさか場所ごと、変化させていたとは！　超高度な幻術！　流石は大軍師！」

リールー、そしてタルタニンら救世十字軍が退出した後。ザビエストは笑顔のまま、そう独りごちてから——拳で壁を力一杯叩《たた》いた。

「って言うか、さあ……」

メシャッと骨が砕ける音がして、石壁に亀裂が入る。ザビエストの鼻がヒクヒクと痙攣《けいれん》し、繕っていた笑顔が崩れる。代わって現れたのは鬼の形相だ。

「わざわざこんな辺境まで来てやったのに！　それに女の腕まで治してやったってのに！　あの若造がよー！」

談合の時とは打って変わったザラついた声で叫ぶ。ザビエストはタルタニンの気取った態度を思い出しながら悪態を吐き続けた。

「下手《したて》に出りゃあ、調子に乗りやがって、クソが！　あー、ムカつく！」

しこたま拳を壁に打ち付ける。あまりにも打ち付けたせいで、壁はザビエスト自身の血で赤く染まり、拳の骨が露出した。それでも、お付きの子供達は相変わらず夢見心地のような笑顔を浮かべている。

「もうどうでもいいや。タルタニン、ブッ殺して俺も死ぬか？　いやマーグリットをブッ殺した方が苦しむか？　アイツら絶対できてるもんな。そうだ、そうするか……」

血走った目で覚悟を決めて振り返る。だが、そこで、

「……痛ってー」

拳の痛みに気付いて、ザビエストは正気を取り戻した。

(落ち着け、落ち着け！　あんなアホ共に、せっかくの能力を使うなんてバカげてんだろ！)

「そうだよ、そうだ、そうだって！　何で俺があんなクソバカの為に死ななきゃなんないんだよ！カカカ！　カカカカカカ！」

哄笑《こうしょう》する。ひとしきり笑って涙を拭いた後、ザビエストは歩き出す。

いつの間にか傷ついたザビエストの拳が治っていた。そしてザビエストの足下には、もはや咳をすることも叶《かな》わず、ひゅうひゅうと掠《かす》れた呼吸を繰り返す瀕死《ひんし》の子供がくずおれている。

ザビエストは氷のような目で、倒れた子供を見下ろす。

「連続で治したからな。しゃあねえわ。天国でママに会えるんじゃね？」

鬱陶しい司祭服を脱ぎ捨てると、軽装鎧をまとった傭兵《ようへい》の姿になる。露《あら》わになったザビエストの両腕には、この世界には存在しない花『牡丹』の入れ墨が彫られてあった。

いや、入れ墨というのは的確ではない。ザビエストが神より天元のオーラを授かり、天力を発動させた時、花の紋は自然と腕に現れた。

「治癒魔法だと？　アホが！　誰が敵になるかも知れねー奴《やつ》の前で本当の力、晒《さら》すかっつーの！勘違いしてろや！　んで、シコシコ帝都奪還の準備でもしてろ！　無駄な準備をよー！」

既に息絶えた子供を振り返りもせず、ザビエストは歩き出す。

「何してんだ！　行くぞ、ガキ共！」

ザビエストの後を、笑顔の子供達が続いた。ザビエストは懐から酒の入ったボトルを取り出すと、栓を歯で噛《か》んで抜き、喉に流し込む。

（天に王は二人いらねー！　真の救世主は、この天力の御使いザビエストだ！）

物心ついた時からあったザビエストの攻撃的な性格は、天力を授かって以来、より強く濃くなっていた。

ザビエストの心の中で、もう一人の自分が囁《ささや》く。その囁きをザビエストはそのまま声に出す。

「邪魔する野郎は――ブッ殺す！」

第一章　不死船団来航

レイルーン西南端。勇者が作った人間達の村『スズキーランド』を、元レイルーン国第三王女エクセラは藁半紙《わらばんし》のような質の悪い紙の束を抱えながら歩き回っていた。隣には赤ん坊のクラリスを抱いたケイトの姿もある。

マーグリット率いる救世十字軍のレイルーン侵攻により、スズキーランドは焼き討ちされた。未《いま》だに所々が黒く焼け焦げた家屋を見渡しながら、エクセラは藁半紙の名簿に目を落とす。

現在、確認できた死者は七人。これ以上、増えないことを祈りつつ、エクセラは小屋の扉をノックする。怯《おび》えた女性の返事があり、扉がそっと開かれた。

「こ、これは姫様……！」

傷んだ金髪に、奴隷のようなみすぼらしい服装。だが、その服がはち切れそうな程に大きな胸を持つ女性が、驚いた顔をして佇《たたず》んでいた。

「あっ！　アナタは『町で一番、胸の大きな人』ですね！」

彼女は以前、雷槍疾走《らいそうしっそう》の幹部であるメルキル姉妹がスズキの為に連れてきた奴隷だった。色々あってスズキーランドに招かれたのだが、

「ご無事で何よりです！」

エクセラはそう言って、彼女と手を取り合った。一瞬、微笑んだ彼女だったが、やがて悲しげに

俯《うつむ》く。

「でも……『町で一番ハゲた人』と『町で一番デブの人』は死んでしまいました」

「な、何てこと！　町一番ハゲた人と、町一番デブの人が……！」

その二人もまたスズキーランドに見世物として連れてこられた人間であった。そのような経緯ではあったが、当人達は魔物に食べられることから免れた幸運に感謝し、心穏やかにスズキーランドで暮らしていた。なのに……。

エクセラは歯を食いしばる。

（魔物ではなく人間の兵士によって殺《あや》められるなんて。町一番ハゲた人も町一番デブの人もどんなに悔しかったことでしょう……いや、というか……その前にちゃんと名前で呼んであげないと失礼ですよね……）

エクセラは分厚い名簿をめくって、スズキーランドの住人の名前を確認した。

「それで、えぇっと……アナタはシェリーさんというのですね？」

「は、はい」

「食料は足りていますか？　何か困ったことがあれば仰ってください」

何度かの質疑応答の後、シェリーはおずおずとエクセラに尋ねる。

「姫様はこのように一軒一軒、回られているのですか？」

「ええ。何か私にできることをと思いまして」

エクセラはケイトを振り返る。ケイトはクラリスをあやしながら、少し儚《はかな》げに微笑んだ。

もしも家臣のオルネオが生きていれば、テキパキと的確に指示してくれたかも知れない。しかし、彼はもういない。血だまりの中、くずおれたオルネオを思い出すと、エクセラは涙が出そうになる。

オルネオの死の後、エクセラは数日間、体調を崩して床に伏してしまった。

『エクセラ。俺の傍《そば》にいて手伝って欲しい』

ベッドの中で勇者に言われた言葉を思い出し、エクセラは不甲斐《ふがい》ない自分を恥じた。

(勇者様は辛《つら》い気持ちを押し殺して、魔王軍決起会に臨まれました。なのに私は……)

エクセラは悔しかった。だから衰弱した心と体に鞭《むち》を打ち、ベッドから出て、スズキーランドの安否確認をしようと思い立ったのだ。

「いつまでも塞いでいたら、オルネオに笑われますから！」

エクセラはそう言って、シェリーとケイトの前で気丈に笑ってみせる。エクセラの気持ちが伝わったのか、シェリーは熱のこもった瞳を向けてきた。

「姫様！　私も、何かお手伝いを！」

シェリーの気持ちが嬉《うれ》しくて、エクセラはケイトと顔を見合わせて微笑んだ。

シェリーが加わったこともあり、住民達の安否確認は思っていたより早く完了した。

焼けた家屋の瓦礫《がれき》を軽々と運ぶサイクロプスを、シェリーが感心した様子で眺めている。

「魔物の皆さんも手伝ってくれているんですね」

スズキーランドには警備の魔物が常駐しており、彼らは傷んだ家屋の修繕を手伝ってくれていた。

こういう時、魔物達の人知を超える膂力《りょりょく》はとても頼りになる。

「これも勇者様の努力のたまものですよ！」

魔物と人間の共同作業――レイルーンが雷槍疾走《らいそうしっそう》に征服される前には、想像すらしなかったことだ。今一度、エクセラが勇者に心の中で感謝を述べていると、ケイトが何か思いついたように笑顔を見せた。

「魔物の皆さんにお茶を運んでは如何でしょうか？」

「いいですね！　そうしましょう！」

三人は湯気の立つ紅茶と茶菓子を数名分用意して、トレイに載せて運ぶ。

(確かこの辺りに、いらっしゃいましたよね)

エクセラ達が小屋の隅にさしかかった時だった。

「……やっぱ人間って、ムカつかねえ？」

(えっ)

そんな声が聞こえて三人の足は止まる。恐る恐るエクセラは陰から様子を窺《うかが》った。離れた所で、サイクロプスとゴブリン、そしてスケルトン兵が輪になって立ち話をしている。

「納得いかねえよなあ。俺達、救世十字軍って人間の奴らにやられた訳だろ？　で、このスズキーランドにいるのも人間だ。守る必要なんてあるか？」

「そう言われりゃあそうだな」

「ウロウグル様だって大怪我《けが》したんだ。怒ってるに違えねえ」

「そういや今日、スズキが帝都から戻ってくるってさ。あの野郎、隊長補佐になってイキってるらしいぞ」

「いくら可愛《かわい》いったって、スズキだって憎き救世十字軍と同じ人間だ」

「ああ。何だか俺は腹が立ってきたぜ。やっちまうか……！」

不穏な気配に、エクセラの持つトレイが震える。

（い、いけない！　勇者様がコツコツと築き上げてきた信頼が崩れかけています！）

ケイトが心配そうに言う。

「ど、どうなってしまうのでしょう？」

「このままでは勇者様が魔物に襲われるかも知れません！　そ、そうだわ！　ネフィラ様にこのことを伝えて、」

その時。サイクロプスが野太い声を上げた。

「おっ！　噂《うわさ》をすりゃあだ！　スズキの野郎、帰ってきやがったぜ！」

（ゆ、勇者様が戻ってきた!?　タイミング悪いです!!　このままでは大変なことに!!）

とにかく今、勇者をこちらに来させては危ない。そう思ったエクセラは、

「ダメです！　勇者様ぁっ！」

トレイを放り出し、小屋の隅から飛び出した。以前、足の腱《けん》を切られて、未《ま》だ満足に走れないエクセラであったが、それでも必死に前に進み、そして……。

「……は？」

エクセラは目前の光景に愕然《がくぜん》とする。

勇者は体に包帯を巻いたウロウグルと一緒にこちらに向かってゆっくり歩んできていた。その周りには子リスや兎などの野生の小動物が跳ねている。

ウロウグルは、包帯の巻かれた腕を掲げて、満面の笑みを勇者に見せた。

「俺、オーガだからラ、こンな傷へっちゃラ！」

「そっか。ってか『へっちゃら』とか久し振りに聞いたかも！　アハハッ！」

「そ、そウ？　ウフフフフ！」

勇者に釣られてウロウグルも笑う。それに合わせて、子リスや兎も嬉しそうに周囲を飛び跳ねた。

（な、何という、ほのぼの感!!　ピクニック!!　まるでピクニックですわ!!）

勇者はサンドイッチの入った籠などを持っている訳ではない。それでも、にこやかに歩く二人の周囲では、花弁が風に舞い『パァァァ』と漂っている――そんな幻想をエクセラは抱いた。

突如『ドサドサッ』と、連続した音が聞こえる。気付けば魔物達が、持っていた武器を草の上に落としていた。

「うわぁ……可愛い……！」

「やっぱ、スズキってメチャクチャ可愛いよな！」

「あんな可愛いスズキを襲おうだなんて……俺達、どうしてそんな物騒なこと考えてたんだろ？」

「色々あって心が荒《すさ》んでたんだ。まったく自分が情けねえぜ」

「可愛いスズキが人間ってことは、他の人間も捨てたもんじゃないってことだよな！」

「さっさと仕事に戻ろう！　サボってちゃあ、スズキが悲しむ！」

急いで修繕作業に戻る魔物達を見て、エクセラは感動で打ち震えていた。

(あんなに殺伐としていた空気が一瞬で！　これが世界を救う勇者様のお力！)

エクセラの隣、シェリーとケイトもまた感極まったように呟く。

「勇者様は本当に可愛くていらっしゃいますよね……！」

「ええ、ええ！　本当に！」

(……えっ？)

シェリーもケイトも少し頬を染めている。あ、あら？　人間には勇者様の力は働かない筈なのに？

それに『可愛い』ですって？

エクセラはおずおずと二人に尋ねる。

「あ、あの……勇者様って可愛い……ですか？　私にはよく分からないのですけれど……」

「えっ。普通に可愛いですよ。勇者様は」

ケイトは驚いたように言う。シェリーも「私もそう思います」と頷《うなず》きつつ、豊満な胸に手を当て、ウットリした顔を見せた。

「ああ……挟んであげたいわ……」

しばし沈黙。ケイトが口に手を当てながら、シェリーの背中をパーンと叩く。

「もー！　ちょっとヤダー！」

「だってだってー！」

二人でキャッキャしている。い、一体、何を喋《しゃべ》っているのかしら。エクセラは不思議に思った。

(挟むって一体、何を何で挟むのでしょう？　パンで卵を？　いや違いますよね。よく分かりません……)

未亡人子持ち主婦と色香漂うセクシー女性の大人の会話は、エクセラには理解できなかった。それでもエクセラは心の中で、余裕の笑みを見せる。自分は勇者様との付き合いが長い。二人が知らない勇者様の一面を知っている。

「あっ、エクセラ！」

勇者がこちらに気付き、手を振って駆けてくる。その姿を見て、エクセラの胸はトクンと小さく鼓動した。

ノエルによるイフリート召喚時。そして、あの恐ろしいマーグリットにも怖《お》じ気《け》づかず、立ち向かった雄々しき姿をエクセラは思い返す。

(二人共、間違っておられます！　勇者様は可愛いのではなく、格好良いのです！　そう……いにしえの英雄ハルトライン様のように！)

「お帰りなさい、勇者様!!」

大好きな伝記の英雄に心を馳《は》せつつ、エクセラは満面の笑みで勇者を迎えた。

◆

「えぇい！　シャキシャキ働かんかぁ！」

魔王軍直属特別攻撃隊・雷槍疾走《らいそうしっそう》に占領されたサイネス城に、隊長であるネフィラの怒声が轟《とどろ》く。

魔物の兵士達はネフィラの叱咤《しった》に怯えつつ、修繕作業をしていた。

スズキーランド同様、サイネス城もまた、救世十字軍の侵攻により痛手を負っていた。ネフィラが鳥頭の魔物フォルスを叱りつける。

「全く修理できておらんではないか!!　貴様ら一体、何をしていた!?」

「も、申し訳ございません!!」

ネフィラが苛《いら》ついているのには、二つ理由がある。

自分達が魔王軍決起会の為、帝都に赴いている間、フォルスに城の修繕を頼んでいたのだが、それが思ったほど捗《はかど》っていなかったこと。そしてもう一つは……。

（もう！　スズキってば、帰ってくるなりスズキーランドに行っちゃうなんて！）

このところ、スズキと二人きりの時間を過ごせていない。隊長補佐になりたいというスズキの志願を受けたのも、ひとえに自分の傍に置いておきたかったからである。そんなネフィラにとって、先般、開かれた魔王軍決起会への小旅行は蜜月の時間になる筈だった。

しかし。帝都には、雷槍疾走《らいそうしっそう》の幹部という名目でメルキル姉妹も付いてきた。ネフィラは歯ぎしりしながら道中の竜車を思い出す。

『うー。休憩、まだー？』

『我慢しろ、メル。もうちょっとで帝都だ。スズキも後少しで、おしっこできるからな！』

『いや俺、別にしたくないし……』

『ホントか？　我慢すんなよ？　どうしてもしたくなったらアタシがこの瓶に入れてやるぜ！』

『大丈夫だって言ってるだろ！　ペット扱いするの、いい加減やめてくれってば！』

『アタシはお前が、おしっこで膀胱《ぼうこう》を破裂させて死なねえか心配なんだよ！』

『膀胱破裂するまで我慢しねえわ‼』

『うう――！　姉様――！』

『ど、どうした、メル？』

『ごめーん！　おしっこ出ちゃったー！』

(いや、どうしてアンタが漏らすのよ‼)

幹部の失態を思い出し、ネフィラは頭が痛くなる。道中だけではない。スズキの両サイドには絶えずメルキル姉妹がいて、スズキと腕を組んでいた。何よ、アンタ達！　それは私の役でしょ！

メルキル姉妹は、もう連れて行かない。ネフィラは固く心に誓いつつ、スズキに思いを馳せる。

(スズキ……隊長補佐だってのに、どうして私の傍にいないの？　私はアナタの主《あるじ》なのよ？　主っていうか大事な人っていうか、むしろ恋人っていうか……とにかく寂しいじゃない！　ぐすっ！)

ちょっと涙ぐんだネフィラだったが、鳥頭のフォルスが駆けてきたので咄嗟《とっさ》に顔を引き締め、長としての威厳を醸し出す。

「ネフィラ様。お部屋にて水晶玉が鳴っているようです」

「分かった。今、行く。お前は魔物達に修繕を急がせろ」


ネフィラが自室の扉を開くと、羽虫のような音が響いていた。机の上の大きな水晶玉には、魔王軍参謀セルフィアノの笑顔が映っている。

「やっほー。こんにちはー」

「はい。こんにちは」

魔王軍随一の知能を誇る三つ目の悪魔セルフィアノは、魔力を用いた遠隔による水晶玉通信にも成功していた。

「それでネフィラ。どうですか。レイルーンは？」

「ええ。ようやく落ち着いてきました」

「それは良かったです。ホント、こっちもバタバタしてましてですね……」

「もしや救世十字軍が帝都にも!?」

「いえいえ。そういう訳ではなく。現在、帝都を魔都に改装中でして」

「ああ、なるほど」

人間達が作った都を名前も変えず、そのまま利用しているのは気分の良《い》いことではない。魔王様の威を知らしめる為にも、施設などはできるだけ魔物用に再築すべきだ――先般の魔王軍決起会に於《お》いて、そんな意見が出ていた。

(私もサイネス城の名前変えようかなあ。『スズキとネフィラの愛の城』なんて！　うふふ！)

「……ネフィラ？　聞いてます？」

「す、すみません！　少々、考え事を！」

「帝都を改装中と言いましたよね。その兼ね合いもあって現在、新参の魔物達に教育の場を設けているのです」

「ほう。それは素晴らしいことですな」

「でしょう？　だからですね。この際、スズキも三泊四日の悪魔研修に参加して貰《もら》いたいのですよ」

「ほうほう。それは素晴らし……は？　す、スズキを……？　い、今、何と言いました？」

「ですから、スズキを悪魔研修に参加させるのです」

一瞬の沈黙の後、ネフィラは水晶玉に映ったセルフィアノに大声で叫ぶ。

「スズキに悪魔研修など必要ありません!!　奴はもう充分すぎるほど、極悪な悪魔です!!」

「いやいや何言ってるんですか。スズキったら可愛い人間でしょ」

「そ、そのようなことは決して！　最近のスズキはそれはもう、私もドン引きするほどの極悪非道振りで、」

「はいはい。あのですね。こないだも彼、魔王軍決起会で何かニチャニチャ喋ってたじゃないですか？『人間を殺さないでチョ！』とか何とか。ああいうの良くないんですよ」

(ううっ！　やっぱり、スズキに発言させなきゃ良かった！)

「あ、あれは冗談とか猥談《わいだん》とかそういう類いです！」

「いくら何でも猥談じゃないでしょう。とにかくスズキの帝都招聘は例の如《ごと》く、魔王様からの命令ですので」

（くっ！　それを言われると辛ぃ！）

「ならば！　私も付いて行きます！」

「ダメでーす。今回はスズキだけでーす」

「えっ……？　ば、ば、バカなッ！　同行が認められないなら、行かせられません！　大体、スズキ一人で行って迷子にでもなったらどうするんですか！　お腹《なか》が減って死んでしまいます！」

「空腹になったら自分で何か食べるでしょ。ダメダーメ。いくら言ってもダメでーす」

「ぐうっ！」

「まったく。ネフィラは雷槍疾走《らいそうしっそう》の長でしょう？　もう少し、スズキを自立させて……ゴビュッ……あらら。吐血が始まってしまいました」

水晶玉通信は発信者の魔力を大量に消費する。長時間の通話は発信者の体を蝕《むしば》むのであった。

それでもセルフィアノは慣れた様子で、落ち着いた表情を見せる。

「じゃあそろそろ切りますね。ゴビュ」

「ダメです！　その前にスズキとの同行を認めてください！」

「ゴビュッビュ。いやだからダメですってば」

「セルフィアノ殿!!　同行を認めてくださいッ!!」

「しつこいですねー。もう私から水晶玉、切っちゃいまーす。ネフィラばいばーい……あ、あらっ？」

「認めるまでは切らせませんよ！」

いつの間にか、ネフィラの体から金色に輝くオーラが溢《あふ》れ出ていた。バチバチと空間で爆《は》ぜるオーラが水晶玉を覆っている。

「つ、通信が切れない!?　こんなバカな!!　もしやネフィラの雷の魔力に水晶玉が反応しているのですか!?　ゴビュボボボ!!」

「セルフィアノ殿おおおおお!!」

「い、いけませーん!!　アナタは雷槍疾走《らいそうしっそう》の長!!　しっかりと自覚を持ちなさイッビュウウウウゥゥゥ!!」

「付いていきます！」「ダメでーす！」の問答は数分間続き、セルフィアノはいつしか体中の穴という穴から血液を噴き出していた。

やがて、血塗《ちまみ》れのセルフィアノがたまらず叫ぶ。

「オゴッヘエ、ガバビュ！　分かりました、分かりましたよ!!　もう分かりましたから！　水晶玉通信、切らせてエエエ！　ガハゲヘェッ!!」

「ほ、本当ですね？」

「私の負けです、ゴビュビュのビュ！　だから水晶玉を、」

「心より感謝いたします！　セルフィアノ殿！」

「感謝は良いから早くゥ！　これもう危険レベルで言ったら最大のレベル５ですから！　ヴアアアアアアアア!!　喉が痒《かゆ》いィィィィィ!!　幻覚も見えてきましたァァァァ!!」

セルフィアノは血の涙を流しながら、喉をバリバリと掻きむしっていた。安心しかけたネフィラは、ふと気付く。

いや待て！　セルフィアノ殿は先程から「分かりました」「負けです」としか言っていない！　セルフィアノ殿は魔王軍最高の知能であり、策士！　演技かも知れぬ！　後で決定を覆されぬよう、しっかり念を入れておかねば！

ネフィラは「レベル５ですゥゥゥ！」と、血塗れでしきりに叫んでいるセルフィアノを睨む。

「セルフィアノ殿……最終確認です。本当の本当で本当に……私もスズキに付いて行って良いんですね……？」

「耳、付いてんですか、アンタはァァァァァ!!　さっきから私、Ｌ５《エルファイブ》だって言ってんでしょうガアッヘエエッ!!」

「ならば『ネフィラをスズキに同行させる』と、ハッキリとしたお言葉を！」

「ネフィラをゴボグッシャア!!　スズキに同行させまビュルビューッ!!　お願いだから早く切らせてえええええええん!!　死んじゃううううううううううう!!」

言質を取った後、ネフィラは水晶玉から手を離す。映像が切れる瞬間、セルフィアノの三つ目が全て白目を剝《む》いているのが見えた。どうやら演技でも策でも何でもなかったようだ。うん。悪いことしちゃった。ホントごめんなさい。

少しの反省と深い溜め息の後、ネフィラは自室を出た。

（はぁ。また帝都か。この間、行ったばかりなのに）

い、いや、こうなった以上、考え方を変えましょう！　そう！　前回のリベンジよ！　今度こそ、スズキともっと仲良くなってやるんだから！

スズキとイチャつく想像に胸を膨らませる。すると、ネフィラはだんだん楽しくなってきた。

含み笑いしつつ、廊下を進むネフィラを見て、すれ違った魔物達が呟く。

「お、おい！　ネフィラ様が笑っておられるぞ！」

「戦闘以外、滅多に笑わないネフィラ様が……！」

「きっと救世十字軍への報復に燃えているに違いない！」

「こりゃあ血の雨が降るぜ……！」

（ウフフ！　待ってなさい、スズキ！　片時も離れず、イチャイチャにイチャイチャついてやるわ！）

雷槍疾走《らいそうしっそう》の魔物達を誤解させつつ、ネフィラは拳を握りしめた。

◇

陥没した石畳の道に、倒壊した建物の瓦礫が散らばっている。

エクセラと一緒にサイネス城に向かう鈴木《すずき》隆《たかし》の目には、救世十字軍によってもたらされた惨状が広がっていた。

何だかいたたまれなくなって、隆《たかし》は隣を歩くエクセラに頭を下げる。

「ホントごめん。こんな大変な時にレイルーンを離れちゃって……」

「い、いえ！　そんなことは！」

救世十字軍襲来の後、魔王軍は急遽《きゅうきょ》、帝都で決起会を開いた。スズキーランドが大変なことになっているのは分かっていたが、あんなことがあったからこそ、隆《たかし》は魔王軍決起会への参加をネフィラに願い出た。自分の意志を直接、魔王軍の上層部に伝える絶好のチャンスだと思ったからだ。

「それで決起会は如何でしたか？」

「うん。まぁ一応……言いたいことは言った……けど……」

歯切れ悪く、隆《たかし》は言う。固い決意を持って臨んだ魔王軍決起会。隆《たかし》は思いの丈を幹部達にぶつけたが、暖簾《のれん》に腕押し。まるで成果を感じられなかった。

「ぶっちゃけ、何も変わってないと思う」

隆《たかし》の溜め息に、エクセラが無理に絞り出したような明るい声を出す。

「で、でも！　人間が初めて魔王軍決起会に参加したのです！　それだけでも大変に意義のあることかと！」

「そう言って貰えると助かるよ」

そのまま二人、無言で歩く。隆《たかし》はエクセラの手前、元気を出さなきゃと思うのだが、塞いだ気持ちはなかなか戻らない。

ふと、隆《たかし》の前に、首輪をつけた人間の女性を引いた悪魔が通りかかった。

「何もたついてんだよ！　このクソ女！」

そう言って、悪魔は女性の腹を蹴り上げる。隆《たかし》は、くずおれた女性に駆け寄った。

「お、おい！　奴隷を虐待しちゃダメだろ！」

「あっ、スズキ……」

バツの悪そうな顔をした悪魔の脇腹を、隣にいたスケルトン兵が肘で突く。

「バカ！『スズキ様』だ！　隊長補佐になられたんだからな！」

「そ、そうでした！　すいません、スズキ様！」

ヘラヘラ愛想笑いする魔物達から女性を引き離す。隆《たかし》は少し離れた場所まで連れて行って、女性に優しく語りかけた。

「なぁアイツ、いつもあんな感じなのか？」

「い、いえ。救世十字軍の侵攻以降、ご機嫌が悪くて……」

隆《たかし》は歯嚙みする。マーグリット達がレイルーンに侵攻したせいで、雷槍疾走《らいそうしっそう》の魔物も何体も殺されている。人間に対する憎悪が魔物間で燃え盛っているようだ。

(クソッ！　ようやく人間に対しての見方が変わろうとしてたのに！)

隆《たかし》の落胆は大きかった。とりあえず、先程の悪魔に奴隷を虐待しないよう、しっかり釘《くぎ》を刺した後、肩を落として歩き出す。

「あの……勇者様。少しだけお時間よろしいですか？」

「ん？　あ、ああ」

エクセラは笑顔で隆《たかし》の手を引いた。


「こちらが私の部屋です」

エクセラが案内したのはサイネス城内二階にある、かつての自身の部屋だった。几帳面《きちょうめん》なエクセラの性格を表したように、調度品が整頓されて並んでいる。だが現在、誰もこの部屋を使用していないらしく、机や本棚に白い埃《ほこり》が積もっていた。

エクセラはベッドまで歩いて、埃を手で払うと、にこりと隆《たかし》に微笑む。

「勇者様。どうぞこちらへ」

(え。な、何だろ?)

隆《たかし》は緊張しながら、ベッドに腰掛ける。すぐ隣にいるエクセラが隆《たかし》の顔を覗き込んできた。え、エクセラ、どことなく今日は色っぽいような……?

潤んだ目でエクセラは隆《たかし》を見詰める。そして隆《たかし》の下腹部の辺りに顔を近付けた。

「私……勇者様に元気になって頂きたくて……」

「い、いや! でもそれは流石に!!」

「だから、これを」

エクセラは屈《かが》み込み、ベッドの下に腕を突っ込んだ。しばらくゴソゴソした後、一冊の古びた本を取り出す。

「この本を勇者様に読んで頂きたくて!」

（だ、だよね！　ビックリした……！）

勘違いしかけた隆《たかし》は、気を取り直すように頭を軽く振った後、エクセラに差し出された本を手に取る。

「こういった類いの書物は禁書扱いになると思い、ベッドの下に隠しておりました」

隆《たかし》はエクセラに渡された本を見る。表紙には剣を持った鎧姿の男性が、ドラゴンと対峙《たいじ》している絵が描かれていた。上部に記されているタイトルを隆《たかし》は読み上げる。

「『英雄ハルトライン伝説』か」

「はい。ハルトライン様は、かつて竜王に支配されていたこの世界を救った英雄です。ハルトライン様は片腕を落とされても立ち向かい、竜王を倒して世界を救われたのです」

「へぇ……」

エクセラの話を聞きながら、隆《たかし》はパラパラと本をめくる。見開きのページに、筋骨隆々で長身のハルトラインが、海を剣で真っ二つに割る絵が載っていた。

『彼《か》の神剣エクスカリバラスは大海をも二つに切り裂く』

「何コレ、かっけー……！」

隆《たかし》の口から自然と感嘆が漏れた。

「ですよねっ！」

エクセラもまた胸の前で両拳を握りしめて、顔を紅潮させている。

「ハルトライン様の剣は、海を真っ二つに裂いたと言い伝えられているのです！　とにかくもう、格好良くって最高ですよね！」

あまり見たことのないエクセラの興奮した様子に隆《たかし》は驚く。エクセラの目は、恋する女性の瞳だった。

(そっか。エクセラは、男らしくて格好良い男が好きなんだな)

「ハルトライン様が実在しなかったなどと言う学者もいますが、私は信じません！　ハルトライン様は絶対に存在したのです！　三百年前、グランバレル帝国の基礎を作ったのもハルトライン様だと言われてましてですね、」

テンション高めに、まくしたてるエクセラ。隆《たかし》は、ぼそりと呟く。

「俺もそんなカッコいい英雄になりたいな……」

「もちろんなれますとも！　いえ！　勇者様はもう既に格好良いです！」

「ほ、ホント!?」

「はい！」

満面の笑みを見せるエクセラ。少し気恥ずかしくなり、隆《たかし》はポリポリと頬を掻いた。エクセラが不思議そうに隆《たかし》の顔を覗き込む。

「どうされたのです？」

先日、ネフィラに「格好良い」と言われた時も隆《たかし》の胸は高鳴った。

（うん！　やっぱり可愛いより、格好良いって言われた方が嬉しいな！　ようし、俺も英雄って呼ばれるように頑張ろう！）

「ありがとう、エクセラ！　ちょっと元気出たよ！」

世界を救った男らしい英雄の話を聞き、隆《たかし》も奮い立った。そうだよ！　こんなことで負けちゃいられない！

「まずはスズキーランドの立て直しから始めなきゃな！」

「ええ！」

その途端、扉がバーンと大きく開かれる。双子悪魔のメルキル姉妹が、ズカズカと部屋の中に雪崩れ込んで来た。

「わっ⁉　メルとキル⁉」

隆《たかし》は焦って、咄嗟に本を背後に隠す。

「スズキ！　こんな所にいたのか！　探したぜ！」

「ネフィラ様が呼んでるよー！」

二人は笑顔で隆《たかし》にそう告げた。

「ま、また帝都⁉　帰ってきたばかりなのに⁉」

ネフィラから悪魔研修の話を聞いて、隆《たかし》は声を張り上げた。

「仕方あるまい。魔王様のご命令だ。お前は三泊四日の悪魔研修に参加せねばならん。これは決定事項だ」

（スズキーランドを立て直そうと思ってた矢先に、また面倒なことに……ってか……）

「研修なんてあるんだ？　魔物のくせに……」

隆《たかし》が独りごちるように呟くと、傍で聞いていたキルが眉間に皺を寄せた。

「おいおい、スズキ。アタシらをケダモノみてえに思ってねえか？」

「そーそー。私と姉様も、ちゃんと研修課程を終えてるんだよー？」

メルも少し頬を膨らましている。

「あ。ごめん」

隆《たかし》は素直に頭を下げる。確かに、この世界を日本と比較して、遅れた文明だと見下していたかも知れない。隆《たかし》は心の中で少し反省した。ネフィラが「ごほん」と咳払いする。

「ともかく、悪魔は強くないといかんからな。私はあえてお前を魔物達の巣窟に叩き込む。しっかり鍛えられて帰ってこい」

荘厳な口ぶりのネフィラとは逆に姉妹は嬉しそうに叫ぶ。

「よーし、メル！　旅行の準備しようぜ！」

「うんうんー！」

そんな二人をネフィラが睨んだ。

「ダメだ。お前達は残れ」

「「ええ――――ッ!!」」

「前回より滞在期間が長い。幹部二人がレイルーンに不在はまずかろう」

「うう……マジっすか……」

「ちぇーっ」

「じゃ、じゃあ、ネフィラ。帝都には俺一人で行くのか？」

「お前は隊長補佐。つまり隊長である私とは一心同体だ。なので私は仕方なく同行する」

メルがプクーッと頬を大きく膨らませる。

「ネフィラ様だけズルイーー！」

「愚か者。ズルくなどない。私とて全然行きたくなどないのだ。帝都にはこの間行ったところだというのに全く。ふふふ。ああ面倒くさい。ああイヤだイヤだ。ふふふふふ」

(楽しそうじゃん……！)

ネフィラに少し白い目を向けた後、隆《たかし》は真剣に考える。

けど悪魔研修か。だ、大丈夫かな？　何かちょっとヤバそうな感じだけど。俺、無事に帰ってこれるんだろうか？

気付くとネフィラもまた真面目な表情をしている。張り詰めた雰囲気に、隆《たかし》は生唾を飲み込む。

「スズキ。悪魔研修は途方もなく厳しい。一つ、お前に忠告しておいてやる」

「あ、ああ」

「研修を受けている最中『どうしても辛い』『無理かも』『今日は頭が痛い』などと思うことがあれば、すぐに私に知らせよ。休息、或《ある》いは欠席等《とう》の措置を講ずる。その上で『どうしても肌に合わない』『やっぱりしんどい』と思うならば辞めても構わぬ。以上だ」

(すっげえ、ゆとり教育!!)

子供をダメにしちゃうような過保護振りだが、それでも一応、ネフィラが傍にいてくれれば大事にはならなそうだ。そう思い、隆《たかし》は安心した。

「それでは、スズキの荷を持て」

ネフィラがパンパンと手を叩く。三名の魔物が大きな革袋を抱え、よっせよっせと運んできた。

「す、凄《すご》い荷物だな。三泊四日だろ?」

「ほとんどがお前のおやつだ」

「いや俺、こんなにおやついらねえけど!?」

「だ、だが……おやつを無くせば、片手で持てる荷物だけになってしまうぞ?」

「だったらそれで良いよ!」

「そうか。だが、飴《あめ》ちゃんくらいは持って行け」

「飴ちゃんって……!」

ネフィラに幼児のように思われていることに、隆《たかし》が気恥ずかしさを感じた時だった。スケルトン兵が慌てて駆け込んでくる。

「ネフィラ様! 帝都より不死船団団長ギュマ様、到着されてございます!」

「な……! もう来たのか!? しかもギュマだと……!!」

ギュマと聞いて、ネフィラは顔色を変えた。ネフィラの周りの空気が急激に張り詰める。この状況を見て、隆《たかし》はまたも不安になる。

（一体、どんな魔物が来るんだよ……？）

ギギギと王の間の扉が開く音がした。一直線に伸びた赤絨毯《あかじゅうたん》の先。魔王軍不死船団団長ギュマは黒いドレスを身にまとい、体を少し傾けた体勢で立っていた。

メルキル姉妹を始め、王の間にいた雷槍疾走《らいそうしっそう》の魔物が一斉に頭《こうべ》を垂れる。小学生女子のような体格のギュマに、雷槍疾走《らいそうしっそう》の強面《こわもて》達が跪いているのは妙な光景だと隆《たかし》は感じた。

そんな中、ギュマはひょこひょことぎこちない動きで歩いてくる。遠くで見ると小さくて、か弱げな少女だが、近付いてみれば、皮膚の色が所々違い、つぎはぎになっているのが分かった。ドレスより露わになった肘の関節は球体だ。

（に、人形の魔物！　そういや決起会にいたっけ！）

隆《たかし》がギュマに視線を向けていると、ギュマもまた隆《たかし》をちらりと見た。

「きけ！　きききけけけ！」

そして甲高い声で嗤《わら》う。口の中にびっしりと並んだ針のような歯が見えた。

（ひっ!?　何か俺のこと見て笑ってる……!!）

ギュマはネフィラと軽く会釈を交わすと、隆《たかし》の方に近付いてきた。

「お、お前がスズキだね。わ、わ、私、ギュマ……」

訥々《とつとつ》と喋る人形の魔物。その不気味さに隆《たかし》は心中、穏やかではない。目前の魔物から、通常の魔物の比ではない程に危険な匂いを感じて――隆《たかし》は咄嗟に決心する。

（よし！　今後の為にプリティス、一発かましとこ！）

「ヂュマ！　よろしくな！」

隆《たかし》は無理矢理、笑顔を繕い、ヂュマに右手を差し伸べた。

「四十八のプリティス・第四の仕草『手握《てにぎり》』！」

リールー師匠に教わった、隆《たかし》の可愛さをより一層高める四十八種の技『プリティス』を発動し、ヂュマの手を握った瞬間、

（冷たっ！）

体温のない手に、隆《たかし》の背筋が凍った。手触りもマネキンを触ったような感じだ。

（で、でも、これで俺に敵意を持たない筈、って……え……？）

「きき……けけけけけ……！」

ヂュマは大きく目を見開くと、

「ち、ち、血の通った腕ェエエエ!!」

握った隆《たかし》の腕を凄《すさ》まじい力でグイッと引っ張った。

「うわあっ!?」

そしてヂュマは隆《たかし》に顔を近付けて頬ずりする。ズリズリと冷たい感触が伝わった。

「あ、温《あ》ったかいいいいい！　が、が、ガブムシャって！　し、したい、したい、したい！」

「お、おい！　ヂュマ！」

ネフィラが慌てた声を出し、

「ぢゅ、ヂュマ様、ご乱心ッ!!」

スケルトン兵達が叫んで、やにわに周囲がざわついた。だが、ヂュマは王の間の騒然に、ハッと気付いた顔をすると、

「す、すまん。と、取り乱した……ききけけ……」

乱れたドレスを直しながら、取り繕うように笑った。

(な、な、何だ?)

乾いた笑い声をあげるヂュマを見ながら、隆《たかし》の額を汗が伝う。ヂュマに対して軽くマウントを取っておきたかった。なのに……。

(今、プリティスがむしろ逆効果になったような……?)

「じゃ、じゃあ、スズキ……い、行こうか?」

早速、帝都に向かおうとしているヂュマを、ネフィラが片手を上げて制する。

「そう急《せ》くな、ヂュマ。飯も食わんお前達と違い、我々は用意に時間が掛かる。出航は明日だ」

しかし鳥頭のフォルスが、恭しくネフィラとヂュマの間に割って入った。

「ネフィラ様! ご心配には及びません! 既に準備は整ってございます!」

「な、何……?」

「へー、やるじゃん! フォルス!」

キルに褒められ、フォルスは大きなくちばしを手で誇らしげに擦った。

「城の修繕が遅れていましたからな! これにて名誉挽回《ばんかい》といったところですよ! 準備は完全!

レディ・パーフェクトリー！　なんつって、わっははははは！」

そんなフォルスをネフィラは激しく睨んだ。

「フォルス……！　貴様は格下げだ……！」

「ぎげぇっ!?　何故《なぜ》にっ!?」

「ききけけ。な、なら早速、スズキを、わ、私の船に案内しよう」

ヂュマは隆《たかし》を見て、カパッと人形の口を開けてケタケタと笑う。

「わ、私の船内コレクションを、み、見せてあげるからね」

「せ、船内コレクション……？」

ネフィラは忌々しそうに黒髪を掻きむしった後、玉座から立ち上がった。

「それでは私も行く」

「あ、あれ？　スズキだけだと、き、聞いていたけど？」

「スズキは私の補佐。そして私はスズキの保護者でもある」

有無を言わさぬようキッパリと告げると、ネフィラは扉に向けて颯爽と歩き出した。

ネフィラとヂュマの後に続き、隆《たかし》はどことなく不安な気持ちで王の間を出る。しばらくして、

（……ん？）

背後から服の裾が引っ張られていることに気付く。振り向くとエクセラが切羽詰まった表情で隆《たかし》の服の裾を握っていた。

「え、エクセラ？」

そしてエクセラは隆《たかし》の前を歩くネフィラとヂュマを、キッと睨むように見詰めた。

「私も同行させてください！　私は勇者様の奴隷ですから！」

「……ああ？」

ネフィラがあからさまに機嫌悪そうに、眉間に皺を寄せた。

「貴様、前はそんなことを言わなかったではないか！」

「こ、この間はオルネオが亡くなり、心身共に衰弱しておりました！　しかし今は体調も回復しております！　何より、雷槍疾走《らいそうしっそう》の隊長補佐ともあろう御方が、奴隷無しで遠出などありえません！」

近くで話を聞いていたメルとキルが顔を見合わせて頷く。

「まぁ幹部クラスにゃ、荷物持ちの奴隷は必要だよな」

「だねー」

「ぐっ！」

歯噛みするネフィラ。隆《たかし》はそんな中、エクセラに近付いて耳元で喋る。

「け、けどエクセラ。ホントに大丈夫なのか？」

「私はもう平気です。それに……何だかイヤな予感がするのです……」

エクセラも神妙な顔で隆《たかし》に耳打ちした。エクセラの視線は、少し離れた所でカパカパと口を動かすヂュマに注がれていた。

（た、確かに、エクセラが付いてきてくれた方が心強いかも）

隆《たかし》は、ちらりとヂュマを見て、おずおずと聞いてみる。

「あの……奴隷、連れてっても良い？」

意外にも、ヂュマは機嫌よく笑った。

「きけけけ。い、良いよ。ざ、材料は多い方が良いからね……」

「材料？」

「な、何でもない。きけけけけ」

ヂュマの言ったことが気に掛かったが、とりあえず隆《たかし》はネフィラの様子を窺ってみる。案の定、ネフィラは苦虫を噛み潰したような顔をしていた。

「私は反対だ！　スズキの世話なら私がする！」

エクセラがそんなネフィラの前に立ち塞がり、意志の宿ったエメラルドの双眸《そうぼう》を向ける。

「隊長が隊長補佐の世話をされるのですか？　逆のような気が致しますが？」

「何だ、エクセラ!!　貴様、奴隷の分際で私の決定に文句があるのか!?」

ネフィラから醸し出される強烈な威圧感。バチバチと周囲に爆ぜる雷のオーラに、隆《たかし》の心臓はドキドキと鼓動する。エクセラ!?　ネフィラにそんなこと言っちゃマズいって!!

しかしエクセラは負けていなかった。ネフィラに余裕の表情を向ける。

「あの、もしかして……ネフィラ様は、勇者様のことがお好きなんですか？　だから二人っきりになりたいと……？」

途端、ネフィラのオーラと威厳はシュボーンと消失した。ネフィラは顔を真っ赤に染める。

「は、はあああああああああっ!?　そ、そんな訳ないでしょー!!　何言ってんの!?　ねぇ、この子、何言ってんの!?」

「じゃあ付いていっても良いですよね？」

「か、か、か、勝手にしたら!!」

ネフィラはプイとそっぽを向いた。エクセラが隆《たかし》を見て、微笑みながらウインクする。

（へぇ！　やるじゃん、エクセラ！）

隆《たかし》もそれを見て、密《ひそ》かに笑った。

第二章　幽霊船の奴隷

アンデッドが操る竜車の御者台近く、豪奢《ごうしゃ》な席に座ったギュマの背中が揺れている。

後部席にスズキとネフィラ、そしてエクセラを乗せた大きな竜車は、レイルーン東にある港に向かっていた。

エクセラの前の席では、ネフィラが勇者を肘でチョイチョイと突いている。

「なぁ、スズキ。やはり、もっとお菓子を持ってきた方が良かったのではないか？」

「……いらない」

「そうだ。穀物を握って作った珍しい保存食があるぞ。お前はそういうのが好きだろう？」

「いいってば！」

「食欲がないのか？　竜車酔いだな。気持ち悪くなったらいつでも言え。ゲロ袋も持っている」

「大丈夫だって！」

勇者は拗《す》ねた顔で窓の外を見た。

（ふふ。まるで親子ですわね）

エクセラは微笑ましく思う。それと同時に先程、自分がネフィラに言ったことを思い出して反省する。

（魔族であるネフィラ様と勇者様が懇意になった方が、世界平和の為には良い筈。なのに私は……）

自分が同行を申し出た理由は明白かつ単純。勇者をネフィラに取られたくないと思ったからだ。

（レイルーンの姫として、第一に望むべきは世界の平和。私情を挟んではいけない――頭では分かっていた筈ですのに……）

やがて潮の匂いが漂ってきて、エクセラの思考は中断する。

（あっ！　クーレの港は久し振りです！）

かつてオルネオと何度も訪れた思い出のある港。だが、窓から外を見たエクセラの目は驚愕《きょうがく》の為、大きく見開かれた。

クーレの港は深い霧に包まれていた。邪悪な気配の漂う沿岸には、幽霊船の如く朽ち果てた船が何隻も集結している。

（こ、これが、魔王軍不死船団……！）

竜車を下りた後、改めて見渡した不死船団の威容にエクセラだけでなく、勇者も息を呑《の》んでいるようだった。港を埋め尽くす船団に、ネフィラも感心した様子で顎に手を当てる。

「いつ見ても壮観だな」

「きけけけ。ほ、ほんの一部だよ。こ、今回は、スズキを迎えに来ただけだから」

巨大な母船を含む十三の艦隊からなる不死船団は、先の大戦で三つの国を壊滅させたと聞いている。不死船団は通常の船ではありえない速度で航行し、倒した人間の兵をアンデッドとして仲間に取り入れ、より強くなっていくという。

「さ、さぁ。わ、私の船へ。す、すぐに出航するから……」

見上げる程に大きな黒い船を指さして、ギュマは不気味に笑った。

（うう……やっぱりイヤな予感が致します……！）

◇

ギュマが巨大な船の甲板に上がると、船上をウロウロと徘徊《はいかい》していた数十体のアンデッドが一斉に跪いた。ギュマの後に続いて歩いていた隆《たかし》は、

「うっ……」

自らの口に手を当てる。腐臭が潮風に混じって鼻を突いたからだ。雷槍疾走《らいそうしっそう》にスケルトン兵は多いが、アンデッドは殆《ほとん》どいない。近くで見ると、骨の見える皮膚に、はみ出した内臓。吐き気を催した隆《たかし》は、なるべくアンデッドを正視しないようにした。

既に船は出航して、霧の海を進んでいた。後方のクーレの港が見る見るうちに離れていく。隆達《たかし》が乗っているのは、大きいだけの古びた帆船。なのにスクリューや内燃機関を持つ船と同等のスピードで航行している。これも魔力の為《な》せる業なのだろうと隆《たかし》は思った。

「こ、この下が船室だよ」

ギュマに続いて軋《きし》む階段を下り、連れてこられたのは、サイネス城の王の間ほどの広さがある船室だった。左右にはやはりアンデッドやスケルトンが跪《ひざまず》いている。

「不死船団ってだけあるな。スケルトンやアンデッドばかりだ」

隆《たかし》が呟くと、ギュマは「きけけ。て、照れるよ」と嬉しそうに笑った。い、いや別に褒めた訳じゃないんだけど！

「こ、こんなのは、ただの下級兵士だよ。す、スズキには、わ、私のコレクションを見せるね……」

ギュマが乾いた音で手を叩く。すると扉が開かれ、よたよたとアンデッドが数体入ってきた。

「せ、世界中から、う、美しい男の死体を、あ、集めたんだ」

ギュマが自慢げに語る。隆《たかし》は改めてアンデッドを眺めた。肌の色や身長は各々少し違うが、顔付きはどれも似た感じだ。きっとギュマの趣味なのだろう。皆、肌はところどころ裂けて、黒い肉が見えているが、生前は美男子だったことが窺える。しかし……。

（ぐっ！　腐臭が！）

強い吐き気がして、隆《たかし》はうずくまった。ネフィラが心配げに隆《たかし》の背を擦る。

「き、気に入らなかったか？　た、確かに不死とは言え、アンデッドはやがて内臓が腐り、て、手足がもげて使えなくなる。そ、そこで次のコレクションだ……」

ギュマが手を叩くと美男のアンデッド達が退出し、代わりに扉から白い肌の男が三名入ってきた。ほとんど素《す》っ裸《ぱだか》同然の男達の肌は、まるで白蠟《はくろう》のようだった。

（今度は臭いはしないけど、マネキンみたいだ……）

パチンとギュマが指を鳴らす。すると、男達はギュマの前で四《よ》つん這《ば》いになった。男達の背中には、茶色の絨毯が貼り付けられている。

ギュマが当然のように一人の男の背に腰掛けたので、隆《たかし》は吃驚《きっきょう》する。

「な、何してんだよ!?」

「けけきけけ。い、『椅子人間』だ。生きている人間を、さ、さらって人形化し、背中の皮を剥いで、じゅ、獣毛を植え付けた。スズキ。お、お前も座ってみろ」

「誰が座るかあああああああああああ!!」

隆《たかし》は絶叫した。

(コイツ、人間を何だと思ってんだ!)

心の中で沸々と怒りが沸き上がってくる。だが、隆《たかし》の隣、ネフィラは当然のように別の椅子人間に腰掛けていた。

「おお、スズキ! 柔らかくて、もふもふしているぞ!」

「ネフィラ!? 何で、しれっと座ってるの!?」

「お前は確か以前『もふもふしたい』などと言ってなかったか?」

「俺はこんな不気味な、異世界もふもふがしたかったんじゃない!!」

「こ、これも気に入らないのか? な、なら、コレクションその三だ」

ギュマが柏手《かしわで》を打つと、扉から同じくマネキンのような男が一人、這い寄ってきた。男の手首足首より先は無く、コルクのようになっている。そして背中には丸い木板を担いでいた。

男は椅子人間に座るギュマとネフィラの所までコツコツと音を立てて近付く。跪いたような体勢の男の背板に、ギュマが笑いながら肘を突いた。

「きけけけけ! つ、『机人間』だ!」

「おお、スズキ！　お菓子が置けるぞ！　ティータイムでもしよう！」

ネフィラは嬉しそうに、持っていた革袋から飴などを取り出したが、

「ティータイムどころじゃねえだろ!!」

怒っている隆《たかし》は手で飴を振り払う。ネフィラの持ってきた飴が床に散らばった。

「あっ……。せ、せっかく持ってきたのに……。スズキ……食べ物を粗末にしてはいかん……」

何だかちょっと悲しそうなネフィラだったが、そんなことも気にならないくらい隆《たかし》は憤っていた。

ヂュマに激しい視線をぶつける。

「ふざけたチェアセット、作りやがって!!」

「ゆ、勇者様！　落ち着いてください！」

背後から叫ぶエクセラを隆《たかし》は振り返り、人形に改造された哀れな椅子人間を指さした。

「だって！　人の命が弄ばれてるんだぞ！　こんな物も言えない体に改造されてさあ！」

「きけけ。そ、そんなことはない。い、生きてる時と同じように、ちゃんと、こ、言葉を喋る」

「え……？」

(だ、だとしたら、まだ意識があるのか？)

ヂュマが座っている椅子人間の頭部を軽く小突いた。その途端、

「おイッス！」

椅子人間は元気にそう喋った。ヂュマがもう一度、小突くとやはり無表情な顔で「おイッス！」

と繰り返す。

「ほ、ほらな？　しゃ、喋るだろう？」

……隆《たかし》はもう完全に怒髪天を衝《つ》いていた。

「『おイッス』じゃねえわあああああああ!!　椅子か!?　椅子だからか、この野郎!!」

「少し落ち着け、スズキ。怒りすぎだぞ」

「だからネフィラは何でさっきから、しれっと椅子人間に座ってんの!?　立ってよ!!」

鼻息の荒い隆《たかし》に根負けしたようにネフィラは立ち上がる。ギュマはケタケタと笑いながら椅子人間達を睥睨する。

「べ、別に、不満はないよな？　お、お前達？」

「「「おイッス!!」」」

「それしか言わねえじゃねえかよ!!」

怒りにまかせて隆《たかし》は机人間の背板を叩いてしまう。すると、

「ううっ……」

机から苦しげな男性の声が漏れた。

(え……？)

「く、苦しい……苦しいよぉ……」

机人間は苦しげに言葉を発していた。

「お、おい！　この男の人、まだ意識が！」

「きけけけ。た、体液が足りなかったみたいだね……」

言うや、ヂュマの口が裂けんばかりに大きくガパァッと開かれる。剣山のような歯を剝き出しにするや、ヂュマは机人間の首元に噛み付いた。机人間がガタガタと痙攣する。

「お、お前、何してんだよ!?」

「に、人形化にはこうやって、わ、私の体液を、ちゅ、注入するんだ」

「イヤだ……助けて……父さん、母さん……！」

感情のこもった男性の泣き顔は、次の瞬間、消え失《う》せる。男はマネキンのように無表情となって、おとなしく机の体勢に戻った。

「こ、これで自我が完全に、き、消えたよ」

「ふざけんな！　元に戻してやれよ！」

「も、もう、無理だよ。きけ！　きけけきけけけけけけけけ！」

(こ、コイツ……っ！　許せない！)

隆《たかし》はヂュマを激しく睨み付ける。

「魔王軍決起会で無益な殺生はするなって言ったよな？」

「い、椅子や机にして、つ、使ってやっている。ゆ、有益だろう？」

「お前……！」

主に危険が迫ったのを察知したのか、周りのアンデッドやスケルトン兵達が、ゆっくりと動き出した。隆《たかし》にジリジリ這い寄りながら、朽ちたアンデッド兵達が口を開く。

「こ、この人間……かわいいいいいいいい……！」

「でも……でもでもでもでも！」

「ギュマ様にたてつく者は、排除しなきゃなあああああああああ！」

（ふーん。しっかり統制されてるな。元からある俺の可愛さだけじゃ止められない、か）

それでも隆《たかし》に動揺はない。なぜなら自分には、こんな時の為にリールー師匠から授けられた技がある。

（攻撃力、魔力を超える唯一無二の絶技――『プリティス』がな！）

隆《たかし》は腕を上方にかざす。そうして、自分を囲った不死者達の注意を引きつけた後、

「四十八のプリティス・第二十五の仕草『膨面《ふくれめん》』！」

隆《たかし》は頬をハムスターのように、ぷっくりと膨らませた。

「か、可愛い……ッ！」

真っ先にネフィラがそう呟いた。そしてその後を追うようにアンデッド達が呻《うめ》き出す。

「おおおおおおおおお……！」

「アアアアアアアア……！」

「アンデッド達が苦しそうですわ！」

エクセラの声に隆《たかし》はこくりと頷く。よし！　俺とギュマの命令の狭間《はざま》で心が揺れてるんだ！

つまりプリティスは不死船団のアンデッドやスケルトンにも通用するということ。自信を得た隆《たかし》はギュマを一瞥する。ギュマもまたプルプルと小刻みに震えていた。

（あと一押しだな）

「なぁ、ギュマ。もう二度とこんなことをするんじゃない。分かったな？」

隆《たかし》が膨面《ふくれめん》を保ちつつ、語りかけた刹那、

「ギッガアアアアアア!!　か、か、可愛イイイイイイイイイイ!!」

牙を剝いて、ギュマが隆《たかし》に飛び掛かってきた。

動揺して後ずさる隆《たかし》。ギュマが猛然と隆《たかし》の首元に嚙み付こうとするが、凄まじい速度でネフィラが割って入り「ふんっ！」と気合いを込めて腕を振り払った。

ネフィラの拳を受けたギュマは、船室の壁に激突する。だが、木の壁にめり込むも、すぐにすっくと立ち上がる。ギュマにダメージは全くなさそうだった。

（え……ええっ!?）

「か、可愛いスズキを!!　わ、私専用の人形に、したい、したい、したいいいいいいい!!」

いつしかギュマの眼球は窪《くぼ》み、真っ黒な空洞になっていた。怖気の走る形相で、剣山のような牙を剝き出すギュマはまさしく、凶悪なボス級モンスター。恐怖と動揺で隆《たかし》は焦って叫ぶ。

「プリティスが効いてない!?　何で攻撃が止まらないんだよ!?」

「も、もしや、可愛く見せれば見せるほど、ギュマは勇者様を人形にしたくなるのでは!?」

エクセラの言葉に隆《たかし》は歯嚙みする。つ、つまり、ギュマにプリティスは逆効果になっちまうってことか？

「ききゃけけけ!!　わ、私の体液!!　今、注いであげるからねえええええええええ!!」

四つん這いになり、獣のように獰猛《どうもう》に隆《たかし》に迫るギュマの前、ネフィラが再び立ちはだかる。それでも、ヂュマの勢いは止まらない。そのままネフィラの腕に噛み付いた。

「ぎげがるるるるるる！」

「……いい加減にしろ」

ネフィラは噛まれたまま、ヂュマの頭部を掴《つか》み――バキッと首をへし折った。

（う、うわ!! 殺した!?）

だがヂュマは百八十度以上に折れ曲がった首で、きょとんとした顔をしている。

「あ、あれ？ あれれれ？」

「正気を取り戻したか？」

ネフィラに言われて、ヂュマは曲がった首のままネフィラから離れる。そして、ゴキゴキと音を立てながら、首を元に戻すと何事もなかったように「きけけ」と笑った。

ネフィラは溜め息を吐いた後、諭すように言う。

「ヂュマ。さっきのはお前が良くない。スズキは人間だ。同胞が椅子や机にされれば、怒るのは当然だろう」

（えっ。ネフィラ……？）

隆《たかし》は、ネフィラの台詞《せりふ》に驚いてしまう。少し感激して隆《たかし》はネフィラに近付き、礼を言った。

「ネフィラ。ありがとう」

「フン。お前と一緒にいて、私も少し考え方を変えたのだ」

「そっか。でも……」

隆《たかし》は椅子人間にどっしり腰掛けているネフィラに白い目を向ける。

「椅子人間に座るのやめてって、さっきから言ってんじゃん!!」

「まぁ、それはさておき……ギュマ。お前だって仲間が、同じようにいたぶられたらイヤだろう？　そういうことだ」

「そ、そうか。な、仲間か。な、なるほど……」

ギュマは椅子人間に近寄り、頭を擦った。ちょっとは理解してくれたか——隆《たかし》がそう思った刹那、ギュマは大きく足を振り上げて、椅子人間の頭部に踵《かかと》を落とした。

「なっ!?」

凄まじい威力の踵落としで、椅子人間は上半身ごとバラバラに砕ける。折れた腕を踏みつけながら、ギュマが乾いた笑い声を上げた。

「な、仲間なんていらない！　こ、壊れたらまた、つ、作れば良いだけだ！　に、人形もアンデッドもいくらでも、か、替えが利く！　きけ！　きけききけけけけ！」

「こ、コイツっ！　マジで！」

治まりかけていた隆《たかし》の怒りが再燃する。途端、ネフィラが隆《たかし》の肩を摑んだ。

「もうよせ、スズキ！」

珍しく、ネフィラが叱咤するような強い言葉を隆《たかし》に向けた。肩を握る手にも力が籠もっている。

ネフィラは隆《たかし》の耳元に真剣な顔を近付けた。

「不死船団は魔王様より、広大な海に於ける戦闘の全てを任せられている。つまりそれだけの権力と実力を誇っている。位も雷槍疾走《らいそうしっそう》より上だ。なにより……」

少し溜めてからネフィラは言う。

「ヂュマは強い」

（うっ！　ネフィラが強いって言うなんて……！）

救世十字軍のマーグリットとネフィラの戦闘を、隆《たかし》は間近に見ている。雷槍ブリッツベルグを携えたネフィラは、まさに鬼神の如き強さだった。な、なのに、ヂュマはそんなネフィラ以上に強いってのかよ!?

「物理攻撃や魔法、どんな強力な攻撃手段を以《もっ》てしてもヂュマは死なない。いや壊れないと言うべきか。正真正銘、不死身の怪物だ」

「不死身の……怪物……！」

その言葉の響きに畏怖の念を感じながら、隆《たかし》は繰り返す。ヂュマは近くで相変わらず「きけけけ」と笑っていた。

「わ、私はただ、す、スズキに喜んで貰いたかったんだけどね……」

「ヂュマ。悪趣味なコレクション披露はもう充分だ。個別の寝室はあるか？　休憩したい」

「じゃ、じゃあ案内するよ。つ、付いておいで」

ヂュマはそう言って歩き出した。

巨大な船室を出た後。ヂュマから少し離れて歩きながら、ネフィラが隆《たかし》に小声で話しかける。

「危ない奴だ。私のいないところでヂュマには絶対に近寄るなよ？」

「あ、ああ。分かった」

ネフィラの言葉に、隆《たかし》は神妙な顔で頷いた。

◆

「ふ、不死船団の航行速度なら、あ、明日には帝都に着く。ゆ、ゆっくりと休め」

「うむ」

ネフィラは素っ気なくギュマに返事をする。意外にもギュマはそのままおとなしく帰って行った。

廊下に個別の船室が横一列に並んでいる。ネフィラの隣にスズキの船室、そのまた隣がエクセラの部屋だ。スズキが船室に入ったのを確認してから、ネフィラも自分の船室に入った。

簡易ベッドと部屋の隅に机と椅子がある。ネフィラは扉近くで突っ立ったまま、先程のギュマとスズキの一件を思い出していた。

平静を保つように振る舞っていたが、ネフィラは内心ハラハラしていた。ギュマに盾突く魔物など、そうそういるものではない。人形としての不気味な容姿に加え、体から立ち上るドス黒いオーラ。心得のある魔物なら、ギュマの危険さは見た瞬間に感じる筈だ。

(なのにスズキったら。突っ走るところあるからなぁ)

でもまぁ、そんなところも初々しくて可愛いよね、なんてネフィラは思った。

(それにしても……さっき、止めに入らなかったら、ギュマの奴、スズキに噛み付いてたわよね！

私を差し置いてスズキに噛み付くなんて許さないんだから！）

ふと、自分がスズキの首元に唇を這わせているシーンを想像し、ネフィラの顔は一気に紅潮した。

（よ、ようし……行きますか……！）

そろりと扉を開けると、スズキの船室に向かう。そしてネフィラは扉の前で深呼吸した。

（遂《つい》に待ちわびた時が来たわ！）

髪を手ぐしで整える。そして、はやる気持ちを抑えてノックした。

「スズキ。いるか？」

「ネフィラ……？」

「入るぞ」

錆《さ》びた真鍮《しんちゅう》のドアノブを捻り、スズキの船室に入る。扉を閉めると同時に、ネフィラはすかさず鍵を掛けた。

「ヂュマが入ってくると危険だからな」

平然とした様子で、そう言ったが本心は別。

（フフフ！　これで密室！　今日は誰にも邪魔されないわっ！）

レイルーンと違い、周囲には雷槍疾走《らいそうしっそう》の魔物達もいない。完全に二人っきりである。

スズキとの蜜月に心を躍らせるネフィラだったが、ふとスズキが辛そうな顔でベッドに座っていることに気付く。

「おい。どうした？」

「ちょっと気分が悪くて。船酔いかも」

「そうか」

ネフィラはスズキの隣に腰掛ける。そして自分の膝をポンポンと叩いて見せた。

「此処に頭を載せろ」

「え！　で、でも……」

「膝枕だ。落ち着くぞ」

逡巡《しゅんじゅん》していたスズキだが、本当に辛かったらしく、やがて素直にネフィラの膝に頭を載せてきた。

「……うん。確かに、落ち着くかも」

「フン。良かったな」

素っ気なく言ったネフィラの二つある心臓は、飛び出そうなくらいに激しく鼓動していた。

（ハァハァハァ！　私は全然落ち着かないけどねっ！　可愛い、スズキ可愛い！　チューしたいなあ！　ハァハァハァハァ!!）

興奮して妄想に浸っていると、あっという間に数分が過ぎた。隆《たかし》が頭を膝から上げる。

「ちょっと楽になったよ。ありがとう。ネフィラ」

（あっ!?　今日は逃がさないからね!!　このまま一気に畳みかけてやる!!）

こんな機会は滅多にあるものではない。ネフィラは決意を新たにする。そして笑顔を見せたスズキに対し、少し厳しい顔を見せた。

「ならば、スズキ。本日の忠誠の証《あかし》を見せよ」

「ちゅ、忠誠の証？　えっと……て、手の甲に……く、口づけするんだっけ？」

「うむ。それが雷槍疾走《らいそうしっそう》の忠誠の証だ」

「あれって何だかちょっと恥ずかしいんだけど……」

「ははは。愚か者め。一体、何を勘違いしている？　忠誠の証とは主従関係を示すもの。恥ずかしがる必要など全くない」

「そ、そうだよな！　外国のハグみたいなものだと思えばいいんだよな！」

「どういう意味だ？」

「あ、いや、こっちの話。じゃあ、ネフィラ。手を」

「待て。最近少しだけ、ルールを変えてな。手の甲ではなく……」

ネフィラはスズキに顔を近付け、充血した瞳で叫ぶ。

「私の股ぐらに口づけするのだ!!　ハァハァハァハァッ!!」

「いやそれ、どんな忠誠の証!?」

仰天して逃げようとするスズキに、ネフィラはグイグイと迫る。

「待て!!　我が股ぐらに顔を押しつけ、確乎不抜《かっこふばつ》たる忠誠心を見せよ!!」

「言ってる意味、全然分かんないんで!!」

だが、ネフィラはスズキの肩をしっかと握りしめて動きを封じる。そしてそのままベッドに押し倒した。ネフィラは、この間から溜まりに溜まっていたリビドーを全開にしていた。

「ハァハァハァハァ!!　忠誠の証を!!　ぜぇーっ、ぜぇーっ!!」

「待て待て待って!!　何コレ!?　ギュマよりネフィラの方が危ないじゃんか!!」

「そんなことはない！　コレは主従の証だ！」

（うへへへへ！　今日はイクところまでイッちゃうからねえええええ！）

「う、うわああああああああ!?」

スズキの頭部を両手で摑み、そのまま股間に押しつけようとした瞬間。ベッドの端の方が盛り上がり、シーツが宙を舞った。

（……えっ？）

ネフィラがビクリと動きを止める。

「そんな忠誠の証は、聞いたことがございませんっ!!」

ネフィラは仰天しつつ、目を見張る。何とエクセラがベッドの上で仁王立ちしていた。

「なっ!?　エクセラ!?　ど、どうして此処に貴様がいるのだ!!」

「私は勇者様の奴隷ですので！」

（じゃ、じゃあ私が来る前から、既に部屋にいたってこと!?　そしてベッドの中に身を潜めて……!!）

自分の痴態を見られていた恥ずかしさや、色んなことが頭の中でゴッチャになって、ネフィラは大声で叫んだ。

「エクセラ、貴様ァァァァァ!!　こっそり男の部屋に忍び込むとは、何というイヤらしい女だ!!」

ネフィラ自身のことは棚上げした台詞だったが、エクセラも恥ずかしかったのだろう。顔を真っ赤に染めた。

「ご、誤解です！　私は勇者様と一緒に本を読もうと！」

そう言ってエクセラは古びた本を取り出す。は？　何よ、それ！　嘘《うそ》吐いてんじゃないわよ！

「どうせイヤらしい本だろう!!」

「イヤらしくなんかありません！　これは『英雄ハルトライン伝説』です！」

「ああ!?　『デカいイチモツで女をヒィヒィ言わせた』とか、そんな破廉恥な男の伝説か!!」

「どんな伝説ですか、ソレ!!　ネフィラ様こそ勇者様をベッドに押し倒すなんて破廉恥です!!」

「わ、私がスズキを襲ったと!?　そ、そ、そんなバカなことがあるか!!」

「ネフィラ……エクセラ……もうやめてくれ……」

小さな声でスズキが何か呟いていた。だが、ヒートアップしたネフィラは、エクセラとギャーギャー互いに喚《わめ》き合い、言い争いを続けた。

やがてスズキが堪《たま》りかねたように叫ぶ。

「船酔いで気分が悪いって言ってるだろ!!　二人共、もう出て行ってくれえええええええ!!」

◆

ギュマがネフィラ達を個別の船室に案内してから、一時間ほど経過した。

（そ、そろそろ、ね、眠ったか？）

ギュマはそろりそろりと薄暗い通路を歩く。向かう先はスズキの船室だ。

(ああ、スズキ！　は、早く私専用の人形にしたい、したい、したい、したい！)

先程のスズキの可愛さを思い出して、ギュマは居ても立ってもいられなくなった。歩きながらスズキを人形にする妄想を頭に描く。

か、可愛いスズキ！　死なない人形にして、いつまでもずっと一緒！　ね、寝る時はもちろん抱きしめて！　お、お風呂にも一緒に入ろうね！　隅々まで、き、綺麗《きれい》に洗ってあげる！　ずっとずっとずー――っと、スズキは私のもの！　私だけのもの！　きけ！　けけきけけけけけけ！

だがスズキの船室に近付くにつれて、ギャーギャーと騒がしい声が聞こえてくる。ネフィラと、スズキと一緒にいた奴隷女の声だ。

「……ちっ」

ギュマは舌打ちする。女の奴隷は瞬殺できるが、ネフィラとの戦闘は流石にマズい。イライラしながら、ギュマは自分の指をガジガジと噛んだ。

(お、落ち着け。も、元々、此処でさらうつもりは、な、なかったじゃないの)

自身にそう言い聞かせる。帝都へスズキを連れて行くことは魔王様の命令。悪魔研修には、できるだけ参加させた方が良いだろう。

そして、研修の帰りにネフィラ達を出し抜き、スズキだけを乗せて出航する。遭難に見せかけ、スズキを拉致した後、ゆっくりと人形にしてしまえば良い。無論、ネフィラは怒り狂うだろうが、不死船団強化の為だったと言えば、魔王様からのお咎《とが》めもないだろう。

（きけききけ！　た、楽しみは、あ、後に取っておかないとね！）

ネフィラとエクセラの声を背中に聞きつつ、ギュマはほくそ笑みながら通路を引き返した。

◇

レイルーンを出航した翌日の正午には、ギュマの船は既に帝都に入港していた。

（エクセラが言ってた通りだ。ホントに早かったな）

甲板から帝都の町並を眺めつつ、隆《たかし》は感慨深く思う。レイルーンから帝都までの正確な距離は把握できていないが、以前、竜車を使った時には三日程かかった。ギュマの船は、科学の発達した日本の船より速いのかも知れない。

魔力を動力として長距離を航走するギュマの船は確かに凄いと思うのだが、代償もあった。

（うう……気持ち悪い……！）

今、隆《たかし》は激しく船酔いしていた。エクセラが心配そうに語りかける。

「勇者様。体調は？」

「う、うん。だいぶん良くなった、かな」

「昨日は本当にすいませんでした……」

「いや。気にしないで」

エクセラの手前、なるべく元気に振る舞うが、実際のところ立っているのもやっとである。生まれて初めての船旅ということに加え、もう一つの大きな要因として……。

「ヂュマ様ああああ！　言われた通り、また一人ぃぃぃ！　人間をさらってきましたああああ！」

航行中、腐乱死体が辺りを歩き回っていたのだ。彼らの腐臭が、隆《たかし》の船酔いをより一層酷《ひど》くしたのだった。

（ああ、気持ち悪……って、待て⁉　今アイツ、何て言った⁉）

帝都の港に停泊中のヂュマの船に、アンデッドがボロを被った小柄な者を連れて歩いてくる。

甲板では、ネフィラやエクセラが下船の準備をしていたが、隆《たかし》は気になってそのアンデッドに話しかけた。

「お、おい。その人は？」

「さっき、そこで歩いてたんだあああ。ヂュマ様の人形候補だよおおおお」

「『歩いてたんだああ』じゃないだろ！　散歩中の人を勝手にさらうな、この人さらい！」

隆《たかし》はアンデッドから引き離そうと、ボロをまとった者の腕を握った。その途端、か細い感触にドキリとする。

（えっ？　もしかして……女の子？）

目深に被ったフードから、ちらりと覗く艶のある唇を見て、隆《たかし》は確信した。

「えっと。君、名前は？」

だが無言。しばらくして「うう」と呻くような声が聞こえた。やはり女性の声だ。でも……。

「コイツ、さっきから喋らないんだよおおお」

アンデッドが隣で言った。生まれつきか、もしくはさらわれたショックで口がきけなくなったのかも知れない。フードを深く被っているせいでハッキリと顔は窺い知れないが、女の子は小刻みに震えている。

「行こう！」

隆《たかし》は女の子の手を握り、そう言った。連れてきた人間を隆《たかし》に横取りされ、困ったような顔をするアンデッド。だが、この様子に気付いたギュマが「きけけけ」と笑う。

「べ、別にいいよ。元々、に、人形にして、す、スズキにプレゼントするつもりだったから」

「そんなのいらないって言ってるだろ！」

隆《たかし》は睨み付けるが、ギュマはどこ吹く風だ。

「じゃ、じゃあ、此処で帰りを待ってるからね。けけききけけけ！」


ギュマと別れて船を下りた後、エクセラがボロを着た女の子にぺこりと頭を下げた。

「私、エクセラです！　よろしくお願いします！」

すると、女の子は震える手で自分を指さし、

「あ……アイ……ナ……」

訥々とそう答えた。

「アイナ……？　アナタはアイナさんと仰るのですね！」

こくりと頷く女の子。

（そっか。全く話せない訳じゃないんだな）

一時的に喋れなくなっているだけかも知れないと隆《たかし》は推測した。しかし、今のアイナにその原因を尋ねるのは酷だろう。

「俺は鈴木《すずき》隆《たかし》！　よろしく！」

隆《たかし》は明るくアイナに告げた。アイナは隆《たかし》に会釈するように頭を下げる。そんな様子を傍目《はため》に見ながら、ネフィラが溜め息を吐いた。

「スズキ。『捨て人間』を無闇に拾うなと前から言っているだろう。ちゃんと世話できるのか？」

「大丈夫だって！　俺の奴隷にして面倒見るから！　それからあと、人間を捨て犬みたいに言わないで！」

「しかし、お前はこれから悪魔研修だろう？」

「そ、それは……」

苦虫を噛み潰したような顔のネフィラに、エクセラが微笑む。

「ネフィラ様！　勇者様がいない時は、私がアイナさんのお世話をいたします！」

「チッ。やれやれだ」

ネフィラが呆れたように黒髪を掻き毟《むし》った。だがそれ以上、反対はされなかったので、隆《たかし》はホッと胸を撫《な》で下《お》ろす。

歩き出したネフィラの後に続きながら、隆《たかし》はちらりとエクセラを見て『ありがとう』と目配せする。エクセラも笑顔で隆《たかし》に会釈を返した。

ネフィラの先導で隆達《たかし》は帝都を歩く。数日前、来た時と同じく、帝都の町はレイルーンとは比べものにならない程に賑《にぎ》わっていた。

聞く話によると、帝都で暮らしている魔物の数はレイルーンの十数倍らしいので、さもあらんと言ったところである。魔都に改築しているとセルフィアノが言うだけあって、魔物達はそこかしこで大工作業に勤《いそ》しんでいた。

大通りに出ると、魔物達が経営する店々が林立し、通路もそれなりに舗装されている。帝都侵攻の悲惨さは今となっては遥か遠い昔のようであり、此処がまるで以前から悪魔の都であったかのような錯覚すら覚える。

ふと表現しがたい臭いが漂ってきて、隆《たかし》はその方向を見た。オークが焼いた人間の足を掲げて、呼び込みをしていた。

「人肉レストランへようこそー！　今日は焼き人間がオススメだよー！」

苛つきを抑えながら、隆《たかし》がその場を通り過ぎると、別の魔物が近くで声を張り上げる。

「さぁさぁ、便利な家具はどうだい？　不死船団団長ヂュマ様手作りの人間椅子もあるよ！」

ネフィラが嬉しそうに隆《たかし》の肩を叩いた。

「おお、スズキ！　例の椅子も売っているのだな！　むむ！　結構な値段がするようだ！　貰っておけば良かったな！」

「あんなのいらないし！」

どことなくウキウキしているネフィラに隆《たかし》はピシャリとそう告げた。

（クソッ！　以前と何にも変わってねえ！）

そして、隆《たかし》は歯ぎしりする。やっぱり決起会での俺の発言なんか、全然意味なかったんだ！

辺りを漂う焼き人間の臭いがイライラと混ざり合って、隆《たかし》はまたも気分が悪くなった。

「うっぷ！」

「ゆ、勇者様!?」

酷い吐き気に腹痛も重なり、隆《たかし》はその場にうずくまってしまう。ネフィラが隆《たかし》の背中をスリスリと撫でた。

「船酔いと疲労だな。近くに厠《かわや》がある。私が一緒に付いていってやろう」

「ひ、一人で行けるから！　場所だけ教えて……うぷっ！」

（うう……胃から込み上げてくる……！　吐けば楽になると思うけど……）

◇

（勇者様。大丈夫かしら）

エクセラはスズキの体調を心配していた。あれからもずっと吐き気が治まらないらしい。

帝都の中心近くにある悪魔研修所に辿《たど》り着いても、勇者は即座に備え付けの厠に駆け込んだ。十分以上経《た》つがまだ帰って来ない。

エクセラは所在なげに、辺りをキョロキョロと窺った。

（此処は、旧帝国軍の研修所ですわね……）

新たに一から建物を作るより、人間達の設備をそのまま使う方が楽に決まっている。この研修所に限らず、魔王軍は征服した人間の住居をそのまま使っていることが多いようだ。

（でも、それではプライドが許さないのでしょう。だから内装を変えたりして、帝都を魔都に改装しているのでしょうね）

「……こんにちはー」

突然、背後から呑気《のんき》な声が聞こえ、エクセラが振り向く。悪魔研修所の待ち合いに来た、魔王軍参謀のセルフィアノはお付きのオーガ、グラントを隣に携えてネフィラに手を振っていた。

ネフィラが会釈すると、セルフィアノは顎に指を当てて不思議そうな顔をした。

「あら。スズキがいませんね。どうしたのです？」

「今、厠に行っております。船酔いが酷くてですね」

「まぁ。そうですか」

心底心配げな表情をした後、セルフィアノはエクセラとアイナに冷たい視線を向けた。

「この人間達は？」

「エクセラにアイナ。スズキの奴隷です」

「よ、よろしくお願いいたします……！」

魔王軍随一の知能と呼ばれるセルフィアノを前にして、エクセラは緊張していた。全てを見透かされるような三つ目が舐《な》めるようにして自分を眺めている。

やがてセルフィアノは視線をネフィラに戻した。

「スズキはしばらく来ないようですし、先に教室を案内しましょうか」

「し、しかし！　ちゃんと待っていてあげないと、スズキが迷子にならないでしょうか？」

「なりませんよ。そんな広い場所でもないんですから。もう、ネフィラったらまた過保護ですかー？」

セルフィアノは少し意地の悪い顔でクスクスと笑った。

「過保護などと、そんなことは決して！　わ、分かりました、なら行きましょう！　教室とやらに！」

ネフィラは早口で、そう言った。

セルフィアノとネフィラの後をアイナと一緒に歩きながら、エクセラは黙って二人の会話を聞いていた。

「実は最近、食料や奴隷用に備蓄してある人間の町が襲われているのです。魔王軍の上層部は、これを下級兵士達の仕業と見ているようです」

「下級兵士の仕業？　何故、そう考えるのですか？」

「その地に駐屯していた魔王軍の兵隊が忽然《こつぜん》と姿を消したのです。力のある魔物にそそのかされたか、自ら進んで襲ったか……どちらにせよ、兵士達の謀反と見るのが妥当でしょう。なので、こういった教育の場を早急に用意させたのです」

「ふむ。悪魔研修にはそのような経緯もあったのですな」

（なるほど。魔王軍も大変なのですね……）

人間は言うまでもなく、一つの種族である。一方、魔王軍には悪魔や獣人、はたまたアンデッドと多くの種族が入り乱れている。気性の荒い魔物の種族を一つに統率するのは並大抵のことではないのだろう。ほんの少し魔王軍の苦労が理解できたエクセラだった。

そうこうしているうちに、廊下の突き当たりに辿り着く。

「此処がスズキが研修をする教室です」

微笑んだセルフィアノは、すぐに踵《きびす》を返《かえ》した。

「それでは次は城にでも行きましょうか。現在、魔王城に改装中ですので、その進捗などを……」

途端、ネフィラが驚いた顔をした。

「ま、待ってください！　これからスズキの研修があるのでしょう？」

「はい。ですから私達はその間、何処かで時間を潰そうと思いまして」

「いやいやいや！　せっかく来たのですから、スズキの授業参観をしましょうよ！」

「え――――――っ！　ネフィラってば、本当に過保護ですねー！」

「か、過保護でも何でも授業参観します！　私はスズキの保護者みたいなものですから！」

「隊長補佐って隊長に保護されるものじゃないでしょうに。でもまぁ、分かりましたよ。それじゃあネフィラは授業を見てください。で、アナタ達は……」

セルフィアノの視線が自分とアイナに向けられる。エクセラは焦って、口を開いた。

「わ、私達も奴隷なので『奴隷参観』いたします!!」

「ど、奴隷参観だと……？」

ネフィラが呟き、口をあんぐりと開けた。それを見て、エクセラはふと冷静になる。

（あああああっ!? 私ったら、変なことを言ってしまいました!!）

「何ですか、それ……」

セルフィアノも妙な顔付きだった。エクセラの顔が羞恥で火照る。やがてネフィラが「ふん」と鼻を鳴らした後、エクセラを指さした。

「一応コイツはスズキの奴隷ですからな。私は参加させてやっても良いと思います」

「スズキの奴隷ですか。……いいでしょう。アナタ達二人の奴隷参観を許可します。後学の為、しっかりと勉強するのですよ」

笑顔こそ見せなかったが、セルフィアノは二人にそう告げた。エクセラは深々と頭を下げる。

「は、はい！　ありがとうございます！」

（勇者様がこの場にいないのに、人間の私の意見が通るなんて！　やはり世界は少しずつ変わっていますよ、勇者様！）

微《かす》かな希望を感じて嬉しくなったエクセラだが、

「それじゃあ皆で教室に入りましょうか」

そう言ってセルフィアノが引き戸を開けた瞬間、エクセラの背筋は凍った。

（うっ！　これは……っ！）

ガヤガヤと野太い声。凶悪な面構えの魔物達が椅子や机の上に、どっかと腰を下ろしていた。

エクセラはまるで魔物の巣窟に迷い込んだ気がして動揺するが、ネフィラは淡々とした口調でセルフィアノに尋ねる。

「セルフィアノ殿。この者達は？」

「魔王軍に入ったばかりの下級兵士達です」

「新参者か。道理で皆、態度が悪い訳ですな」

参謀のセルフィアノと雷槍疾走《らいそうしっそう》の長であるネフィラが現れたのに、無視するかのように雑談している。だが、セルフィアノもネフィラも注意せず、黙って彼らの後ろに立った。

一体の悪魔がぐるりと首を動かし、セルフィアノを振り返る。

「すんませーん。授業はまだっすかねえ？」

「もう少々お待ちを。すぐに担任の教師が来られますので」

セルフィアノが柔和に答えても、一人の悪魔は机に足を投げ出した。

「ったく。遅っせえな。だいたい教師って、どんな野郎だよ」

「やってらんねえよ。アホくせえ」

不良悪魔達に、エクセラはごくりと生唾を飲む。

(や、やはり一癖も二癖もありますね！　勇者様、こんな方々の中に入って大丈夫でしょうか？)

その時。ガラッと勢いよく扉が開いた。クラスの視線が一斉に注がれる。

二メートル以上ある長身を屈ませて、のそりと扉を潜って教室に入ってきたのは、獅子《しし》のような獣人だった。

「……俺が教師のレオスだ」

低い声で言うが、周囲は依然ざわざわとしていた。笑いながら足を机に投げ出している悪魔のもとに、レオスがのしのしと歩んでいく。

「おい、貴様。俺が今、喋っているだろう？」

「あぁー？　何すか、先生」

「いいか。覚えておけ。俺の前で『私語は……』

悪魔は依然、ヘラヘラと笑っていた。エクセラの心臓はドキドキと音を立てる。

（とっても厳しそうな先生ですわ!!　きっと『私語は厳禁』!!　殴られるのでは!?）

すると次の瞬間、レオスはカッと金色の瞳孔を開く。

「『私語は死刑』だ!!」

言うや、鋭い爪のある腕を振るう。レオスの強烈な一撃を喰《く》らった悪魔の頭部は教室を転がり、首からは黒い鮮血が噴水のように噴き出した。

「「ひぃぃぃぃぃぃぃぃ!?」」

教室が魔物達の絶叫で満ちる。だがギロリとレオスが目を光らせると、クラスは先程までとは打って変わって静まり返った。

無論、魔物達だけではない。この無残で異様な光景にエクセラも戦慄していた。

（いや、喋ってただけで殺されましたけど!?　『私語は死刑』!?　いくら何でも厳しすぎでしょ!!）

ギュマに続き、途轍《とてつ》もなくイヤな予感のするエクセラであった。

第三章　悪魔研修

突然の惨劇に緊張でピンと張り詰めた教室。エクセラの胃はキリキリと痛む。それでも参謀のセルフィアノと雷槍疾走《らいそうしっそう》の長であるネフィラは落ち着き払った様子で、教室の後ろから授業風景を眺めていた。

「ほう。なかなか厳しい指導ですな」

「レオス先生は獣王鬼団出身です。先日、どうしても教師になりたいという熱い思いをぶつけられまして」

「なるほど。武闘派の獣王鬼団ですか。納得です」

(わ、私はまったく納得できませんけれど！)

雑談してただけで殺されるとか、もはや教育とか研修とかそういう問題じゃないです！　だって殺されたら、反省も改心も成長もできないじゃないですか！

無茶苦茶すぎる。やはり人間と魔族は考え方が根本的に違うのだろう。そんなことを考えていて、ふと気付けばレオスがエクセラの方を眺めていた。

(ひっ⁉)

慌てるエクセラだが、レオスの目は自分とアイナではなく、セルフィアノとネフィラに向けられているようだ。セルフィアノがレオスに微笑む。

「レオス先生。ネフィラと、この奴隷達が授業を見学させて欲しいとのことです。よろしいです？」

「ええ。問題はありません」

野太い声で返事する。レオスも流石に、魔王軍参謀であるセルフィアノには礼儀正しいようだ。

「では、よろしくお願いします。私は雑務があるのでこれで失礼しますね」

セルフィアノは「スズキによろしく伝えておいてくださいねー」と、ネフィラに手を振ると、教室から退出した。

エクセラが視線を戻すと、教壇でレオスが黒い名簿に目を通している。

「生徒数は総勢二十名か。いや――一人殺したから十九名だな。よし。それじゃあ出席を取る」

(な、何が『よし』なのか分かりませんが……これから出席を取るようですね！)

勇者がまだ来ていないことがエクセラはとても気がかりだったが、レオスは早速、一人目の名前を読み上げた。

「アシュタル。アシュタルはいるか？」

「へ、へぃ……」

先程の事件を見て、下級兵士達は怖じ気づいているようだった。レオスはボソッと返事をしたアシュタルと名乗る耳の尖《とが》った黒い悪魔に近付いていく。そして座っているアシュタルの目前で、拳を振り上げた。

(ま、ま、まさか……！)

エクセラの不安は的中する。レオスの鋼鉄の拳が着席しているアシュタルの頭頂に振り下ろされた。グシャッと音を立てて、アシュタルの脳漿《のうしょう》が机の上に飛散する。

「返事は起立してからだ！　死ね！」

（ま、また一人、殺されました!!）

「よし。出席を続ける。二人目……」

その後、何事もなかったかのようにレオスは名前を読み上げる。しかし、

「声が小さい！　死ね！」

「姿勢が悪い！　死ね！」

「床に鉛筆を落とすな！　死ね！」

「後ろの席のお前！　ついでだ！　死ね！」

出席が終わる頃には、十名の生徒の惨殺死体が教室に転がっていた。

（げえええええっ!?　授業開始前に、生徒数が半分に!?　何てホームルームですか!!）

恐ろしすぎる出欠確認にエクセラは呼吸を荒くする。一方、レオスは名簿を見て、顔をしかめた。

「スズキ……ん？　スズキはいないのか？」

エクセラの隣、ネフィラが片手を上げげた。

「スズキは今、腹痛の為、厠に行っておるのです」

「チッ」とレオスは憎々しげに舌打ちをした。だがハッと気付いたように、ネフィラに頭を下げた後、点呼を続けた。

（うう……遅刻などして大丈夫でしょうか、勇者様……！）

全ての点呼を終えた後、レオスは生徒達を睥睨する。

「それでは今から授業を始める。貴様ら！　俺の質問に答えろ！」

（つ、遂に！　一体どんな授業なのでしょう？）

教室に戦時中のような緊張が走る。水を打ったように静まり返った教室に、レオスの低音ボイスが響き渡る。

「道で人間の子供が転んで泣いている――さぁ、どうする？　一番、笑う　二番、食べる　三番、助ける……」

次にレオスは、前の席に座るカマキリのような魔物を指さした。

「お前だ。番号で答えろ」

「お、俺は笑うぜ！　『一番』だ！」

「そうか。なら、隣のお前はどうだ？」

「に、『二番』です！　俺なら即座に食ってやりますよ！」

カマキリの隣に腰掛けたゴブリンはそう言い放った。レオスは黙って二人の方に歩み寄っていく。

（どちらも残虐な答えです！　で、でも一体、正解はどちら――って、えええええっ!?）

レオスが棍棒《こんぼう》のような太い腕をブーンと振り払うと、二体の魔物の頭部は鮮血を撒《ま》き散《ち》らしながら同時に宙を舞った。

「正解は『笑いながら食べる』、もしくは『食べながら笑う』だ！　死ね！」

（いやそんなの選択肢になかったじゃないですか！　しかも『番号で』って言ったのに、番号じゃないし！　誰が分かるんですか、そんな問題！）

正答率０・００１％かつ、致死率２００％の問題にエクセラは心の中で絶叫する。

（こ、これほどまでに無茶苦茶で命がけの研修だとは思いませんでした！　あ……あああっ⁉）

その時。ガラリと引き戸が音を立てて開かれた。

「すいません、遅刻しました。お腹の調子が悪くて……」

現れた勇者は少しゲッソリして、腹に手を当てていた。エクセラは拳をギュッと握りしめる。

（遂に勇者様が来てしまいました‼　しかも……遅刻っ‼）

地獄の悪魔研修に遅れて入ってきた勇者の身の上を思うと、エクセラは絶望しか感じなかった。

◆

「腹の調子が悪かった、だと……？」

レオスは低い声で呟きながら、スズキを頭から爪先までじっくり睨《ね》め付ける。嘘ではなく、本当に腹が痛かったのだろう。スズキは苦しげに腹部を押さえている。しかも遅刻した気まずさからか、モジモジとしていた。

そんなスズキを見詰めていると、知らずレオスの口元は緩みかけた。レオスは他の誰にも勘づかれないように、自らの脇腹を指でつねる。

（ぐっ！　やはりコイツは可愛い！　しかも蠱惑的《こわくてき》な程に！）

「……フン。まぁ良い。座れ」

スズキの可愛さから目を逸らし、平静を装いつつ、レオスはスズキにそう告げた。

スズキは、あちこちに魔物の死体が散乱する教室を「えっえっ？　ちょっと何コレ！」と驚きながらも、レオスに指示された自分の席に向かう。そして、おずおずと椅子に腰掛けた。

スズキの登場で、やにわに魔物達がざわめき出す。

「お、おい。アイツ、遅刻したのにお咎め無しかよ？　俺ら、ちょっとしたことで殺されてるのに！」

「いくら可愛いからって贔屓《ひいき》だぜ！　……はっ!?」

二体の魔物の背後にレオスが立っていた。二人の頭部をレオスの獣の手が包む。そしてグシャッと果実を潰すように粉砕した。

「『私語は死刑』――何度も言わせるな！　死ね！」

「何ソレ!?　怖い!!」

スズキが叫んだ。そんな怯えるスズキを横目に見つつ、レオスは内心ほくそ笑んでいた。

(ククク。遂に此処まで事を進めたぜ。計画は順調だ)

魔王軍決起会で見て以来、レオスはスズキの拉致を画策していた。あの空前絶後に可愛らしい人間を手中に収めれば、団長ライガスが戦死して解体寸前の獣王鬼団を再生することができる。いや、それ以上に大きな権力を手に入れることすら不可能ではあるまい。

獣王鬼団副団長レオスは数日前を思い出す。血は繋《つな》がっていないが、付き合いが長く、自分を兄者と呼んで慕う虎面の獣人ガーベルが、声を潜めて語りかけた。

「兄者。それでどうやってスズキを拉致するんだ？」

「近く帝都で下級兵士の為の悪魔研修が開かれる。参謀のセルフィアノは、そこの教師を募集しているんだ。俺はそれになる」

「え!!　兄者が教師とか大丈夫かよ!?　それに他にも魔物が立候補してくるんじゃねえか!?」

「関係ねえ。そんな奴ら全員、殺しちまえばいい。そうすりゃあ候補者は俺しかいなくなるだろ」

「な、なるほど!!　流石は兄者、頭が良い!!　実際、教師に向いてるかも知れねえ!!」

「フッ。とにかくだ。教師になってスズキの前で授業をする。そしてとても答えられない難問で、スズキを落第させる。その後、補習と称して、スズキと二人きりになる。そうすりゃお前、誰にも気取られず、安全にスズキを拉致できるって寸法よ」

「か、完璧だ!!　兄者、マジで頭が良いぜ!!」

……このような計画を胸に、レオスはまず参謀であるセルフィアノの元に向かったのだが、

「それではマスターオーク。アナタを悪魔研修の教師に任命します」

「頑張るブー！」

豚の怪物がブヒブヒと嬉しそうに巨体を揺らしている。既に教師の選別は終わっていた。

（チッ。こりゃあマズいぜ）

レオスは慌ててセルフィアノに嘆願した。

「待ってくれ、セルフィアノ殿。俺も教師になりたいんだ」

「あらら。それは困りましたね。もう決まってしまったのですよ」

「俺はどうしても下級兵士共を教育したいのです!! 魔王軍の未来の為に!!」

熱く訴えるが、マスターオークが鼻息荒く、レオスに突っかかってきた。

「何だ、お前！ 横槍《よこやり》入れんなブー！ 俺が教師に決まったんだブー！」

レオスはギロリとマスターオークを睨むと、鋼鉄の爪を持つ右腕を大きく引いた。

「うるせえ、豚野郎！ 死ね！」

「ブブ――――ッ!?」

マスターオークの首が宙を舞う。レオスの爪撃は丸太のように太いマスターオークの首すら瞬時に刈り取った。転がった頭部を長い爪のある足で踏みつけて、レオスはにやりと笑う。

「ククク。教師への情熱が溢れすぎてしまいましたな」

「す、既に決まっているのと言っているのに……候補者を惨殺……!?」

小刻みに震えながら呟いたセルフィアノは、次の瞬間、花の咲いたような笑顔を見せた。

「素晴らしいっ！ 何て強烈な教育への熱意！ 私が求めていたのは、アナタのようなやる気のある教師です！ レオス先生！ 亡くなった――ってかアナタがブッ殺したマスターオークに代わって、悪魔研修で教鞭《きょうべん》を振るってください！」

「はっ！ バカな下級兵共を立派な魔王軍の兵士に教育してみせます！ そう、時には殺してでも！ ククク！ ハハハハハ！」

……数日前、そんな経緯でセルフィアノに認められたことを思い出した後、レオスはスズキから数メートル離れた後ろで、腕組みしながら見学している雷槍疾走《らいそうしっそう》のネフィラを一瞥した。

(ネフィラに勘づかれないように、事は慎重に運ばなきゃあな)

レオスは鋭い獣の目を更に尖らせた。

◇

遅刻した勇者が教室に入ってきた時、エクセラは気が気ではなかった。『遅刻!? 死刑だ!!』みたいなことになりそうで、ハラハラしていたのだ。

しかし、そこは神より授かったと言われる、勇者の魔物から愛される能力。レオスは特に勇者を罰せず、ただ席に座らせただけだった。

(ああ、よかった……!)

それでも、レオスに殺された惨殺死体が転がる血生臭い教室で、エクセラの不安が消えることはない。エクセラは緊張しつつ、隣のネフィラに尋ねる。

「ネフィラ様!! 勇者様は大丈夫でしょうか!?」

「う、うむ。スズキに対しても、あの厳しい指導が行われるかと思うと、流石に心配になってきたな……」

普段冷静なネフィラも勇者のこととなると顔色を変える。エクセラにはネフィラの焦燥が伝わってきた。ネフィラが真剣な目をエクセラに向ける。

「エクセラ！　万一のことがあれば止めに入るぞ！　準備をしておけ！」

「は、はい！」

エクセラは返事した後、ごくりと唾を飲み込んだ。

（そうです！　いざという時は、私達が勇者様を守らなければ！）

いつの間にか命がけとなった地獄の研修。レオスが勇者をギロリと睨んだ。

「それではスズキ。お前がいなかった時に出した問題に答えて貰おう」

（なっ!?　それはもしや、あの無理難題では!?）

「道で人間の子供が転んで泣いている――さぁ、どうする？　一番、笑う　二番、食べる　三番、助ける……番号で答えろ！」

（やはり、あの問題でした！　正解は、番号と言いながら番号ではなく『笑いながら食べる。もしくは食べながら笑う』です！　で、でも、人間である勇者様はもちろん……！）

エクセラの予想通り、勇者は即座に問題に答えようとしていた。

「そんなの簡単だろ。答えは、三番の……」

（いけません、勇者様ぁっ!!）

「ゴホーン!!　ゴホゴホッ!!」

エクセラは精一杯の声量で咳をした。教室中の視線がエクセラに集まる。もちろん勇者も自分を振り返っていた。

エクセラは咳を続けつつ、ある程度、他の生徒達の視線が自分から逸れるタイミングを見計らう。

そして、レオスもエクセラから目を離した時。

（今ですわ！　勇者様！　どうか、この合図を受け取ってください！）

エクセラの咳を心配そうに眺めている勇者と視線を合わせた後。エクセラは『微笑みながら片手を動かし、ものを食べる仕草』をして見せた。

隣にいるネフィラがエクセラの意図に気付き、耳元で囁く。

「おお！　いいぞ、エクセラ！　やはり貴様、なかなか見所のある奴隷だな！」

「ありがとうございます！　でも後はこれが勇者様に伝わるかどうか……！」

エクセラはちらりと前方を窺う。すると、勇者は片方の口角を上げつつ、親指を立てていた。

「ようし、大丈夫だ！　エクセラ！　お前の合図はしっかりとスズキに伝わっているぞ！」

「ああ、よかった！」

勇者は座ったまま、レオスに向き直る。そしてレオスの目を見詰めつつ、自信満々に言った。

「答えは三番の『助ける』です！」

「「バカアアアアアアアアアアアアアアアアア!!」」

エクセラはネフィラと揃って絶叫した。全然分かってないじゃない、この人！　じゃあ、どうしてさっき親指立てたのよ！　紛らわしい！

普段は元第三王女としてお淑《しと》やかに振る舞っているが、エクセラは結構怒りっぽかった。全く意思疎通ができていなかった勇者にギリギリと歯噛みする。もう！　何やってんのよ、バカ！　さっきの時間、返して！

「と、とにかくこれはマズい状況だぞ！」

ネフィラの言葉でエクセラは冷静になる。レオスが明らかに不満を顔に浮かべていた。

「貴様……！　三番だと？　それは……」

（ああっ！『不正解』と言おうとしています！）

「ネフィラ様!?　勇者様を助けに向かいましょう!!」

「い、いや待て、エクセラ！　スズキが何かやろうとしている！」

（えっ？）

再度、前方を見る。勇者は、ゆっくりと自分の右手を自らの頭の方に持って行く。

そして、コツン。自分で頭部を軽く叩くと同時に舌をペロッと出した。

「四十八のプリティス・第三十九の仕草『照平舌《てへぺろ》』！」

エクセラの隣。ネフィラが突っ立ったまま、ガタガタと震えていた。

「な、な、何という可愛さだッ!!　間違ってるけど、許してあげたくなるッ!!」

「そ、そうですか？　私はただただ小憎たらしいですけれど……！」

（でもレオス先生は……!?）

エクセラは呼吸を荒くしてレオスに視線を移す。

レオスは鋭い牙をギリギリと食い縛っていたが、やがて勇者から目を逸らして、

「……正解」

ぼそりと、そう告げた。

（せ、正解になりましたああああああ!?　さっきと答えが明らかに違うのに!!）

驚きと嬉しさが絡み合い、エクセラはネフィラと手を取り合って喜んだ。

「やはり勇者様のお力は凄いですね!!」

「ああ!!　だって可愛いからな!!　スズキは!!」

ハッと気付いたように、ネフィラがエクセラの手を払いのける。それでも、エクセラは安堵の笑みを浮かべるのだった。

◆

スズキの席から離れた場所で、ネフィラと人間の奴隷が手を取り合って喜んでいる。レオスは歯ぎしりしながら、先程の自分の行動を思い出していた。

（クソが！　正解にしちまった！）

テヘッと笑い、ペロッと舌を出したスズキがあまりに可愛すぎて、ついウッカリ正解と口走ってしまった。そのことをレオスは激しく悔いていた。

雷槍疾走《らいそうしっそう》の隊長補佐役でもあるスズキを拉致するのは容易ではない。その為の伏線として、レオスはあえて、ホームルーム開始早々、生徒達を残虐に殺しまくった。そして『レオスが出す問題を間違えれば、基本的に死刑』という観念を周囲に植え込ませたのだ。その上で、

『スズキ。問題を間違えたな。お前は補習だ』

という風に話を持って行けば、死刑を免れたことに安心してネフィラも何も言うまい。授業後、ごく自然にスズキと二人きりになり、その上で拉致できる。

綿密に練った計画――なのに、スズキの可愛さにやられてしまったのだ。

(バカが！　気をしっかり保て！　スズキは目的の為に利用するんだろうが！)

『売人は草や薬は絶対にするな。あくまで道具として扱え』――レオスは腹心である虎の獣人ガーベルに常にそう言ってきた。

なのに、そんな俺がスズキに取り込まれてどうする！　草や薬と同じで、スズキは道具！　俺達が成り上がる為の単なる道具だ！

(次の問題で確実に落第させてやる！)

レオスは意志のこもった獰猛な目でスズキを睨んだ。

「スズキ！　続けてお前に問題を出す！　答えろ！」

「は、はい！」

「第二問！『人間と魔物は共存できるか？　一番、できる　二番、できない　三番、できる訳ない』……番号で答えろ！」

(スズキは絶対『一番、できる』を選ぶ！　その瞬間に不正解と言い放ち、落第にする！)

簡単な作業だ。今度は何が何でも惑わされるものかと気合いを入れて、レオスはスズキを見る――だが、スズキは席にいなかった。

（ば、バカな!?　あの野郎、何処に行きやがった!?　アッ――――）

何とレオスの目の前に、スズキが佇んでいた。

（つおっ!?　近い!!　スズキが近いッ!!）

「お、おい、貴様!!　勝手に席を立つんじゃ、」

「答えは……一番『できる』です！」

（ふ……ふはははっ!!　やはり!!　思った通りだ!!　言いやがったな!!）

「バカめ!!　その答えは『不正か、」

不正解と言いかけた瞬間、レオスは手に温もりを感じる。

（……あん？）

気付けば、スズキが両手で自分の手を握りしめていた。

（ひっ!?　こ、こ、コイツ一体、何のつもりだ!!）

「できる……」

「ああ!?　何だって!?」

スズキは目を潤ませながら叫んだ。

「絶対!!　絶対に共存できる筈なんだ!!　人間も魔物も心を開けば、分かり合える筈なんだ!!」

（熱すぎるだろ、お前!!　そして、俺の手を握るんじゃねえ!!）

レオスは、火傷《やけど》しそうに熱い思いのこもったスズキの手を振り払うべく、口を開いた。

「お、俺に触るニャ!!」

（いや『触るニャ』って何だ!!　焦って変な事、口走っちまった!!）

レオスは取り繕うように咳払いした後、

「と、とにかくお前の答えは……」

そして改めてスズキを見て――レオスは愕然とする。

動揺するレオスの目前には、自分と同じ獅子の獣人の外見をしたスズキが立っていた。しかも……。

（ま、まるで……二、三歳の獣人のガキじゃねえか……！）

レオスの瞳に、スズキは幼い獅子の獣人の姿として映っていた。しかも幼児。人間でも獣人でも一番可愛い頃合いである。

冷酷非情なレオスとて、同種族に対する愛情はある。そもそも落ちぶれた獣王鬼団を復活させようという志も、そういった感情の発露からであった。

（ああ……可愛いニャァ……！　ハッ!?　いかん!!）

幼い獣人のように愛らしいスズキが、レオスに向かって叫んでいる。

「先生!!　正解は!?」

（誰が先生だ！　そんなのは全部、お前を騙《だま》す為の芝居なんだよ！　俺は先生なんかじゃねえ！）

「先生!!　レオス先生!!」

先生と連呼されて、レオスの心臓がトゥクンと優しく鼓動した。な、何だ、この気持ちは……！

「レオス先生ッ!!　正解を教えてください!!」

「あ、ああ。そうだな……」

レオスの心臓がドキドキと鼓動を早める。

『先生』……なんて良い響きなんだ……！　もっと俺を先生と呼んでくれ！　ああ……もっと、ずっと……スズキと一緒に授業がしたい！

「魔物と人間は共存できますよね!?　レオス先生!!」

共存——できるような気がしてきたな。うん。頑張ればできるんじゃない？　ハハハ。できる、できるさ……い、いや、俺は何を考えている!?　それは不正解だ!!　言え!!　不正解だと!!　言うんだ!!　言うんだあああああああああああああ!!

「ふ、ふ、ふ、」

ヘドロのようにベットリと喉に絡み付いた言葉を、レオスは気合いで無理矢理、押し出そうとした。その結果、

「フニャ——————ン!!」

『不正解』と叫ぶつもりだったレオスの口から出たのは、嬌声《きょうせい》のような鳴き声であった。スズキが目を丸くしている。

「れ、レオス先生!?　今のは一体どういう意味ですか!?」

(何言ってんだ、俺はアアアアアアアアアアアアア!!)

生まれて初めて出したわ、あんな声！　お、落ち着け！　俺は獣王鬼団副団長レオス！　生きるか死ぬかの修羅場を無数に潜ってきた！　それに比べりゃ、こんなもの！

もはやスズキを落第させるとか、拉致するとかそういう問題ではなくなっていた。レオスの心は今にも張り裂けそうだった。

(ダメだ！　これ以上、スズキを直視してたら気が変になっちまう！)

それでもスズキは答えを求めている。なのに『不正解』――その一言がどうしても喉から出ない。

畜生！　一体、どうすればいい？　分からん！　もう何もかも……分からニャイ！

レオスは残った理性を総動員して、拳を握りしめた。レオスの掌から血が滴る。

「こ、答えは……っ、次の授業までの……宿題だ……！」

「えっ！　しゅ、宿題？」

「バカ野郎！　いつもいつも先生から簡単に答えが聞けると思うな！　次回までに必死で自分で考えておけ！　これが本当の勉強だ！」

「は、はい！　分かりました、レオス先生！」

「本日の悪魔研修はこれにて終了ッ!!」

叫ぶと、レオスは逃げるように教室を飛び出した。


「何やってんだよ、兄者！　スズキを連れてくるんじゃなかったのかよ！」

研修所の教室から離れた所にある草むらで、虎の獣人ガーベルはレオスに声を荒らげた。

しかしレオスは、いつもとは違う透き通った目で、弟分のガーベルを見る。

「俺は今日、教育の素晴らしさに気付いたのだ……」

「あ、兄者？」

研修中、スズキに『レオス先生』と呼ばれたことを思い出し、レオスは「ハニャン」と身をよじった。そのまま、フラフラと歩き出す。

「いや待ってくれよ!! スズキを利用して獣王鬼団を再生するんじゃなかったのかよ!?」

「しない。俺はこの身を天職である教師に捧《ささ》げることに決めた」

「マジで教師になるの!? ……って、何処にいくんだよ、兄者!?」

「明日の授業に使う問題集を作る。あと、俺のことは兄者ではなく『先生』と呼びたまえ」

「呼びたまえ、って……えぇえええええ……！」

あんぐりと口を開けたままのガーベルを残して、レオスは歩き出した。

草むらを出て、帝都を一人歩く。そして、誰もいない路地でレオスは頰を染め、激しく鼓動する自らの胸に手を当てていた。

（ハァハァハァ……!! 『先生』……たまらニャイ……!!）

◆

スズキがレオスによる悪魔研修に出席している頃、セルフィアノは忙しげに羽ペンを羊皮紙に走らせていた。机にはうずたかく書類の山が積まれている。魔王軍随一の知能の元には、様々な雑事や事務作業が雪崩のように降りかかるのである。

(全く。こんな日まで仕事があるのですから、イヤになってしまいますね)

何気ない顔で教室を出てきたが、実際のところ、セルフィアノだってスズキの授業を見ていたかった。それでも溜まりに溜まった仕事を放り出すことはできなかったのだ。

(うー。私もスズキの授業風景、見たかったですー)

小さな溜め息を吐いた後——セルフィアノはにやりと顔を歪《ゆが》ませる。フフフ！　でも大丈夫！

私には、ネフィラの知らない秘密があるのでーす！

(そろそろ研修が終わった頃でしょうか)

セルフィアノはドレスの胸の谷間から、ネフィラや魔王軍の幹部に渡しているのとは違う小型の水晶玉を取り出す。机の上にことりと置くと、セルフィアノは魔力を注いだ。

やがて、水晶玉に戸惑った感じのスズキの顔が映し出される。セルフィアノの胸はときめいた。

「やほー！　私の顔、ちゃんと映ってますー？」

「あ、うん。映ってる……ってかコレ凄いな。テレビ電話みたい……」

セルフィアノは前もって、こっそりスズキに水晶玉を渡していたのだった。スズキの愛らしい顔を眺めながら、セルフィアノはドキドキしながら尋ねる。

「ちょっと大事な話があるのですが……今、一人ですー？」

「あ、うん。トイレに行った帰りだから。大事な話って？」

「スズキはどんな魔物がタイプなんですー？」

「い、いや魔物にタイプとか特にないけど……」

「じゃあじゃあー。ウフフ！　私なんてどうですー？」

「ええっ!?」

（照れちゃってー！　あーん！　可愛いですー！）

その後もセルフィアノは授業を見られなかった憂さ晴らしでもするように、スズキと雑談を続けた。そして……。

「オッゲェー」

いつものようにセルフィアノは吐血した。

「ヒイッ!?　どうしたの、急に!?」

「ああ、平気です。長時間の水晶玉通信は発信者の体力を蝕んでいくのです。ゴビュ！」

「そんな危ない通信なんだ、コレ!?　なら、もう切った方がいいんじゃない!?」

「なりません。これは魔王軍の為なのでビュ！」

セルフィアノは吐血など気にならないくらい興奮していた。ネフィラがいるというのに、スズキとこっそり水晶玉通話！　何という背徳！　何という快感でしょう！

流れ落ちる血液も気にならない。しかし、スズキはかなり気にしているようで、顔を蒼白《そうはく》にして叫ぶ。

「いやもう、血塗れで怖いんだけど!!」

「全然まだまだ続けられまビュ！」

「語尾もおかしくなって、目から血まで出てるのに⁉　……あ、あれ？　ちょっと待って……」

「スズキ？　どうしたのです？」

「えっと……アンデッドが呼んでる……。え……ギュマから──だって？」

一瞬、水晶玉通信を切る為のスズキの策かと思ったが、確かにスズキの背後から、アンデッドの唸り声が聞こえた。

（ギュマが一体、スズキに何の用でしょう？　悪魔研修中は、帝都の港で停泊を命じておいた筈ですが……）

「ごめん！　じゃあ、また！」

「あっ。スズキ。お待ちくださ……」

水晶玉が暗くなる。どうやらスズキが水晶玉を服のポケットに戻したようだ。

「あーあ。切られちゃいました。もっと話したかったです……なーんてね！」

セルフィアノは一人、口元を歪める。フッフフ！　魔王軍参謀を見くびって貰っては困りますよ！　この流血状態から、スズキは流石にもう通信を切っていると考えるでしょう！　しかし、実はまだ通信は切れていません！　画像は真っ暗で何も見えませんが、音だけは聞こえるのですよ！

「これぞ『盗聴の計』！　フフフ……ゴビュボボボボ！」

吐血しながらセルフィアノは笑う。こ、これでスズキのトイレの音なんかも聞けちゃいまーす！

ゴビュボ！　いやだ、私ったら興奮して、体中の血が無くなっちゃいそうでーす！

セルフィアノは、愛らしいスズキの声を聞こうと水晶玉に耳を近付けた。すると、

「おおおお！　す、スズキいいいいいいい！　ヂュマ様から急ぎの連絡だよおおおおお！」

（ちょ……汚らわしいアンデッドの声なんて聞きたくないんですよ！　アンタは黙ってなさい、バカ！　ゴビュ！）

「れ、レイルーンがさあああああ！　魔物の群れに襲われて大変らしいんだよおおおおおお！」

「嘘だろ!?　だってレイルーンには、メルにキルやウロウグルだっているのに!!」

「それが魔王軍じゃない野良の魔物らしいんだよおおおおおお！　本当だよおおおお！　早く帰らなきゃあ全滅しちゃうかもよおおおおお？　これはもう絶対に本当だよおおおおおおお！」

（いや嘘くさいです！　『本当だよ本当だよ』って、しつこいですし！）

だが水晶玉からはエクセラの焦った声も聞こえてくる。

「ゆ、勇者様！　本当ならば一大事です！」

「あ、ああ！　スズキーランドも心配だ！　……おい、ネフィラは!?」

「先にヂュマ様の船に乗って待ってるよおおおおおおおお！　セルフィアノ様だって、急いで帰れって言ってたよおおおおおおお！」

（そんなことを言った覚えも、こんな話を聞いた覚えもありません！　もう確実ですね……）

セルフィアノは激しく吐血しながら、三つの目を尖らせる。

（謀りましたね、ヂュマ!!　ゴビュビュのビュ!!）

◆

ネフィラの元に、セルフィアノから緊急の呼び出しがあった。

ネフィラは研修所の所長室に息せき切って駆けつけ、扉をバーンと思い切り開く。セルフィアノは一人、革の椅子に腰掛けていた。

「セルフィアノ殿！　スズキがいないのです！　やはり迷子になってしまったのでは！」

「どうやら迷子以上に厄介なことになっているようですよ。これを見てください」

セルフィアノは溜め息を吐きながら、ネフィラに水晶玉を見せた。訳が分からず、ネフィラは水晶玉とセルフィアノの顔を二度見する。

「これと対になる水晶玉をスズキの安心の為に持たせていたのです。今から録音機能によって撮れた音声を再生しますね」

「あ、あの……意味がよく分からないのですが……？」

「すぐに分かります」

セルフィアノが操作すると水晶玉から、スズキとアンデッドが話す声が聞こえた。

(す、スズキの声だわ！　……えええっ!?　レイルーンが魔物の群れに襲われて……!?　そして、私がチュマの船で待ってるって!?)

「スズキ！　違うぞ！　ソイツは嘘を言っている！」

「だから録音機能だって言ってるでしょう。これは数十分前の会話なのです」

「数十分前の会話……？」

台詞を繰り返した後、ネフィラはセルフィアノが言った意味をようやく理解して顔色を変えた。

「つ、つまり、スズキがギュマに拉致されたということですか!?」

「はい。そういうことです」

「お、おのれ、ギュマめ!! 私のスズキをッ!!」

所長室の机に激しく拳を打ち付けて陥没させると、ネフィラはすがるようにセルフィアノに尋ねる。

「それで今、スズキは!?」

「ギュマの船に乗船したと思《おぼ》しきところで音声が途絶えました。強力なギュマの魔力で通信が切れた——もしくは、勘づいたギュマがスズキの水晶玉を破壊したと推測します」

「ぐうっ！　では、スズキの足取りを追う方法は消え、そ、そして、ギュマと一緒にこの広い海の何処かに……！」

忙《せわ》しなく爪を噛むネフィラを見かねたように、セルフィアノが陶器のポットを持って来る。そして優雅な所作で、紅茶をカップにトポトポと淹《い》れた。

「少し落ち着きましょう」

一杯の紅茶をネフィラに差し出す。紅茶の入ったカップの端には、橙色《だいだいいろ》の果実が添えられていた。

「これは私が最近、考案したものです。ラモンネの果実を紅茶に少し入れると、酸味が普段と違った味わいを引き立てるのです」

（はぁっ!?　呑気にお茶なんかしてる場合じゃないでしょ!!）

もう一度、拳を机に叩き付けようとしたネフィラだったが、セルフィアノのティーカップを持つ手が震えていることに気付く。セルフィアノもまた、自身を落ち着けようとしているのかも知れない。深呼吸して、ネフィラはできるだけ心を落ち着かせた。そして、紅茶を飲むセルフィアノに真剣な目を向ける。

「スズキの悪魔研修は魔王様のご命令でした！　ヂュマはそれに背いたのです！　これは反逆罪と言っても過言ではありません！」

「何が言いたいのですか？」

「魔界に連絡を！　魔王様の許可のもと、全軍を以てスズキを探しましょう！　海上とはいえ、ワイバーンやドラゴンなどの魔王軍急襲飛行部隊が上空から探索すれば発見できます！」

「知っているでしょう。魔王軍急襲飛行部隊は緊急時でなければ動かせません」

「今がその緊急時ですよ！　魔王様の命令で帝都に来たスズキがさらわれたのですから！」

すると、セルフィアノは黙ってしまった。何やら気まずそうに両手の人差し指をチョンチョンと合わせている。

「セルフィアノ殿？」

「……実は魔王様はこのことは知らないのです」

「ですから！　スズキが拉致されたことを今から魔王様に伝えて、」

「そうではありません。『魔王様はスズキが悪魔研修の為に帝都に来ていることをご存じない』のです」

「……は？」

一瞬の沈黙後、ネフィラは声を張り上げる。

「ば、バカな!! スズキの悪魔研修は魔王様の勅令だった筈では!? セルフィアノ殿!! アナタは私にそう言いましたよね!?」

セルフィアノは飲んでいた紅茶を机に静かに置いた。

「もはや隠しきれませんね。スズキを悪魔研修の為、帝都に呼ぼうと考えたのは魔王様ではありません。この私なのです」

「そんな!! 一体、何故!? り、理由をお聞かせください!! 事と次第によっては……」

「……会いたかったんです」

「えっ」

セルフィアノは切ない顔で、振り絞るように叫ぶ。

「私だってスズキと会いたかったのでーす!! もっともっと話したかったのでーす!!」

「そ、そんな理由で？」

「イエス！」

顔の傍で人差し指を立てたセルフィアノを見て、ネフィラはプルプルと震えていた。

(それじゃ、元の原因はアンタじゃないの!!)

しかし仮にも魔王軍参謀にそんなことは言えない。ネフィラの苛立《いらだ》ちを知る由もなく、セルフィアノは遠い目で語り始めた。

「最初は、水晶玉盗撮したスズキの姿を眺めるだけで満足していました。けれど、ネフィラはリアル・スズキといつも一緒にいます。なのに私は水晶玉に映るフェイク・スズキ。私だってスズキと直接会ってお話がしたい。以前、水晶玉通信でスズキにチュッとされたと自慢げにアナタが語っていた時、実は私は嫉妬で狂いそうだったのです。平静を装いつつ『ネフィラのばーか！　うんこたれ！』と心の中で毒づいていました」

「子供ですか、アナタは!!」

「フッ」と薄ら笑いを浮かべた後、セルフィアノは立ち上がった。紅茶のカップを片手に、所長室をゆっくり歩き回りながら独りごちるように語る。

「帝都から北西にある人間の村『リーヴェン』では穀物の栽培が盛んです。リーヴェンで採れる特殊な穀物をこねてできる粘り気のある食べ物を、村人達は『餅』と呼ぶそうです。その餅を焼くと、ぷっくりと膨らむのです。まぁ私達魔物にとってはあまり美味《おい》しいものではありませんがね」

（い、一体、何を言って？）

セルフィアノは天才。何かのたとえ話をしているのかも知れない。だが、ネフィラには言わんとする意味が全く分からなかった。セルフィアノは話し続ける。

「前述の通り、私はスズキと懇意のアナタが羨ましかった。嫉妬で真っ赤に燃えた私の頬は、焼かれた餅のようにぷっくりと膨らんでいたのです。『スズキを帝都に招聘してアナタの元から奪う』――つまりこれが、」

「こ、これが……？」

セルフィアノは、知的で鋭い眼差しをネフィラに向けた。

「『焼き餅の計』です！」

（さっきから何言ってんのよ、この人！　くだらないことを長々と！　もう一周回ってバカなんじゃないかって気がしてきたわ！）

あまりの苛立ちを抑えられず、ネフィラはセルフィアノにズイッと迫る。

「セルフィアノ殿！　これだけは言っておきますよ！　スズキは雷槍疾走《らいそうしっそう》の隊長補佐！　つまり私のものなのです！　アナタのものではありません！」

するとセルフィアノは打って変わって、憎たらしい顔を見せる。

「はぁー？　それってネフィラが勝手にそう思ってるだけですよねー？　魔王軍に属する全ての存在は魔王様のものですけどー？」

「そ、それは詭弁《きべん》です！」

「詭弁を言ってるのはアナタです。言うならばスズキは皆のもの。独占しないでください」

「くっ！」

「フン。悔しいですか？　正直、ざまぁみろって感じです」

そしてセルフィアノは長い舌をベロベローンと出した。

「やーい。この間の水晶玉通信のお返しです。ばーか！　うんこたれ！　ざまぁ！」

「こ、この……！」

(何よ、この女！　メッチャ腹立つ！　言い返したい！　でも相手は魔王軍随一の知能！　口じゃ絶対に敵《かな》わないわ！　一体どうすれば！)

ネフィラは怒りで震える己の拳を見た。そ、そうだ！　これだわ！

「オッラァーーーーッ！」

右腕を大きく後方に引くや、ネフィラはセルフィアノの腹部に鉄拳をめり込ませた。

「ハオッ!?」

鈍い音と共に、くの字に折れるセルフィアノ。胃液を吐き出した後、目をパチクリさせる。痛みよりも驚きの方が勝ったようだ。

「えっ、えっ!?　ちょっと何すんの!?　私、魔王軍参謀なんですけどー？　言葉で負けたからって、暴力とか最低なんですけど!?」

「いや私、悪魔なので！　最低で結構！　暴力します！」

「『暴力します』て……！　あー、そう！　はいはい！　そんな感じで開き直るんですね！　はーい、もう分かりましたー！　それじゃあ私も攻撃しちゃいまーす！」

セルフィアノはネフィラを見据えながら、武術の演舞のように両手で弧を描く動きをする。

(せ、セルフィアノと戦うのは初めてだわ！　知将と名高い彼女は、一体どんな攻撃を？)

少し緊張するネフィラ。そんなネフィラの胸部にセルフィアノは手を伸ばして、オッパイをギュウとつねってきた。

「痛った!?　いや、どこ触ってんの!?」

オッパイをつねられるという予想以上に最底辺な攻撃に、ついネフィラの口調は素に戻ってしまう。

「ってか、それが知将の攻撃!?　アナタ、バカなの!?　ねえ!?」

「いやバカって言う方がバカなんですよ。だからバカはネフィラなんです。ばーか、ばーか!」

「さっきからもうホント腹立つんだけど!」

「私は随分前から腹立ってますけどー!」

「何よ、もう!　このバカ!」

ネフィラもまた片手でセルフィアノのオッパイを掴む。そして、先っちょをつねり返した。乳首を摘まれ、セルフィアノが「アヘッ」と喘《あえ》ぐ。

「いやいやいや!!　先っぽはダメでしょ!!　そういうのは暗黙の了解で……あだだだ!?　乳首、取れるぅ――!!　やめてくださ――い!!　降参!!　降参で――す!!」

降参としきりに叫ばれ、ネフィラは手を離した。涙目でドレスの胸元を覗き込み、乳首の辺りをフーフーするセルフィアノ。意味があるのか分からない処置の後で、ネフィラをキッと睨んだ。

「ネフィラ……アナタは魔王軍参謀である私を本気で怒らせたようですね……!」

「そっちからやってきたんでしょうが!」

「うっさい、バカ。とにもかくにも、近未来すら予知できる私に喧嘩《けんか》を売るとは愚かさの極み!純粋な攻撃力でも私の方が格上だと証明いたしましょう!」

（セルフィアノを本気にさせちゃったみたいね！　けど上等よ！　私だってメッチャ、ムカついてんだから！）

先手必勝、何か策を練る前に叩き潰してやる――そう考えるネフィラに対して、セルフィアノは余裕の笑みを見せる。そして長い爪のある人差し指で床を指さした。

「足下を見なさい。濡《ぬ》れているでしょう？　アナタが先程ヒートアップしている時に、私は部屋を歩き回り、伝導性のある液体を撒《ま》いていたのです」

「それはどういう……」

「分かりませんか？　お得意の雷撃は封じられたということです。もはやアナタには、私を倒す手立ては物理攻撃しか残っておりません。そして、次はその物理攻撃を第三の目で封じます」

（ううっ！　バカだと思ってたけど、やっぱり頭、いいのかも！）

「第三の目発動ッ！」

セルフィアノの額にある爬虫類《はちゅうるい》のような目が、ゆっくりと光を放ち始める。

（あらゆる攻撃が無効化されちゃう！　完全に発動する前にどうにかしなきゃ！）

「さ、させるか！」

「ふふふ、愚かな。アナタと私との距離は目算で3・68メートル。この距離では私に攻撃は届きません。第三の目が完全発動する方が先です」

しかしネフィラとて無策で突っ込んだ訳ではない。ネフィラの手には先程、セルフィアノが紅茶に入れていた酸っぱい果実ラモンネが握られていた。ネフィラは突進しながらラモンネを握り潰し、

「喰らえっ！」

その汁を手刀でセルフィアノに向けて放った。ラモンネの汁がセルフィアノの顔面に飛散する。

「アーーーーッ？　ラモンネの汁が目に染みまーす！　第三の目が開かな、イグガボオッ⁉」

ネフィラは喋っている途中のセルフィアノの鼻面にハイキックを食らわせた。ゴッと鈍い音と共に、爪先がセルフィアノの頭部にめり込む。あまりの威力にセルフィアノの頭部がブチッと音を立てて別離した。ピンボールのようにセルフィアノの頭が部屋を何度も跳ね返り、バウンドする。

（あ……やば……！）

最後に、部屋にあった観賞用の水槽に、セルフィアノの頭部はドボーンと落ちた。「ガボガボ」と苦しそうな頭部。首を無くしたセルフィアノが慌てて救出に向かう。セルフィアノは水槽から自分の頭部を取り出すと、そのまま首にグリグリと押しつけた。

「す、すみません。セルフィアノ殿。やり過ぎました……」

流石に申し訳なくなって頭を下げると、セルフィアノは口から熱帯魚をピュッと吐き出す。

「全く。私が天才じゃなきゃ死んでますよ？」

（だから天才とか関係なくない⁉　ってか、この人も不死身よね‼）

「ですが、私も頭部が水槽に入ったお陰で少し冷静になりました。とにかく今は喧嘩などしている場合ではありません。スズキのことが心配です」

「た、確かにその通りです！」

「ネフィラ。協力してスズキを探しましょう」

セルフィアノが差し出した手をネフィラが、しっかと握り、互いに無言で頷く。

とりあえず仲直りはしたが、ネフィラの心は依然、絶望で真っ暗だった。

(でも、探すって言ったってどうすれば良いのよ――――!! こんなことしてる間にも、スズキが人形にされちゃうううううううう!!)

第四章　呪いの人形

「もうすぐギュマ様とネフィラ様が来られるようううう。此処でしばらく待ってろよおおおおお」

隆《たかし》、エクセラ、そしてアイナをギュマの船まで案内した後、アンデッドは笑いながら何処かに行ってしまった。

隆《たかし》は甲板から後方を眺める。瞬く間に、帝都の港が遠ざかっていく。ギュマの船団は猛スピードで海上を進んでいた。

（ネフィラが留守と知って狙われた？　魔物の反乱？　また救世十字軍が絡んでる……？）

スズキーランドのことやメルキル姉妹の安否を心配する隆《たかし》だったが、しばらくしてエクセラが蒼白の表情を見せる。

「ゆ、勇者様、おかしいです！　この船はレイルーンに向かっておりません！」

「何だって!?」

驚いて隆《たかし》が叫ぶ。太陽の位置から判断して、船はレイルーンとは全く別方向に進んでいるとエクセラは言った。

「あうう……」

アイナもまた心配げに唸っていた。三人が不安と嫌な予感に苛《さいな》まれていると、徐々に船は速度を緩めて、遂には……。

「と、止まった？」

いつしか太陽は分厚い雲にその姿を隠されていた。曇天の下、ギュマの大船は凪《な》いだ海上で、何処にも向かうことなく停止している。

「とにかくギュマの所に行こう！」

「え、ええ！　そうですね！」

その時、コツコツと足音が響く。

「そ、その必要は、な、ないよ……」

そして、魔王軍不死船団団長ギュマ自ら、甲板に通じる階段を上ってくる。

「ギュマ！　ネフィラは？」

「ま、まだ帝都だよ。こ、此処には、わ、私とお前達以外、誰もいない」

ギュマは「きけけけ」と楽しそうに笑う。気付けば、甲板には沢山のアンデッドと人形達がいて、隆《たかし》達を取り囲んでいた。隆《たかし》はギュマを睨む。

「レイルーンが危ないって話は嘘なのか？」

「ぜ、全部、私の作り話だよ」

（ふう。よかった……じゃないよな。流石にこの状況は）

「す、スズキ。お、お前が欲しい。雷槍疾走《らいそうしっそう》を抜けて、わ、私の不死船団に入ってくれ」

「断る！　人を騙して連れてくるような魔物の下なんかに誰がつくかよ！」

「そ、それは残念だ」

ギュマが言い終わると一体のアンデッドが、隆《たかし》ににじり寄ろうとした。

「スズキもアンデッドになろうよおおおおおおおおお！」

隆《たかし》が攻撃に身構える。だが、ギュマは音もなくそのアンデッドの背後に忍び寄り、口をカパッと開く。耳まで裂けた口腔《こうこう》には、剣山を思わせる細く鋭い牙が並んでいる。ばくんと音を立てて、ギュマがアンデッドの頭部を丸かじりする。

（うおっ⁉）

ゴシャグシャとアンデッドの頭部を嚙み砕きながら、ギュマが笑う。

「お、お前達は手を出すな。す、スズキは私自身が、や、やる」

ギュマがフラフラと人形独特の歩き方で、隆《たかし》に近付いてくる。

「や、優しくしてあげる。痛くないように、じ、じっくり私の体液を、そ、注いであげるから……」

「冗談だろ！　俺はチェアセットになりたくなんかないぞ！」

「きけけけ！　じゃ、じゃあ力尽くで押さえつけて、無理矢理に体液を、ちゅ、注入するしかないねえええええ！」

ギュマの目が大きく見開かれた。四つん這いになって体を屈め、飛び掛かる寸前の猛獣の体勢になる。

「きけけけ……け、『形態変化』……！」

ギュマの脇腹の辺りからドレスを突き破って、二本の腕が現れた。腰からも同様に新たな脚が現れる。四本腕に四本脚。蜘蛛《くも》のような外見になったギュマ。その眼球は窪み、空洞に変化していた。

暗い眼窩《がんか》の中にも針のような牙が生えているのに気付いて、エクセラが唇を震わせた。

「か、怪物……っ！」

「きけけけ！　けけけきけけけけ！」

ギュマは哄笑しながらスズキに突進する。隆《たかし》は咄嗟に、太いマストの陰に身を隠すが、ギュマはそのまま突っ込んできた。ギュマの突進を受けたマストがバキバキと音を立てて、へし折れる。

「お、おい!?　殺す気かよ!!」

「け、怪我して死んでも大丈夫！　あ、後で修理してあげるから！　きけけ！」

（魔王軍不死船団ギュマ！　コイツ、マジで厄介だ！）

ギュマもまた他の魔物と同様に、隆《たかし》を可愛いと思っている。だからこそ隆《たかし》を不死船団に入れたいし、人形にしたいのだろう。だが問題は、隆《たかし》の生死はギュマにとっては関係ないということなのだ。

「か、観念して、私の人形になりなよおおおおおおおおおおお!!」

隆《たかし》は身を隠せる遮蔽物を探そうとするが、その暇を与えずギュマがまた突進してくる。獰猛な怪物の迫力に隆《たかし》は焦り、足下がよろけた。

「けけけけきけけ！」

（ちょ……コレ……やばっ！）

「ゆ、勇者様っ!?」

エクセラが叫ぶ。今まさにギュマが隆《たかし》の命を奪おうとする寸前、隆《たかし》の体に衝撃が走った。何者かに弾《はじ》き飛《と》ばされて、隆《たかし》は甲板を転がる。

「……え？」

隆《たかし》は自分に乗っかかるようにして倒れているアイナに気付く。アイナが体当たりして、ギュマの突進から助けてくれたのだ。

「あ、ありがとう、アイナ！」

「あうあう……！」

フードから覗くアイナの口元が謙遜するように微笑んでいる。ギュマはくるりと振り返ると、そんなアイナとエクセラを睥睨し、舌打ちした。

「じゃ、邪魔な奴らだ。人間の女なんか興味はない。い、生きたままアンデッドの餌にするか……」

甲板にしたアンデッド達が、呻くような声で騒ぎ出した。

「うおおおお！　やったあああああああああああ！」

「飯だ飯だああああああああああああ！」

怯えて後ずさるエクセラとアイナを見て、隆《たかし》の心の中に熱いものが広がる。

(餌だって？　二人に手を出させてたまるかよ！)

「いい加減にしろよ！　ギュマ！」

熱い思いが隆《たかし》の心の奥底から溢れるように湧いてくる。確かにギュマは強い。隆《たかし》のスキルも上手《うま》く作用しない。

(けど！)

「俺の仲間に、絶対に手は出させない！」

勇者としての意志が、隆《たかし》の心の中でヂュマに対する恐怖を超えた。二人を守ろうと、ザッとエクセラ達の前に立つ隆《たかし》。背後からエクセラの取り乱した声が聞こえる。

「勇者様！　ヂュマにプリティスは逆効果です！　可愛く見せれば見せるほど、ヂュマは勇者様を人形にしたくなってしまう！」

隆《たかし》はそんなエクセラをちらりと振り返って微笑む。

「大丈夫。ヂュマが形態変化したように、可愛さにだって色んな形態があるんだ」

「か、可愛さに形態……ですか？」

窮地に陥っているのに、隆《たかし》は自分でも不思議なほど冷静だった。仲間を守ろうとする気持ちが、強い力を生んでいるのかも知れない。

落ち着き払ってヂュマを見据える隆《たかし》の脳裏に、リールーとの修行風景が思い返されていた。


『スズキ。今後、お主は様々な種類の魔族と戦うことになる。中には可愛すぎるが故に、お主を食べてしまいたい、剝製にして飾りたい、などという特殊な性癖を抱く者がいるかも知れんのぞ』

『そ、そんなのと戦ったら俺、終わりじゃん！』

慌てる隆《たかし》とは対照的に、リールーはにこりと笑う。

『極悪非道の魔物とて、泣いている赤子を襲うことは、そうそうできぬものぞ』

『泣いている赤子……？』

『魔物の胸をときめかせる可愛さを与えるだけがプリティスではない。モンスターの心に感傷的に訴え、哀れみを誘うプリティスもあるのぞ』

『それって【涙瞳《るいどう》】のこと?』

『涙瞳《るいどう》だけではない。似た系統の技は四十八のプリティスに幾つもあるのぞ。覚えておらんのか?』

『えぇっと……』

まだプリティスに熟達していない隆《たかし》には即座に思いつかない。リールーは、そんな隆《たかし》の後頭部をピシッと叩いた後、笑いながら言う。

『同系統の効果を持つプリティスで構成された連続攻撃。それを我は【フロー】と名付けたのぞ。特殊な性癖を持つ魔物には【フロー】による連続攻撃で対処するのぞ』

リールーとの修行を思い出した後。隆《たかし》は前方のギュマに注意を払いながらエクセラに言う。

「ギュマは『悲哀のフロー』で仕留める!」

「ひ、『悲哀のフロー』ですか? 意味は良く分かりませんが……何だか格好良いです!」

「ああ! 任せてくれ、エクセラ!」

隆《たかし》達の会話が聞こえたのだろう。ギュマは高らかに声を上げて笑った。

「けけききけ! わ、私を仕留める? だ、誰も、この私を壊せるものか!」

「壊すつもりなんかないさ」

「ああ？　そ、それじゃあ、ど、どうやって私に勝つんだよ？」

「魔力、攻撃力を超える唯一無二の絶技。それがプリティスだ。お前の胸の奥深くに眠る良心にだって、きっと作用する」

「きけ！　きけけけけけけけけけけ！」

ヂュマは両手を大きく広げ、海上に響き渡る哄笑を轟かせる。

「に、人形に!!　良心なんかあるかよおおおおおおおおおおおおお!!」

◆

ヂュマの最初の意識。それは圧倒的な負のオーラに囲まれた魔界であった。

一条の光さえ差し込まぬ漆黒の中で——声がした。

『人間が憎いか？』

周囲の黒と同化したような冷たく重い声が、ヂュマの頭部に響く。

『……に、憎い』

無意識にヂュマは呟いた。その言葉はごくごく自然に自分の口から発せられた。

『憎い憎い憎い憎い憎い憎い憎い憎い憎い憎い憎い憎い憎い!!』

胸の内に溜まっていたもの全てを吐き出すように、ヂュマは連呼する。

理由などなかった。憎い。ただただ人間が憎い。それは本能のように、ヂュマに元々備わっていた感覚だった。

『ならば我《われ》がその力を強めてやろう。ヂュマよ。人類を滅ぼす厄災となれ』

遥か高みから聞こえる暗黒の声。そして辺りに広がる混沌《こんとん》とした気配は、ヂュマにとってとても気分の良いものだった。

気付けば自分は広大無辺な悪の気配に対して跪いていた。自分にできる最大の敬意を表しつつ、ヂュマは人形の口をカパリと開く。

『か、かしこまりました。ま、魔王様……』


これがヂュマの持つ原初の記憶。魔王に生み出された時より、ヂュマは激しい憎悪を身のうちに宿していた。もしも人間の言う『心』に近い何かが自分にあるとすれば、それは『憎悪』だろう。魔物として生を受けた時より宿していた、人類に対する強烈な憎しみだ。

（な、なのに、スズキは……きけけけけ！）

自分の胸の奥に良心があると言われて、ヂュマは思わず吹き出してしまった。そんなものがある筈がない。人形に良心など存在してたまるものか。今、胸の奥から込み上げる衝動はただ一つ。

（お、お前を人形にしたい！　そ、それだけだよおおおおおおおお！）

「きけけけけけけけけけけ!!」

猛然とスズキに飛び掛かり、無防備な細い首筋に噛み付こうとした刹那。ヂュマは、スズキが自らの顔を覆うように右手を当てていることに気付いた。

（ま、魔法か、術を発動しようとしているな！　か、構わない！　どんな攻撃を受けても、わ、私は死なないんだから！）

ギュマは攻撃を続けると決断。耳まで裂ける口を開き、針の牙を剥いた。

（あ、溢れるくらいにたっぷりと！　私の体液を、そ、注いであげるからねえええええええええ！）

「……四十八のプリティス・第十三の仕草『涙瞳《るいどう》』！」

首筋に牙が到達するまさにその寸前、スズキが顔から手をのけた。

「え……ええええ……？」

途端、ギュマは驚いてピタリと動きを止めてしまう。蛇のような大口を開いたまま、ギュマが見たものは……。

「シクシク……シクシク」

手で顔を擦りつつ、さめざめと泣くスズキであった。

（な、な、泣いて……る!?　何で!?）

吃驚して、ギュマはスズキから離れて距離を取った。

スズキの行動はギュマに取って予想外すぎた。魔法を放つでも、物理攻撃をするでもなく、ただただ情けない顔でメソメソと泣いていたからである。

「シクシク……シクシクシク……」

遂にはスズキは両手で顔を覆ってしまった。い、いや、何で？　ま、まだ噛み付いてもいないのに、どうして泣いてるの……！

何となく、こんな状態のスズキに攻撃をしてはいけない気がした。だが、ヂュマはブンブンと頭を振る。

「な、泣いたって無駄だよ！　人形には、ざ、罪悪感なんてないんだからね！」

攻撃を止めたのは、奇妙な行動に驚いただけだ。そう自分に言い聞かせつつ、ヂュマは再度、口を開けて無数の針の牙を剥いた。

体勢を低くし、今度こそ仕留めようと飛び掛かろうとした時。またもスズキが口を開く。

「四十八のプリティス・第十四の仕草『自分利涙《じぶりるい》』！」

(今度こそ、な、何か仕掛けてくる！)

スズキの攻撃に身構えるヂュマ。しかし……。

「シクシクシク……シークシクシク……」

スズキは、先程と同様にベソを掻いていた。

(さ、さっきと同じじゃないの!!　い、いや……ちょっと違う……!?)

スズキは今度は顔を覆っていなかった。そして、その瞳からは大粒の涙がボロボロと零《こぼ》れ落ちている。

(ぼ、ボッロボロに、な、泣いている……!!)

戦いを見ていたエクセラとかいう奴隷女が声を張り上げた。

「何という大粒の涙!!　まるで絵本で見るような涙ですわ!!」

確かにそれはヂュマが見たことのない大粒の涙であった。人間はこんなにも大粒の涙を流せるのだろうか。ボロボロ溢れる雫《しずく》はまるで美しい宝石のようである。い、いや、あの……だけど……それが何だって言うの……！

「可愛さの中に、可哀想《かわいそう》さも含んでいます！　敵の同情を誘うプリティスの連発！　これが『悲哀のフロー』なのですね！」

エクセラの言葉に、スズキはこくりと頷いた。

可哀想さ、だと？　なるほど。確かに今のスズキは、ただ可愛いだけではない。大抵の魔物が見れば、同情して襲うのを躊躇うかも知れない。

（で、でもね！　そ、そんなもの、人形には通用しない！　こ、心のない私には……！）

『死なないで。ディーネ。死なないで』

その時。ギュマの頭の中で突然、悲しげな男の泣き声が響いた。

（あ……？）

ピシッと。ギュマの胸の辺りに亀裂が入ったような衝撃が走る。そして、次の瞬間――。

船上でスズキと戦っていた筈のギュマは、薄暗い部屋の中にいた。

（ば、バカな……？　ど、何処だ、此処は……？）

古びたベッドの上で寝そべり、木の天井を仰いでいる。そして、ギュマはギョッとする。

傍には若い人間の男がいて、自分の手を握っていた。

（な、何だこの男は……あ、ああ……っ？）

握られた自分の手を見て、ヂュマは更に激しく動揺する。それはいつもの固い人形の手ではなく、人間の女性の細い手だった。

（い、一体、ど、どうなっている？）

視界は自分なのに、体は自分のものではない。混乱するヂュマの手を握ったまま、男は『ディーネ』と呼びかけ続け、涙を流している。

『悲しまないで。エルマー』

今度はヂュマの口が勝手に動き、普段と違う玉のような美しい声を発した。

『アナタに出会えて、私は幸せだったよ』

流暢《りゅうちょう》に語る女の声は、突然の湿った咳によって遮られる。

『ディーネ！』

ゴホゴホと肺の奥から聞こえるような深い咳の音。男に背をさすられながら、ヂュマは自分の手を見た。人形ではない柔らかな掌には、赤い血がべっとりと付着していた。

（こ、コイツ、病気なのか……）

ようやく咳が止《や》んだ。女は消えて無くなりそうな、か細い声を出す。

『私が死んでも……心はずっと一緒だよ……』

血に濡れた女の手を、男が構わず力強く握る。男の手は小刻みに震えていた。

『イヤだ！　僕を置いて死なないでくれ！』

『愛しているわ。エルマー』

ギュマの視界が揺らぐ。男は女の体を揺さぶっていたが、女は糸の切れた人形のようで、もう二度と喋ることは無かった。

……湿っぽい潮風が頬に当たり、ギュマの意識は現実へと戻る。

病床に伏した女の光景は消え失せ、少し離れた所にスズキが佇んでいる。ギュマは海上で停止した自船の甲板でスズキと対峙していた。

（す、数秒ほど、い、意識を飛ばされた、か）

見知らぬ人間の女が死ぬ間際の幻覚を見せられた。今の幻覚はスズキの攻撃に間違いはない。だが……。

見知らぬ人間の幻覚？　本当に……そうだったのか？

足下が、ぐらりとふらつき、ギュマは大きく目を見開く。

（ど、動揺している？　この私が？）

だとすれば、妙な幻を見せられたからに他ならない。ギュマは指先を鋭く尖らせ、こめかみに躊《ちゅう》躇《ちょ》なく突き刺した。もう二度と妙な術に惑わされないように、自らの頭部に穴を空けて、バキバキと指で弄《いじ》りながら笑う。

「な、なかなか面白い術を、つ、使うじゃないの……」

「術じゃない。プリティスだ」

プリティス——さっきもスズキは言っていた。魔力、攻撃力を超えるなどという戯言《たわごと》を。

（げ、幻覚を見せるだけの、く、くだらない力のくせに！）

自分に言い聞かせるように、ギュマが強く思った時、甲板にいたアンデッド達が「ああああああああ」と声を上げて騒ぎ出した。船長であるギュマに加勢しようとしているのだろう。しかしそれは、アンデッド達の意志によるものではなく、ギュマがあらかじめそう命令しておいたからだ。

「お、お前達はすっこんでいろ！」

無性にイラついてアンデッド達に叫び——ギュマはギクリとする。

（こ、こん……な……！）

咄嗟に、甲板にいるアンデッド全てを見渡して、ギュマの焦燥はより一層激しくなった。

全てのアンデッド達の顔は皆、今し方スズキに見せられたあの男に似た顔立ちをしていた。

一瞬、幻覚がまだ続いているのかと思ったが、よくよく見れば、どいつもこいつもあの男とは微妙に顔が違う。正真正銘、ギュマ自身が世界中からさらってきてアンデッドにした人間達だ。

（つ、つまり、これは——！）

私は今までずっと、あの男と似た顔立ちのアンデッドを集めていたということなのか！

（わ、私は、あの男の容姿を、無意識に追い求めていた……？）

そうだ。先程見た男は幻覚ではない。私は確かにあの男に見覚えがある。いつか何処か、遠い昔……。

崩れたパズルを修復するように、ギュマは無意識にあの男に似たアンデッドを集めていた。

(い、一体、何の為……に?)

『愛しているわ。エルマー』

頭の中で女の声が響き、ヂュマはくらりとする。

(あ、頭が……わ、割れそうだ……!)

現実と幻覚が交互に入り乱れる感覚にヂュマの胸がざわめく。く、苦しい! な、何だ、これは!

スズキがプリティスだとか言う妙な技を発動した途端、自らの意識が分裂したかのように乱れてしまった。

(こ、こんな不可解なスキルが世界に存在するのか! み、見くびっていた! た、短期間で雷槍《らいそう》疾走《しっそう》・隊長補佐にまで上り詰めたスズキの実力を!)

ヂュマは口をパカリと開ける。細かく鋭い牙が口腔内に全て引っ込んだ。代わりにヂュマのドレスを引き裂き、首より下の体から無数の針が突出する。

ハリネズミのような容貌になって、ヂュマはスズキを睨む。

(ほ、本気で! た、倒さなければ!)

体から高威力かつ高速度の牙を数百、射出する不死船団団長ヂュマの必殺技『傀儡《くぐつ》飛牙針《ひがしん》』——喰らえば周囲全ての敵は無惨な穴だらけの死体に変わる。

「きけけけ！　裂けた皮膚は、あ、後で縫ってあげるからね！」

俯いたままのスズキに代わって、エクセラが焦った声を上げる。

「もしや、あの無数の針を飛ばそうと⁉　勇者様、危険です⁉」

ば、バカが！　『危険です』じゃないんだよ！　発動すれば最後、か、甲板にいるアンデッドや人形もろとも串刺し！　お、お前だって即死だ！

「けけけ……！　く、『傀儡飛牙針《くぐつひがしん》』……！」

無数の針が今まさにギュマの全身から射出される寸前。スズキの様子を一瞬、窺ったギュマは戦慄する。

(な……っ⁉)

「えぐっ、あぐっ、ひっぐうっ！」

……スズキはまだ泣いていた。俯いたまま涙を零しては、腕で拭っている。延々と泣きすぎたせいで、泣きシャックリをしているようだった。

(さ、さっきから、ずーーーっと泣いてたの⁉　どんだけ長いこと、泣いてんだよ⁉)

流石に胸の中でツッコんでしまう。変な幻覚を見せられて、私が『あの男は？』とか『今まで集めたアンデッドに顔が似ている！』とか『もしかして何処かで会ったの？』みたいに色々考えている間も、ずっとメソメソ泣き続けてたの⁉　いやいや、嘘でしょ⁉　この子、泣きすぎ‼

「あっふう！　ひっぐ！　うっぐ！」

そして、泣いているだけで何もしていない。なのにどうしたことか。ギュマの胸の辺りが苦しくなってくる。

「い、い、いつまで、な、泣いている⁉」

「ゆ、勇者様‼　ギュマの技が来ます‼　そろそろ泣《な》き止《や》んでください‼」

エクセラも焦っているようで、勇者は背中を擦られていた。それでもスズキは「ぐすっ！　はうっ！」とウジウジし続けている。

「しっかり！　勇者様！　よしよし！　おう、よしよし！」

（こ、これは戦闘……なのか？）

女に背をさすられながら泣きじゃくる哀れなスズキを見ていると、攻撃の意欲がしおれていく。

ギュマの体から飛び出しかけていた傀儡飛牙針が、それと呼応するようにシュンと体の中に引っ込んでしまった。

「勇者様！　もう泣かない！　男の子なんですから！　ねっ！」

「う、うん……あふうっ！　やっぱ無理……！　ぐしゅっ！」

ギュマは白い目でスズキを見やる。何コレ。赤ちゃんでもこんな泣かないよ。ホント哀れすぎるわ。アッ……そう言えば……。

（こ、このくらい哀れな奴を昔、み、見た気がする……）

その時、涙に濡れたスズキの目がギュマに向けられていることに気付く。涙と相まって、勇者の目が鋭く光る。

「四十八のプリティス・第三十二の仕草『吃逆泣《しゃくりなき》』！」

スズキが何か言ったと思った刹那。ギュマはまたも違う空間にいた。

（チッ！　ま、またか……！）

古びたベッド。カビ臭い匂い。先程見せられた幻想の部屋だと、すぐに気付く。だが、置かれている家具などの配置は少し違った。そして――。

（あ、あの男だ……！）

ギュマの近くで椅子に座っていたのは、例の男だった。男は口髭《くちひげ》を蓄えており、額には皺が刻まれている。先程見た時より、数年の月日が経過した後のようだ。

（お、女はコイツを『エルマー』と、呼んでいたな）

エルマーをよくよく見れば、変わったのは外見だけではないことに気付く。エルマーは、椅子に体を縄で縛られ、苦しげな表情をしていた。

不意に、野太い声が部屋に響く。

「金目のもんなんぞ、全然ねーじゃねーか」

ギュマの背後。頬に傷のある屈強そうな男が、木製のタンスを蹴りながら言った。その隣では、吊《つ》り目の男が刃渡りの長いナイフをくるくると回している。

縛られたエルマーに、悪人特有の目付きをした数人の男――即座にギュマは状況を把握した。

（ご、強盗か）

人間だって魔物と変わりはしない。自分より弱い者を虐げて奪う。

椅子に縛り付けられたエルマーを、ギュマはスズキを見るような白い目で眺めていた。

（か、考えて見れば、コイツは、す、スズキ以上に哀れな奴だ。好いた女を病気で亡くし、その上、ご、強盗にも入られて！　けけ！　きけけけけ！）

愉快な気分になって、胸の中で含み笑っていると、

「……頭《かしら》。アレなんてどうです？」

一人の男が、こちらを指さした。頭と呼ばれた盗賊団の首領らしき禿頭《とくとう》の男が、ギュマに近寄ってくる。

「ああー？　売れるかよ、こんな気味悪りぃ人形！」

（な、何だ？　わ、私を見てるのか……？　あ……ああ……っ！）

禿頭の男の背後に姿見があった。それを見て、ギュマは呼吸を荒くする。

鏡にはギュマが映っていた。今度は人間の女ではない。紛れもなく、人形の自分だ。だが、つぎはぎの皮膚ではなく、まるで作られたばかりのような白蠟の肌のギュマが、静かに椅子に腰掛けている。

エルマーが血相を変えて叫ぶ。

「やめてください！　その人形だけは！」

「なぁ。コレ、お前が作ったの？」

「は、はい……！」

（な……!?）

頷き、肯定したエルマーを見て、ヂュマはびくりと震えた。

（こ、この男が、私を作っただと!? う、嘘だ!! 私は魔界で生まれた!! 魔王様に作られたんだ!!）

「芸術家か？ いい身分だねえ。俺もこんな暮らし、してみてーわ。さっさと金貯《た》めて隠居してえ」

首領は周りの強盗ほど好戦的な感じではなく、にこやかに微笑んでいた。だが、その笑みはどこか人形であるヂュマと同じように冷たく無機質だった。吊り目の男が首領に尋ねる。

「隠居って何すんですか。頭？」

「んー。教会の神父とか良いんじゃね？ 平和でも祈ってりゃ、バカな信者共が貢いでくれんだろ」

「げ!! 頭が神父ぅ!?」

「ひゃはは!! どんな生臭神父だよ!!」

荒くれ共が笑う。ひとしきり笑った後で、禿頭の首領が仮面の微笑を湛えながら言う。

「ってことで、俺の健やかな隠居生活の為に、さっさと金出してくんねえかな？」

「さっき言ったので全てなんです！ ほ、本当です！」

「んー」と首領がまるで信じていない風に首を捻る。頬に傷のある男が堪忍袋の緒が切れたように、エルマーに詰め寄った。

「嘘吐いてんじゃねえぞ！ こんな人形を作る金があるだろうが！」

そして男は、ヂュマの髪の毛を摑んで持ち上げた。

「や、やめてください!! この人形は僕の全てなんです！」

縛り付けられた椅子をガタつかせながらエルマーが叫ぶ。ギュマも自分の髪を摑む男を睨んだ。

(に、人間如きが！　誰の髪を摑んでいる！　こ、こ、殺してやる！)

だが、ギュマの体はぴくりとも動かなかった。ブチブチとイヤな音がして、千切れた髪の毛が床にパラパラと落ちた。

「ああ……ディーネ……！」

男が泣き声で呟いた。同時にギュマの頭の奥でエルマーの声が響く。


『君の髪の毛はね。ディーネのものなんだよ』


心臓などない筈のギュマの胸が、ドクッと大きく鼓動した。

ディーネ！　あ、あの病気の女だ！　つ、つまり——！

(コイツは、わ、私を作る時、病気で死んだ恋人の髪を使った……!?)


……連続して景色が変わった。目の前にいた強盗達はいつの間にか消え失せて、木漏れ日の差し込む穏やかな部屋で、椅子に座らされたギュマの髪をエルマーが櫛《くし》で優しく解いている。

(わ、私のこの髪は、ディーネとかいう、に、人間の女の……！)

だから、病に伏して血を吐く女の生前の記憶があったというのか！　し、信じられぬ！

(わ、私は！　ま、魔界で！　ま、魔王様に！)

エルマーが姿見を運んできて、ヂュマの前に置いた。

『もしもディーネとの間に子供が出来たら、この名前を付けようと思ってたんだ』

鏡には微笑むエルマーと自分の顔が映っていた。エルマーは楽しげだったが、ヂュマにとっては、まるで悪夢を見ているようだった。

絶望に押し潰されそうなヂュマに、エルマーの口から決定的な一言が放たれる。

『君の名前はヂュマだ』

ヂュマの全身を無数の蛇が這いずり回る、おぞましい感覚が襲う。

(ち、違う、違う、違う!! に、人間が!! こ、こんな男が、私の生みの親の筈がない!!)


「ゆ、勇者様!! ヂュマが苦しんでいますわ!!」

エクセラの声で、ヂュマは意識を取り戻した。

「うぐ……ぎが……!」

同時にヂュマは自分が苦しげに唸っていることに気付く。

(げ、幻覚ではなく……し、真実……だと言うのか……!)

崩れそうな精神と同様に、体がギシギシと軋んでいる。ほんの一発、軽い打撃を入れられただけで、関節全てが外れてしまいそうだ。

(ま、まずい、まずい、まずい……!)

今までどんな激しい戦闘でも、ヂュマはこれほどのダメージを負わされたことはなかった。

ギュマはスズキを睨む。スズキもまた涙目ながら、意志のこもった瞳でギュマを睨め付けていた。

(こ、これほどまでに、お、追い詰められるとは！)

生まれて初めてギュマは激しく狼狽《ろうばい》していた。も、もう泣こうが喚こうが知ったことか！　い、一刻も早くスズキを殺さなければ！　でないと、でないと！

(わ、私が、スズキに、こ、こ、壊されてしまう!!)

ギュマの体は罅割《ひびわ》れ、分解しかけていた。あらゆる物理攻撃、魔法攻撃を歯牙にもかけない不死身の体は、深層意識に作用するスズキの精神攻撃により崩壊寸前だった。

最後の力を振り絞り、ギュマはスズキに突進する。

「に、人形に!!　スズキを殺して、人形にいいいいいいいいいいいいいいい!!」

「勇者様ぁっ!!」

(げ、現実には、ただ泣いているだけ！　お前は、む、無力だ！)

朽ち果てそうな体から全魔力を引きずりだし、それを物理攻撃力に振って――ギュマは最凶の一撃をスズキに見舞おうと迫る。何があろうと、首元に噛み付き、瞬時に噛み切ってやる！

「……ムシャリ」

妙な音がして、スズキを垣間見た時。ギュマの脚はもつれ、その場にズダーンと転倒してしまう。

(そ、そ、そんな!!　こ、こんなことが!!　せ、戦闘中に、こんなことがあって良いのか!!)

スズキの手には穀物の塊が握られている。そして、スズキはそれを口に運んでいた。

「ムシャ！　ムシャリ！」

スズキは泣きながら――何と、おむすびを食べていた。奴隷女エクセラが叫ぶ。

「いや、どこから出したんですか、それ!?」

スズキは答えず、泣きながらムシャムシャとおむすびを咀嚼《そしゃく》している。

「また食べた!? 一体、どういうことですか!?」

エクセラが頭を抱えながら絶叫していた。どこからか出したおむすびを頬張るスズキを、ギュマは黙って見据える。

(お、おむすび……!?)

北西にある村、リーヴェンに住む人間はパンではなく、米などの穀物を主食にしていると耳にしたことがあった。塩をたっぷり付けた米の固まりは『おむすび』や『おにぎり』と呼ばれ、保存食として有効らしい。だが、問題はそんなことより何故、スズキが戦闘中に泣きながらおむすびを食べているのかということである。

もう全てがギュマの理解の外であった。罅割れた体のまま呆然《ぼうぜん》とするギュマをスズキが一瞥する。

「四十八のプリティス・第四十四の仕草『泣御結《なきおむすび》』! ムシャリ!」

……不意に良い香りが感覚器官のないギュマの鼻腔《びこう》を漂う。それは懐かしくて暖かい、穀物のスープの香り。食卓のテーブルに腰掛けたエルマーがパンをかじっている。

そしてギュマの目の前にもまた同じように、コーンスープとパンが置かれてあった。

(ば、バカかコイツは。人形は、た、食べられないのに)

エルマーは食事を平らげるとヂュマに近付いてくる。

「今日もヂュマは可愛いね」

（き、気持ちの悪いことを！　に、人形の顔がコロコロと変わる訳ないだろうが！）

もっとも、劣化して古くなることはあるかも知れない。事実、ヂュマの肌は、この時のような白蠟ではなく、つぎはぎだらけだ。

そんなことを考えている最中、ヂュマはふとエルマーに頭を撫でられていることに気付く。

（や、やめろ！　このバカ！）

胸がむずがゆい気分に捕らわれ、動揺する。そんなヂュマの気分を知る由もなく、エルマーはにこりと微笑みながら言う。

「ヂュマ。君は僕の最高傑作だ」

（ああ……あ……）

何故だろう。胸が熱い。体が熱い。エルマーを見ていると、胸の中から何かが込み上げてきそうになる。

「あっ……」

突如、エルマーが素っ頓狂な声を上げた。コーンスープの入った皿に腕を当てて、落としてしまったのだ。

『ガシャン』

床に落ちた陶器が割れる破砕音。瞬間、またも景色が変化した。

「やめてください!!　この人形は僕の最高傑作なんです!!」

先程、聞いたのと同じ台詞がヂュマの耳に入る。

(あ、あの続きか……)

穏やかな食事風景から一転。強盗に襲われるシーンをヂュマは再度、垣間見ていた。

縄で椅子に縛り付けられたエルマーの前で、強盗がヂュマのドレスを引き裂き、人形の体を見て嗤う。

「何が最高傑作だよ。ちゃんと服の下も女らしく作れや。乳がねーじゃねーか」

「ひひひ。コレじゃお前、夜の癒やしになんねえだろ?」

「やめて……やめてください……!」

エルマーは泣いていた。まるで自分の娘が目の前で暴漢に辱めに遭っているように、哀れに泣きじゃくっていた。さめざめと泣くエルマーは、強盗達の嗜虐《しぎゃく》心に火を付けたようだった。

「腕と足を付け替えようぜ!」

「バラバラの刑だ!」

「お、お願いです!!　この人形だけは壊さないでください!!　ヂュマには死んだ恋人の魂が宿っているんです!!」

「お前、バッカじゃね?　たかが人形に何言ってんだよ」

吊り目の男がヂュマの右腕の関節を捻《ね》じり上げた。ごきりと鈍い音を立てて、ヂュマの右腕が外される。

（こ、この野郎……！）

怒り心頭に発するヂュマだが、精神に反して体はぴくりとも動かない。

「次は左脚いくか」

「やめて……！　お願いだから……やめてください……！」

エルマーが泣き叫んでいた。禿頭の頭領は「くだらねえことしてんじゃねーよ」と呆れ顔だが、特に止める気はないようだった。

縛られたまま、エルマーは体を揺する。暴れ過ぎたせいで椅子ごと倒れ、泣きながら床にキスをするエルマー。それを見て、強盗達はますます笑った。

「だ、誰か……助けて……誰か……」

「ひゃはは！『神様、助けてー』ってか！」

「なぁ、頭。アンタ将来、神父になりてえんだろ？　聞いてやれよ」

「いやだから。お前ら、そんなことより、さっさと金目の物でも探せってば」

しかし、

「助けて……ハルトライン様……！」

エルマーの祈りとも呟きともつかぬ一言を聞いた時、首領の眉は吊り上がった。

「……オイ。テメー今、何つった？」

首領の変化に、今までふざけていた強盗達の空気が一気に張り詰める。

「テメー、ハルトラインって言ったろ？　言ったよなあ、この野郎」

倒れたエルマーの元に首領がゆっくりと歩み寄る。強盗達が肩をすくめた。

「あーあ。キレちまった」

「頭の前でその名前、出しちゃダメだって」

先程までおとなしかった首領は人が変わったように、血走った目でエルマーの腹を蹴りつけた。

「英雄ハルトラインだ!?　クソバカか、テメーは!!　いる訳ねーだろ、そんな野郎がよー!!」

エルマーは何度も何度も蹴られ続けた。足が内臓に達する重い音が、止むことなく続く。

（や、やめろ……！　エルマーを……け、蹴るな……！）

不思議だった。いつしかギュマは、エルマーが蹴られていることを自分が蹴られているのと同じように感じていた。

（や、やめろ……やめろ……！　やめて……やめて……）

やがてギュマの頭の中。繰り返す声は甲高く、そして幼くなっていく。

（やめて!!　パパに酷いこと、しないで!!）

あの時と同じように、ギュマは声にならない声で叫んでいた。

鬼のような顔をした首領が、腰の鞘に手を付ける。

「テメーも人形と同じにしてやるよ」

首領が鞘から抜いたのは、薙刀《なぎなた》のような剣だった。

（イヤだ！　やめて！）

ギュマは念じる。人形の自分は動けないし、喋れない。それでも、ただただエルマーを助けたい一心で強く念じる。

(やめて！　パパをいじめないで！)

それでも男の剣は、無情にもエルマーに降り注ぐ。

(パパ!!　イヤだ!!　パパ、パパ!!)

ギュマの視線の先で、エルマーは体を切り刻まれていく。エルマーの首を落とした後も、男は悪魔のように笑いながら手足を切り刻んだ。

やがて一仕事終えたように、男は血塗れの顔を部下達に見せて満足げに微笑んだ。

「じゃあ、後は頼むわー。証拠残らねーように、家ごと燃やしとけよ」

強盗達が「へーい」と呑気な返事をして、ぞろぞろと部屋から出て行く。

……ギュマの前には苦痛に満ちたエルマーの首が、ごろりと転がっていた。

(どうして？　どうしてこんな酷いことをするの？　私とパパが何をしたの？)

しばらくして、煙が部屋に入ってきた。男達が屋敷《やしき》に火を付けたのだろう。

燃え盛る炎の中。泣くこともできず、ギュマはただ全てが火に包まれるのを眺めていた。

燃える。パパの家が。パパとの思い出が。パパも。私も。全部。全部。燃える。

ギュマの肌も焼かれていく。高温で顎の関節が、ぱきりと音を立てた。

(アアア……アアアアアアアアアアアアアアアア……!)

崩壊した屋敷の外では、燃えた火で煙草《たばこ》をくゆらせながら男達が喵っていた。

「頭ってば、相変わらずエグいよな」

「んで、面倒な仕事は俺らに押しつけてくんだもんなー」

「それ吸ったら、俺らもとっとと帰ろうぜ。……ん？　何だありゃ？」

男達の視線が朽ちていく屋敷から、ゆっくり歩いてくるヂュマに向けられた。

（わ、私は……誰？）

「お、おい。人形が歩いてくるぜ？」

「あの人形、バラバラにした筈だろ！　一体どうなってんだ？」

頭がぼうっとして意識が混濁している。だが、目の前にいる人間達を見た時、強烈な衝動がヂュマを襲った。

（に、人間!!　に、憎い憎い憎い憎い憎い憎い憎い!!）

カパリとヂュマの口が耳まで裂ける。怖気の走る声が自分の口から漏れた。

「ぎげ！　ぎげがげぎぎぎぎぎぎ！」

「ば、バケモンだ!!」

ヂュマの針のような牙を見て、男達が剣を抜く。四つん這いになったヂュマは、本能の赴くままに男達に襲い掛かった。男達の攻撃をものともせず、切り裂き、食いちぎる。泣こうが喚こうが、生きたまま手足をもぎ取り、胴体に食らいつく。

男達の臓物を周囲に撒き散らせた後、ヂュマは辺りをキョロキョロと窺う。

(た、足りない!!　足りない!!　ま、まだ何かが足りない!!)

体の奥底から沸き上がる殺人への渇望。理由はもう忘れてしまった。だが、頭の中で絶えず誰かが叫び続ける。『人間が憎い』——と。

「ハァハァ」とヂュマは呼吸を荒くしていた。人形の自分は疲れなど感じない。呼気が荒いのは、崩れそうになる体を、どうにか魔力で繋ぎ止めようと必死だからだ。

(ど、どうして、今まで忘れていたのか)

エルマーを殺した強盗達への激しい憎悪。そのせいで自分は魔界に堕《お》ちたのだ。そして魔王様から強い魔力を授かり、不死船団の長を任された。

人間をいくら殺めても癒えぬ渇望は、未だに父の……エルマーの仇《かたき》を討っていないから。そして、自分を作ったエルマーの姿を、何処かで絶えず求め続けた。だからこそエルマーに似たアンデッドや人形を集めた……。

ちらりとスズキを見る。今の今まで、殺して人形にしようとしていたスズキを。

ふと、スズキを力ずくで人形にしようとしていた自分が、憎き強盗と重なった。

(わ、私のしていることは、あ、アイツらと同じなの……?)

スズキを見る。とても可愛い。できればずっと自分の傍にいて欲しい。だが、無理矢理に暴力で欲しいものを得る——それではあの卑劣な強盗と変わらぬではないか。

もう立っているのもやっとのヂュマに、スズキが近寄ってくる。そして、

「ヂュマにも一個あげる」

スズキが笑顔で、もう一つのおむすびをヂュマの頭部に載せる。

「アッ――――!」

知らずに声が出た。その感触はエルマーに髪を触られた時に酷似していた。

もう一度スズキを見て――ヂュマは言葉を失う。

自分の目の前にはスズキではなく、エルマーが立っていた。

「ヂュマ」

あの時と同じ優しい声と笑顔で語りかけられて、

「パパ!」

自然と声が出る。訥々とした普段のヂュマの声ではなく、幼い人間の少女の声が。

(こ、これは幻。わ、分かっている。それでも……)

ヂュマはエルマーの胸の中に飛び込んだ。そして、胸に溜まっていたものを全て吐き出す。

「パパ! 会いたかった! 私、寂しかったの!」

「ヂュマ。今まで一人にしてごめんね」

優しく暖かく、それでいて懐かしいエルマーの声に、ヂュマの胸の奥が熱くなる。胸の奥から生じた熱はヂュマの瞼の下に溜まっていく。

「パパ、パパ! 私、酷いことをしたの! 今までずっと酷いことをしてきたの!」

エルマーは穏やかな表情でヂュマに微笑む。

「僕は君を作った。だから君の罪は僕の罪でもある」

「違う！　パパは悪くないの！　悪いのは全部、私なの！」

エルマーは、叫ぶギュマをそっと抱き寄せた。

「大丈夫。パパはずっとギュマと一緒だよ」

「パパ……！」

幼いギュマの目から涙が溢れた。涙で滲《にじ》む視界。エルマーの姿が徐々に薄らいでいく。

これが最後なのだ、とギュマは確信した。今日これ以降、二度とエルマーに会うことはないだろう。だから……。

(い、言わなきゃ。さ、最後に……エルマーに……)

幼いギュマは、エルマーを見上げながら精一杯の笑顔を見せる。

「パパ！　私を作ってくれてありがとう！」

◇

「アアア!!　アアアアアアアアアアアアアア!!」

断末魔のようなギュマの叫び声が甲板に木霊していた。胸の亀裂はメキメキと音を立ててギュマの全身に広がり、やがて、手足、首、胴体全てがバラバラになって崩れ落ちる。

エクセラはそれを見て、悲鳴を上げた。

「いや、おむすび、頭に乗っけたらヂュマがバラバラになりましたよ!?　どうしてですか!?」

それでも勇者は「ムシャ、ムシャリ」と、おむすびを頬張っていた。

「食べてないで説明してくださいよ!!　それからあと『壊すつもりなんかないさ』とか言ってたのに、バラバラにしちゃってますけど!?」

エクセラはツッコみながらヂュマの頭部を指さし——そして気付く。磁石に鉄が引き寄せられるように、散らばった手足がゆっくりと頭部に集まろうとしていた。

「ああっ、復活しています!!　ネフィラ様が言ったように、ヂュマは不死身なのですわ!!」

エクセラは焦って、勇者の腕を引く。そこでようやく勇者は食べる手を止め、ご飯粒の付いた唇を静かに開いた。

「大丈夫だよ。エクセラ。戦いはもう終わってる」

「えっ……」

手足がくっつき、復活したヂュマは、先程スズキが頭に載せたおむすびを手に取って埃を払った。

「お、美味しそうだね」

人形が、食べられない筈のおむすびを美味しそうと言うのは妙な気がした。エクセラが不思議に思っていると、勇者がヂュマに優しく微笑む。

「どうぞ。召し上がれ」

こくりと頷くと、ヂュマはおむすびを口に運んだ。勇者もまた、食べかけのおむすびを再び口にする。

「な、何ですか、コレ……！　二人して、向かい合っておむすび食べて……！」

まだ修復が完全ではないのか、ヂュマの腹部には穴が空いていた。食べたお米はそこからポロポロと零れていた。

（私は一体、何を見せられているのでしょう……？）

それでも、ほぼ二人同時におむすびを食べ終わる。先に勇者が「ごちそうさまでした」と言った。するとヂュマもまた「ご、ごちそうさまでした」と呟く。そして剣術の試合でも終えた後のように、二人は礼儀正しく一礼をかわした。

エクセラは、そそっと勇者に近寄り、おずおずと聞いてみる。

「あ、あの、えっと……勝ったんですか……コレ？」

「ああ。俺の勝利だ」

「わ、私……こんな戦い、初めて見ましたよ……！　『ごちそうさまでした』て……！」

勇者は無邪気に微笑んでいるが、エクセラからしてみれば『勇者が散々メソメソ泣きまくった挙げ句、おむすび食べだして、最後にヂュマの頭におむすび載せたら何か知らんけど勝った』。

（……ハァ!?）

ぶっちゃけエクセラの頭の上には、大きな疑問符が何個も浮かびまくりであった。

「ってか、何処に持ってたんです？　その、おむすび？」

「ネフィラの革袋！　おやつとか色々、入れてくれてたからね！　実際、助かったよ！」

（う、うーん……）

モヤモヤが止まらないエクセラ。だが、ヂュマが優しげに呟く。

「て、帝都に船を戻す……よ。も、もう私は何だか、くたびれた……」

憑《つ》き物《もの》が取れたようなヂュマを見て、エクセラはハッとする。

（そ、そうよ！　ネフィラ様すら恐れる魔王軍不死船団団長・不死身のヂュマを、勇者様が討伐されたのですわ！）

その戦闘内容は正直、凡人である自分には理解しがたいものであった。伝説の英雄ハルトラインのように颯爽と敵を切り捨ててくれれば、分かりやすいしスッキリもするのだが――まぁそれは言うまい。

そんな風に自分に言い聞かせつつ、エクセラは勇者に笑顔を見せた。

「本当に良かったですわ！　流石は勇者様です！」

「あはは！　照れるよ！」

頭を掻いた後、少し頬を赤く染めて、勇者はエクセラに尋ねてきた。

「な、なぁ、エクセラ。俺、格好良かったかな？」

「いえ、全然!!　私には意味が全く分かりませんでした!!　特におむすび食べ出した時は、蹴ってやろうかと思いましたよ!!　うふふ!!」

「いや嘘だろ!?　エクセラ、俺のこと蹴ろうとしてたの!?　『うふふ』じゃなくね!?　何で笑ってんの!?」

「す、すいません！」

「はぁー……やっぱりプリティスって誰にも分かって貰えないんだなぁ……」

勇者が愚痴るように言って肩を落とした。

「で、でもまぁ結果的に良かったじゃないですか！　ねっ、ねっ！」

エクセラが慰めている最中、フードを被ったアイナが、ゆっくりとヂュマの方に歩み寄っていった。腰の鞘から、ぬらりと抜いた剣の刀身が光る。

「あら」というエクセラの呑気な声は、アイナが振り切った剣の斬撃音に掻き消される。

（……は？）

エクセラが現状把握できないうちに、ヂュマの体は上半身と下半身に分かたれていた。ヂュマの体の上半分がごろりと甲板を転がる。

絶句するエクセラと勇者。フードからは鋭い眼《め》が覗いていた。

アイナは言葉を失う勇者を睨め付け、はっきりとした声で喋る。

「何やってんのよ。トドメはキッチリ刺しなさい」

第五章　もう一人の弟子

隆《たかし》は目前の光景に言葉を失っていた。アイナが剣で、ギュマの体を真っ二つに切り裂いたのだ。

無論それもさることながら……。

「お、お前、喋れるのか、アイナ!?」

ようやく振り絞った隆《たかし》の言葉に、アイナは「ふん」と鼻を鳴らしただけだった。

隆《たかし》は態度の豹変《ひょうへん》したアイナを凝視する。フードの付いたボロを脱ぎさったアイナは、体にぴったり張り付くような赤い服をまとっていた。チャイナドレスを思わせる風貌で、大きなスリットが細い脚を際立たせる。黒髪を二つに分けて団子状に巻いているのと相まって、隆《たかし》にゲームの女武闘家を彷彿《ほうふつ》とさせた。

「あ、アイナさんって、こんな可憐《かれん》な少女だったのですね……！」

エクセラの呟きに隆《たかし》も無言でこくりと頷く。

(確かに可愛い……普通に……！)

整った小顔。ふっくらとした唇。小柄だがスタイルの良い容姿——人間の目から見て、アイナはアイドル級に可愛《かわ》いかった。隆《たかし》が神から後天的に与えられた意味不明で妙な可愛さとは異なる、先天的で正統な可愛さである。

見とれかけた隆《たかし》は軽く頭を振った後で、体を両断されたギュマを指さす。

「ってか、何でここまでするんだよ！　勝負は付いてたろ！」

するとアイナは白い目を隆《たかし》に向け、冷たい言葉を発する。

「相手は魔王軍の幹部。きっちり仕留めるのは当然でしょうが。大体、この魔物が今まで何人殺したと思ってるの？　許せる訳ないでしょ」

「そ、それは……」

隆《たかし》は言い返せず、ギュマに視線を落とす。上半身だけのギュマは苦しげに唸っていた。隆《たかし》との戦いで消耗したせいで再生速度が落ちているらしい。別離した下半身と融合する気配はない。

ギュマがダメージを負わされたことで甲板にいるアンデッド達がざわつき始めた。しかし、ギュマはどうにか片手を上げ、彼らを制止する。

（やっぱり、ギュマはもう改心してる！　なのに！）

アイナはギュマに氷の視線を向けたままで尋ねる。

「一つ質問があるわ。アンタ最近、コブの町に行った？」

「い、い、行っていない……」

「本当かしら」

アイナは無表情のまま、ギュマの頭部に剣を突き刺した。ギュマの口から「ぎぎゃ」と声が漏れる。

「お、おい!!　何やって!?」

「襲ってこないようによ。念の為」

そしてヂュマに注意を払いつつ、隆《たかし》とエクセラに説明するような口調で言う。

「三ヶ月前、帝都の西にあるコブという町が魔王軍に襲われた。人口ざっと五百人。全滅だったわ。小さな子供も含めてね」

「ひ、酷い……」

エクセラが口に手を当てて沈痛な表情を見せる。剣を頭部に突き刺されたヂュマは、訥々と言葉を紡いだ。

「ふ、不死船団が、お、多くの人間を、こ、殺したことは、た、大戦以来、ない……」

「ふーん。まぁアンデッドが襲来すれば、腐乱死体やら何やら痕跡が残るものよね。不死船団じゃなかったか」

一応、アイナはヂュマの話を信じたようだ。隆《たかし》はそんなアイナに語りかける。

「その町を襲った魔物を探してるのか？　だから、不死船団にワザと捕まって……？」

「それもあるわ。でもね。本命はアナタ」

「え！」

本命と言われて軽くドキッとした隆《たかし》だったが、恋愛的な意味でないことはこの場の雰囲気から明らかだ。アイナは鋭く、それでいて軽蔑するような眼差しを隆《たかし》に向けていた。

「確認したかったのよ。アンタがホントに勇者に相応《ふさわ》しい人間かどうかをね。そしたら案の定、思った通りの無様な戦術に甘っちょろい態度。ガッカリだわ」

「なっ!?」

非難されて怒ったのは、隆《たかし》ではなくエクセラだった。

「それは聞き捨てなりません！　勇者様はヂュマの攻撃を受けることなく無傷で勝ったのですよ！」

（エクセラ！　ありがとう！）

まるで彼女自身がけなされたかのように怒ってくれるエクセラに隆《たかし》は感動したが、

「勇者様の戦闘は泣いたり、おにぎり食べたり、意味が全く持って分からない気持ちの悪い戦いっぷりでした！　それでも勝ったのは事実です！」

（いや、フォローになってねえ！）

結果、余計に落ち込む隆《たかし》。アイナはエクセラを意に介さず、強気な態度のまま隆《たかし》に言う。

「覚えてる？　私が体当たりしなきゃアンタ、ヂュマに殺されてたのよ？」

隆《たかし》は言葉を詰まらせる。戦闘開始直後、ヂュマの突進をアイナが身を挺《てい》してかばってくれなければ、死なないまでも重傷を負っていたことに疑いはない。そして次のアイナの一言は、隆《たかし》とエクセラを震撼させる。

「それに、私ならもっと早くヂュマを仕留められたわ」

「は、はぁっ!?　いくら何でもそれはありえません!!　勇者様以外に不死身のヂュマを仕留められる者などいる筈が!!」

「此処にいるのよ。いい？　レイルーンのお姫様。人間は常に進歩しているの」

不敵に笑うと、アイナは再びヂュマの頭部に剣を突き刺す。今度は頬から口腔を貫かれ、ヂュマは喋れなくなった。不意に、周囲に怖気の立つ唸り声が木霊する。

「も、もう我慢できなあああああああああああい！」

「よくもヂュマ様おおおおおお！　この人間、許せなぁいいいいいいいいい！」

度重なるアイナの暴挙に痺《しび》れを切らしたように、アンデッド達が暴れ出した。動きは緩慢だが、のそりのそりと隆《たかし》達を囲うように迫ってくる。

（十……二十……いやもっと！　凄い数だ！）

甲板にいたアンデッドだけではない。船内にいたアンデッドや人形全てが主の危機に、はせ参じたかのようだった。「ひっ！」とエクセラが小さく悲鳴を上げた。

怯えるエクセラの前に隆《たかし》が立ちはだかる。

「俺がやる！」

「で、でも、勇者様！　この数では！」

大丈夫、と言いかけて隆《たかし》は口をつぐむ。

（た、確かにこの数はマズいかも……！）

エクセラに内心の怯えを見透かされないように、隆《たかし》は平静を装った。ヂュマに統率されたアンデッドの大群を相手にするのは容易ではない。

（それに俺が無事でも、エクセラとアイナが！）

逃したアンデッドが二人に向かう可能性は充分にある。ヂュマ戦よりも隆《たかし》は緊張していたが、

「……ふぅ」

アイナの溜め息が聞こえた。そして颯爽と隆《たかし》の前に躍り出る。

「アンタは下がってなさい」

(嘘だろ、何で余裕!? アイナって、それほど強いのか!?)

武闘家のような出で立ちから、アイナの攻撃力を隆《たかし》は想像する。だが、予想外の出来事が目前で繰り広げられる。

アンデッド達がアイナの前で、ぴたりと動きを止めていた。

「許せないいい……けどおおおおお!」

「でも、でも、この女ああああああああ!」

「「か、可愛いなああああああああああ!」」

(えええええええ!?)

揃って叫ぶアンデッド達。隆《たかし》の体に衝撃が走る。か、可愛い!? 可愛いだって!?

確かにアイナは傍目から見ても可愛い。外見はアイドルみたいで芸能人レベル。だがそれは人間の感想である。

(魔物が俺以外の人間を見て、可愛いって言うなんて!)

隆《たかし》がこの世界に来て以来、あり得ないことだった。そして、更なる衝撃はその後、起こった。

アイナは、しかめ面で鼻を摘まみながら、アンデッド達を睨むように見回す。

「ああ、臭い。アナタ達って本当に臭いわ。吐き気がしちゃう」

アイナの言葉に「可愛い」と言っていたアンデッド達も怒りを見せる。

「この野郎おおおおおおおおお!」

「やっぱり許せないいいいいいいいいいいいい！」

飛び掛かろうとするアンデッド。だがアイナは突然、顔色を変えた。アイナの頰は恥じらうようにピンクに染まっている。

「でも……その匂い。嫌いじゃないわ」

またしてもアンデッド達の動きが止まる。覆い被せるようにアイナが言葉を続ける。

「うぅん。むしろ、好きかも！」

恥ずかしそうにモジモジする。アイナの仕草にアンデッド達は一斉にデレ始めた。

「ぐひひひ！　そうか、そうかあああああああああ！」

「照れるぜえええええええええ！」

「ふふ。ねえ……ちょっと皆、こっちに来て……？」

「えええええええ？」

「なんだろなんだろおおおおお？」

アイナは手招きして、アンデッド達を甲板の端に整列させていく。無論、背後は海である。

（ま、まさか……！）

隆《たかし》の不安は的中した。ほんわかして従順にアイナの言うことを聞いて並んでいたアンデッド達を、

「せいやあっ!!」

アイナは気合いの入った掛け声と共に両手で押して、海に突き落としていった。

「いやアナタ、何ですかソレ!?　突き落としのスキルですか!?」

エクセラは驚いて叫んでいた。隆《たかし》も無論、驚いていたが、その驚愕は突き落とす前にアイナがアンデッド達に見せた仕草であった。

「え、エクセラ……！　こ、この子……！」

アイナはアンデッドを突き落としたせいで汚れた手を、刺繍《ししゅう》の入ったナプキンで拭いていた。その後、呟くようにぽつりと言う。

「四十八のプリティス・第十七の仕草『紡照《つむでれ》』」

(やっぱり!!　この子、プリティスを!!)

第十七の仕草『紡照《つむでれ》』は、冷たい態度と温かな態度を交互に見せ、敵を籠絡するプリティスであった。

「そ、そんな!!　勇者様以外にプリティスを使う者がいるなんて!?」

エクセラもまた吃驚し、声を張り上げる。しかし隆《たかし》の驚きはその上を行っていた。

「つーか、プリティスって唯一無二じゃなかったの!?」

隆《たかし》はプリティスが自分の為だけにリールーが作ったものだと思っていた。なのに、ちょっと待って!!　どうして他人が使えんの!?　おかしくね!?

アイナは動揺する二人を前にしても、冷静な態度を崩さない。

「アナタの言う通りプリティスは攻撃力、魔力を超える唯一無二の絶技。ただ扱えるのはアナタだけじゃあない。私も授かったのよ。リールー様からね」

「り、リールー師匠が俺以外にプリティスを……？」

話の最中だったが、甲板に残っていたアンデッド達が正気を取り戻して叫ぶ。

「よくも仲間をおおおおおおおおお!!」

「嚙み殺してやるううううううううう!!」

十五体を超えるアンデッド達が再び迫る。先程よりも多い魔物の群れ。だがアイナに焦燥は見られない。むしろ余裕で片方の口角を上げる。

「ご覧なさい！　これが私の力よ！」

そしてアイナはアンデッドよりも隆《たかし》に見せつけるように、両腕を胸の前で交差させる。アイナのDカップはあろう胸の谷間が強調されるのを見て、隆《たかし》は再び震撼する。

（これは！　まさか！）

「四十八のプリティス・第二十七の仕草『乳寄《ちちよせ》』！」

アイナが叫び、隆《たかし》はごくりと唾を飲む。つ、紡照《つむでれ》ばかりか乳寄《ちちよせ》まで！　本当にこの子、師匠にプリティスを教わったんだ！

隣でエクセラが少し頬を染めながら、ぼそりと呟く。

「な、何だかコレはもう可愛いというより、卑猥《ひわい》な感じが致しますけども……！」

「ああ……！」

エクセラの言う通りだと隆《たかし》は思う。実際、乳寄《ちちよせ》に関しては隆《たかし》も「いやコレ可愛いと関係なくね？　ってか、男がやっても意味なくね？」と思い、実戦で使ったことのないプリティスである。

それでも実際、その効果は絶大。アンデッド達は揃って興奮の声を上げていた。

「うっひょおおおおお!!」

「何だか、すげえええええええ!!」

「いいもの見た気がするううううう!!」

アイナは、前屈《まえかが》みになって動きを止めるアンデッド達から目を逸らすと、隆《たかし》を小馬鹿にしたような顔で見詰める。

「さっき偉そうにプリティスのフローについて語っていたけど、それってリールー様の受け売りでしょ？　アナタ、ちゃんとプリティスの練習をしているの？」

「も、もちろんだ！」

先輩に窘《たしな》められるように言われて、隆《たかし》は焦りつつ言い返す。

（まぁ……ホントは最近、練習サボってるけど……！）

救世十字軍の襲来や何やら、色々起きたせいでプリティスの練習はおざなりになっていた。隆《たかし》の気持ちを見透かしたようにアイナはフンと鼻を鳴らす。

「複数の敵に効果的なプリティスがあったでしょう？　忘れたの？」

「それは……えぇっと……」

確かにリールー師匠は、そんな技を教えてくれた気がする。だが隆《たかし》には思い出せなかった。

溜め息を吐くと、アイナはアンデッド達に向き直る。デレデレとした様子のアンデッドを前に、アイナは半身になって、艶《なま》めかしく腰をくねらせた。

「おおおおおおお！」と沸き立つアンデッド達。アイナは、はだけた胸の前、両手でハートの形を作る。

（あ、あれは確か！）

「四十八のプリティス・第四十七の仕草『愛撃《あいげき》』！」

アイナの手からピンクのオーラが弓矢のように拡散する――かのように隆《たかし》は錯覚した。アンデッド達は恍惚《こうこつ》とした表情のまま、矢で撃たれたかのように胸を押さえて、うずくまった。

十五体のアンデッドが瞬時に行動不能。この状況にエクセラが驚いて口を開く。

「い、今のは一体!?」

「複数の敵を一掃する、防御不能、不可視の立射《りっしゃ》――これが愛撃《あいげき》よ」

「す、すごいですわ……！」

エクセラが感嘆の声を漏らした。隆《たかし》もまたアイナの力に戦慄する。

「ふふ。私の愛撃《あいげき》は最大で三十体の魔物に作用するのよ」

自信満々にアイナは言う。

「私は朝昼晩、プリティスの練習に励んでいるわ！　そして自分のフローを編み出した！　乳寄《ちちよせ》からの愛撃《あいげき》――これが私の必殺フローよ！」

アイナは含み笑いをしつつ、隆《たかし》に視線を移す。隆《たかし》は怯えるように視線をアイナから逸らして、俯いた。

「スズキ。このフロー、アナタにできて？」

「乳寄《ちちよせ》からの愛撃《あいげき》……！　で、できない……！」

「勇者様!?」

「ふふ。やっぱり『キューティ』は私の方が上みたいね」

聞き慣れない言葉に、エクセラが反応する。

「『キューティ』!? 何ですか、それは!?」

「リールー様は人間を含めた各種族が持つ能力に、新たに『可愛さ』という概念を付け加えたの。攻撃力、防御力、魔力、敏捷性《びんしょうせい》に加わった新たなる能力値。それが『キューティ』よ」

「攻撃力、防御力、魔力、敏捷性、そしてキューティ……いや、何か一個だけ浮いてません!?」

「ご、語呂なんか関係ないでしょ！」

アイナは叫び、咳払いした後で話を続ける。

「ちなみに私は中級の魔物はもちろん人間の男にも、それなりにプリティスを作用させられるの」

「た、確かにアイナさんの容姿に惹《ひ》かれる男性も多いでしょうけど……」

「そう。つまり、勇者より私の方が総合的なキューティは高いと推測できる。私のが上だと言ったのはそういう意味よ」

「勇者様以上のプリティスの使い手……！」

エクセラは呟きながら、隆《たかし》に心配げな視線を送る。隆《たかし》は黙ったままで拳を握りしめていた。

ち、乳寄《ちちよせ》からの愛撃《あいげき》!? できない!! できる訳ない、あんなこと!! だって、だって!!

(恥ずかしいじゃん!!)

……隆《たかし》はリールーとの修行を回想する。小屋の中で、リールーは隆《たかし》の前で胸元を大きく開いた。

『どうした？　これから【乳寄《ちちよせ》】を教えるのぞ。もっと、よく見るのぞ』

『で、でも、その、あの、』

隆《たかし》は恥ずかしくて顔を背ける。二つの膨らみを更にギュッと押し寄せようとしていたリールーは、だが、途中で乱れた胸元を直した。

『まあ……良いのぞ。確かに乳寄《ちちよせ》は男がやると、メチャクチャ気持ち悪いかも知れんのぞ』

『だよね!?　分かってるなら、そんなんやらせないでくれる!?』

リールーとの修行を思い出しつつ、隆《たかし》は頭を横に振った。アイナはそんな隆《たかし》を見て、肩をすくめる。

「リールー様はアナタを大層、気に入っていたけど、たいしたことないのね。それとも私のプリティスが、いつの間にかアナタを超えちゃったのかしら？」

「ゆ、勇者様にはあんなお下品な技、必要ありませんっ！」

エクセラが怒って叫ぶと、アイナは顔を強《こわ》ばらせた。

「お、お下品!?　ちょっとアンタ、何言ってんの!?　これだから田舎のお姫様は!!」

「誰が田舎の可愛らしいお姫様ですか!!」

「可愛らしいなんて言ってないでしょ!!　図々《ずうずう》しい!!」

「アナタこそフードを被ってた時の方が、しおらしくて良かったですわ！」

両者、睨み合う。隆《たかし》は流石に見過ごせなくて「ま、まぁまぁ」と間に入った。

アイナは舌打ちした後で、踵を返す。そして愛撃《あいげき》を受け、魂の抜け殻のようになったアンデッド達に近付いていく。

「はい、はーい。皆、こっちねー」

アイナはまるでバスガイドのように誘導して、先程と同じようにアンデッド達を船の端に一列に並ばせた。そして、

「どっせーい!!」

アイナはアンデッド達を、右から順番にドボンドボンと軽快に落としていく。

「「えええええええええ……!!」」

隆《たかし》とエクセラがドン引きしていると、

「や、や、やめ……ろ……」

剣を刺されて、身動きの取れないギュマが唸っていることに気付く。

(ギュマ……お前?)

以前はアンデッドや人形を何とも思っていなかったギュマが『やめろ』と言っている。ギュマの変化に隆《たかし》は心を打たれるが、既にアイナはアンデッド達を船から一掃していた。

「それじゃあ最後の仕上げね」

アイナはそう言ってギュマの上半身に近付きつつ、腰の剣を抜く。そして野菜を包丁で切るくらい躊躇なく、ギュマの首を叩き切った。

「うおっ!? アイナ、お前何してんだよ!?」

隆《たかし》に答えず、アイナはギュマの頭部の髪を手で摑むと、

「よっせーい！」

変な掛け声と共に海に投擲《とうてき》する。放物線を描いた後、ヂュマの頭部は遠くの海にボチャンと落ちる。絶句する隆《たかし》とエクセラを無視し、アイナは手際よくヂュマの体を切断する。そして手足などの各パーツを別々の方向に投げていく。

「せいせい、せーい！」

ヂュマの体全てを海に投げ捨てた後、アイナは満足げに微笑んだ。

「これだけやれば不死身でも復活できないでしょ」

あまりの光景に呆気《あっけ》に取《と》られていた隆《たかし》は遂に口を開く。

「ここまでやることないだろ‼　ヂュマは、もう改心してたんだ‼」

「はぁ？　魔物が改心するなんてありえない。『籠絡した後、隙を突いて殺す』――これが正しいプリティスの使い方よ」

「師匠がそんなこと、言ったのかよ⁉」

「いいえ。私の考えよ。けど、知ってるでしょ。この世界は残虐なの。やるかやられるかよ」

「だ、だからって……！」

ヂュマが投げ捨てられた海を、隆《たかし》は唇を噛みながら悔しげに眺めた。

アンデッドもヂュマもいなくなって、がらんとした甲板。突如、ガタンと船が揺れ、隆《たかし》の隣で立ち尽くしていたエクセラがマストに掴まる。

「な、何でしょうか？」

隆《たかし》は周囲を窺う。今まで止まっていた景色が動いている。ずっと海上で停泊していたヂュマの船がゆっくりと動き出したのだ。

(船が勝手に!?)

チッと舌打ちして、アイナはツカツカと船尾に向かう。隆《たかし》とエクセラもその後を追った。

辿り着いた操舵《そうだ》室では、ただ木製の古びた舵《かじ》がふらふらと左右に揺れている。

「誰もいない……なのに、何で?」

不安げに隆《たかし》が呟く。アイナが顎に手を当て、考える素振りを見せた。

「ふむ。どうやらこの船は今までヂュマの魔力で動いていたようね。そして私がヂュマを船から追い出した。だから船が舵を失って漂流し始めたのよ」

「なるほど……って、じゃあ、アイナのせいじゃんか!! 何だ、その態度!!」

「そうですよ!! 誰彼構わず、ポイポイ放り出すからです!!」

「う、うっさいわね! 船の操縦くらいできるわよ!」

アイナはそう言って、舵を手に取る。とりあえず帝都に戻るわ、と言いながら面舵《おもかじ》一杯切った刹那――ボキッと音を立て、舵の取っ手が外れた。「あ」とアイナが間の抜けた声を発する。

「……腐ってたみたい」

「ど、ど、どうすんだよコレ!? アイナ!!」

「勇者でしょ! 落ち着きなさい、これしきのことで全く!」

(これしきのことって、ホントかよ……!)

「ほ、本当に大丈夫でしょうか？」

エクセラが不安そうに隆《たかし》の服の裾を掴む。船は徐々に航海速度を上げていた。目的地も分からずグラグラと揺れながら進む船。不意に、隆《たかし》の船酔いが再発し始める。

「ううっぷ！」

「勇者様！」

うずくまる隆《たかし》の背をエクセラが擦る。アイナはつまらないものでも見るような目を、そんな隆《たかし》に向けていた。

◇

リールーが計画したタルタニンとの談合の後、ザビエストは魔王軍に征服されているというリーヴェンの村に向かった。

お供の子供三人を従え、ザビエストは懐から取り出した酒を飲む。あの時、六人いた子供達は現在半分に減っているが、さして興味はない。

河川が流れる肥沃な大地を胡乱《うろん》な目で眺めながら、田園を歩く。やがて集落らしきものが視界に入ってきた。そして、村の用心棒のような牛頭の魔物達が、のそのそとザビエストに近付いてくる。

ザビエストは酒瓶を仕舞い、作り笑顔を見せた。魔物がドスの利いた声を出す。

「おい、お前。主の魔物はどうした？」

「主なんていませんよ。でも……そうですねえ。言うならば、神でしょうか」

ザビエストは飄々《ひょうひょう》としつつ、歩みを止めない。

「コイツ。野良の人間か？」

「珍しいな、今時」

堂々とした態度に魔物達は気を削がれたように、ただザビエストの後を追う。

やがて村の広場らしき開けた場所に辿り着く。ザビエストは、汚れた衣服をまとった奴隷の村人達が遠巻きにこの様子を眺めているのを確認した。

(此処で、やるか)

牛頭の魔物達が、歩みを止めたザビエストを横目に呑気に話し合っている。

「誰かこの奴隷、欲しい奴いる？」

「間に合ってるよ。つーか、オッサンの奴隷なんかいらねえ。ガキだけ貰っとこうぜ」

ザビエストを無視して、牛頭の魔物が連れている子供に向かった。

「安心しろ。殺しゃあしねえよ。お前らは奴隷扱いだ」

だが子供達はニコニコと微笑んでいる。刹那、一人の少年の背後から花弁が舞った。風に舞う牡丹は瞬く間に人型を形作り、子供の数倍の背を持つ異様がゆらりと立ち上がった。

「……あ？」

魔物達が呆然とする。彫像のような美しい女性の顔。頭上に光輪。背には白き翼。伝承にある天使の姿に酷似したソレは、少年の背後からフワリと飛び立つと牛頭の魔物の頭上を舞った。後光のような聖なる輝きが、天使から魔物へと降り注ぐ。

「が……あぐが……っ！」

魔物の全身から煙が溢れ出す。やがて、燃えると言うより蒸発でもするように――魔物はその姿を完全にこの世から消した。仕留めた後、天使はもう一体の魔物の頭上に飛来する。

「……福音『咲乱牡丹《さくらんぼたん》』より【飛天聖殺《ひてんせいさつ》】」

ザビエストが呟き、天使が優しげに笑う声が町に響く。

『ほほほ。ほほほほほほほほ』

数体の天使が、魔物の支配下にあるリーヴェンの村の中空を舞っていた。逃げる魔物を発見するや頭上に飛来。聖なる光によって即座に消滅させる。

消えていく魔物の群れ。遠巻きに見ていた村人達がぞろぞろと集まりだした。

「て、天使様……！」

「救世主！　救世主だ！」

リーヴェンに駐屯していた魔王軍を全て殺害した後、村人達に周りを囲まれて、ザビエストは恭しく頭を下げる。

「私は神託を受けた救世主。天力の御使いザビエストと申します」

「おおおっ！」と歓声が上がる。男も女も涙ながらにザビエストを称《たた》える。

「ありがとうございます！　ありがとうございます！」

「ああ、ザビエスト様！　どうか世界をお救いください！」

「ええ、ええ。任してください」

白髭《しらひげ》の村長がよろよろとザビエストに近付き、目尻に涙を溜めて言う。

「神は我々を見捨てなかったのじゃ！」

(カカカ。神、ねえ)

ザビエストは苦笑いしつつ、天力を授かった時のことを思い返していた。

強盗団から足を洗ったザビエストが、辺地の町の教会で神父になって一年。霊を清めるなどと称し、老人を騙して得た金で酒をあおっていた時――ザビエストは神の啓示を受けた。

『この乱世にあって、神に仕える純粋なる心を持つ者よ……』

荘厳な女性の声を、ザビエストは酩酊《めいてい》状態のまま、夢うつつで聞いていた。

(あー？　俺が純粋？　んな訳ねーだろ)

『もしアナタが強大な力を得たら何の為に使いますか？』

もう一口、酒を飲んだ後、赤ら顔でザビエストは言う。

「もちろん、魔物だらけの世界を救いますよー。わたしゃ、神職ですからねー」

呂律《ろれつ》の回らない口で言いながら、ザビエストは笑う。また天から声がした。

『素晴らしき心がけ。やはり救世主の器に相応しい。それではアナタに世界を救う力の一端を与えましょう。天元のオーラを受け取りなさい』

「あい、あーい。ありがたき幸せー」

『魔物以外の生物から、生命力を少しだけ分けて貰い、攻撃、或いは防御に転じる慈愛の力――これが【天力】です』

「了解っすー」

女性の声がその後も説明を続ける。ザビエストは内心「うっせーな」と思いながら、話半分で聞いていた。

……酔ったせいで妙な夢を見たと、重い頭に手を当てながら――ザビエストは自らの腕を見て驚く。入れ墨のような花の模様が両腕に現れていた。

まさか、と思いつつ、ザビエストは教会を出る。月夜に照らされた路地を野良猫が歩いていた。

ザビエストは猫に手を向けた。ザビエストの腕から出た花のオーラは天使に変化した後、猫に向かう。やがて猫は歩くのにくたびれたように、その場に寝そべってしまった。代わって、ザビエストの体に力が漲《みなぎ》る。二日酔いがあっという間に飛んでしまった。

(生命力を分けて貰う、か)

女の話は面倒くさくて、最後の方は適当に聞き流していたのだが、どうやら説明通りだったようだ。自分は本当に、何者かから強大な力を授かったらしい。

(慈愛の力『天力』ねえ)

ふと思い立って、ザビエストは疲れたように欠伸《あくび》をしている猫にもう一度手を伸ばす。

「……今度は全部吸い取っちまえ」

天使が不気味に微笑む。猫がけたたましい鳴き声を上げた。

「おおおっ！」

全身に漲る凄まじい力にザビエストは歓喜する。先程とは比べものにならない。

「おいおい。猫一匹の命でこれなら、人間一人ならどーなんだよ……」

絶命した猫を見下ろしながら、ザビエストは口角を歪めて「カカカ」と笑った。


涙を流すリーヴェンの村長の手を、ザビエストは笑顔のまま、しっかと握る。

「世界を救って欲しいんですよね？　それでは、世界の為に犠牲になってください」

「……え？」

呆気に取られた顔の村長。ザビエストの背後から、ぬっと現れた天使が村長に覆い被さった。天使の抱擁に安堵の笑みを見せた村長だったが、次の瞬間、天使はガパァッとその口を耳まで裂いた。

『ほほほほほほ』

呼応するように村長の口から出たエクトプラズム状の気体が、天使の口腔に吸い込まれていく。

途端、糸が切れたように崩れ落ちる村長。そのままピクリとも動かない。

ザビエストは懐から酒瓶を取り出す。天使はザビエストの元に戻ると、口から唾液のような光る液体を一滴垂らした。ザビエストの顔が曇る。

「やっぱダメだな。ジジィは生命力がねえ」

「ざ、ザビエスト様!?　一体、何を!?」

「何をって？　飯を食うには金がいる。悪魔を倒すにゃ命がいる。世の中は交換で成り立ってんだ」

怯える村人を前に、ザビエストはにたりと両の口角を上げる。

「この村の命、全部寄越せ」

「ひ、ひぃぃぃぃぃっ!?」

逃げ惑う村人達。ザビエストは笑顔のままで呟く。

「福音『咲乱牡丹《さくらんぼたん》』より【飛天吸生《ひてんきゅうせい》】!」

ザビエストの背後、牡丹が一斉に咲き乱れる。そこから数十体の天使が生まれて上空を舞った。

そして村人を見つけては飛来し、命を吸い取る。

『ほほほほほほほほほ』

天使が微笑みながら、阿鼻叫喚《あびきょうかん》で逃げ惑う村人達の命を吸収する。ザビエストは酒を飲みながら、この様子を眺めていた。

(天使が人間を襲う——カカカ。なかなか滑稽だよなあ)

人々の叫び声と天使の笑い声、それに酒気が混ざり合い、ザビエストは良い気分になって村を千鳥足で歩いた。

しかしザビエストの足は、村中央にあった汚れた石像の前で止まる。剣と盾を持った英雄の石像を見て……。

(クソが……!)

ザビエストは打って変わって不機嫌になった。

竜王を倒して世界を救った英雄ハルトラインの伝説。その神剣エクスカリバラスは海をも真っ二つに切り裂いたと言う。誰でも知っている絵本の英雄だ。そして、幾つかの町や村では、英雄ハルトラインを神格化して守り神として崇《あが》めていた。

（ふざけんじゃねえ。そんな野郎がいるなら、どうしてお袋は魔物に犯されて殺された？　どうして人魔大戦で人間は魔王軍に敗北した？　どうして俺は堕ちるところまで堕ちた？）

ザビエストは怒りに任せて石像を蹴り倒す。魔王軍の侵攻で傷んでいたせいもあって、石像は簡単に崩れ落ちた。ハルトラインの首が地面を転がる。ザビエストは石像の頭部を足で踏み付けた。

（この世界を支配するのは暴力だ。力の強ぇえ奴が一番なんだ）

そして今、自分は『天力』を得た。昔話や胡散臭《うさんくさ》い伝承などではない、本当の力を。

（俺が、なってやる！　救世主――いや、混じりけのない本当の英雄にな！）

ふと、背後から悲痛な女性の声がした。振り向くと、天使に纏《まと》わり付かれながら、母親が子供を抱いている。

「お願いします！　この子は！　この子だけは！」

「オーケー、オーケー」

ザビエストは子供を見定める。五、六歳くらいだろうか。自分で歩くことはできそうだ。

（少なくなってきたしな。道中の護身用に使おう）

リーヴェンの村に来るまでの間に襲ってきた魔物を、ザビエストはお付きの子供の命を代償に得た天力により退けてきた。

生物の中では人間が一番、生命力が強い。特に年端もいかない子供や処女からは、最高の力を引き出せた。無論、魔物でも試したが、流石に魔物を殺した力を代償に魔物を殺す――そんな都合の良い話はなかった。魔物を殺すには、人間や動物の持つ生命力を、聖なる力に変換する他はない。

（代償。この世はいつも代償が必要だ）

いつしかザビエストの周りに、放った天使数十体が集まっていた。村中の命を吸い取ったようだ。

ザビエストが今し方飲み干した酒瓶を向けると、天使達は順番にそこに光の液体を注いだ。

酒瓶が重たくなるのを感じて、ザビエストは笑う。

「リーヴェンの酒の完成、っと」

懐に仕舞う。その隣にはコブの町から吸収した酒瓶がある。

「んー。そろそろ頃合いかな」

ザビエストは呟いて、二本の酒瓶を愉快そうにチンと鳴らせた。

◇

（座礁――いや難破って言うんだっけ、コレ）

そんなことを考えながら、隆《たかし》は砂浜からヂュマの大船を振り返る。エクセラもまた同じように、先程まで命を預けていた船を眺めながら言う。

「一時はどうなることかと」

「全くだよ」

ギュマの船は一晩かけて、何処かの海岸に流れ着いた。船酔いと不安で仮眠する暇もなく、疲れ切った隆《たかし》の隣でアイナが言う。

「ずいぶんと西に流されたみたいね」

(他人事《ひとごと》みたいに！)

呑気なアイナに、隆《たかし》は眉間に皺を寄せる。こんな何処かも分からぬ場所に漂着したのは、彼女のせいだというのにこの態度。

(そもそもギュマを追い出さなきゃ、船で帝都に帰れてたのに！)

苛立つが、勝ち気なアイナにそんなことを言えばケンカになることは間違いない。体も疲れているし、言い争いはしたくない。隆《たかし》はぐっと堪《こら》えて、口をつぐんだ。

アイナの後を追うように砂浜を歩き、海岸を抜けて、あぜ道を行く。馬車の轍《わだち》があったので、近くに人が住んでいるかも知れないと隆《たかし》は思った。

しばらくすると、大きな川沿いに田園風景が広がっているのが見えてくる。

(田んぼだ！)

稲作でもしているのだろうか。日本を思い出して、隆《たかし》は少し懐かしく思う。

「どうやら此処はリーヴェンの村ね。穀物の栽培が盛んで、餅が名産品だと聞いてるわ」

「へぇ！　餅かあ！」

ますます日本っぽい。久し振りに食べてみたいなあ、などと考えていると、エクセラが血相を変えて立ち尽くしている。

「ん？　どうしたの、エクセラ？」

「あ、あれは……！」

エクセラの震える指の先を見て、隆《たかし》も目を見張る。村の人々があちらこちらに倒れていた。

「こ、これって!?」

遠目にも、眠っているのでないことは明白だ。警戒している隆《たかし》を尻目に、アイナは物怖《ものお》じしない様子で駆け寄り、倒れている男の首辺りに手を当てた後で首を横に振った。

「……死んでるわ」

隆《たかし》の背筋が一気に寒くなる。視界に入っているだけで何十人と倒れている。も、もしかして、この人達全員、死んで……！

「ひ、酷いです……！」

エクセラがそう言って言葉を詰まらせる。

「一体この村に何があったんだ？」

「もっとよく調べてみるわ」

アイナはそう言って、小走りで広場の方に駆けていった。隆《たかし》もエクセラと一緒に、扉の開いている民家に注意しながら入ってみる。中にいた人は同様に倒れて、息絶えている。

「怪我などしている様子はありませんね。皆さんまるで眠っているみたい……」

「あ、ああ……」

確かに眠っているように見える。だが、仰向けに倒れている者の顔は一様に、怪物でも見たかのような恐怖を刻んでいた。

ギギッ、と扉が開かれ、隆《たかし》はビクッと体を震わせる。アイナが隆《たかし》の傍まで歩いてきた。

「お、驚かすなよ！」

「皆、死んでから二日程、経過しているわ。外傷はない。生気を抜き取られたみたい」

突然、アイナが隆《たかし》に鋭い目を向けてきた。

「ねえアナタ、どう分析する？」

「えっ！　分析？」

いきなりそんなこと言われても、と隆《たかし》は焦る。アイナはまたも呆れ顔を見せた。

「『全員、餅で喉を詰まらせた』——なんて考えてるんじゃないでしょうね？」

「そんなこと思ってねえよ!!　何で村の名産品で、村の人全員が死ぬんだよ!!」

アイナは、しかめ面でそっぽを向く。何だよ、もう！　どうしてそんなケンカ腰なんだよ！

アイナが正体を現してからというもの、隆《たかし》に対してずっとこんな調子である。イライラしている隆《たかし》の隣で、エクセラがハタと膝を打った。

「『生気を抜き取る』——ドレイン系の魔物でしょうか？」

「そうね。私もそう思うわ。帝国領に向かっている時にも、同じようにして滅んだ町を見たし」

「それがコブの町、ですか？」

「ええ。おそらくコブの町とリーヴェンの村を襲ったのは、同じドレイン系の魔物。生命力を吸い取って養分にしてるのよ」

「そんな魔物がいるのかよ……！」

隆《たかし》は呟きながら、昔読んだウェブ小説やゲームを思い浮かべる。ドレイン系ってことは、ゴーストかアンデッドか？

そう考えると、アイナが不死船団を疑ったのは仕方がない気がした。

「とにかく日が暮れる前に、この村を出ましょう」

「そ、そうですね。不気味ですし……」

「当てはあるのか？」

「此処がリーヴェンの村なら、ザビエスト様の拠点が近いと聞いているわ」

「ザビエスト？」

「救世主の一人。天力の担い手よ」

女神が隆《たかし》の代わりに用意した力『天剣』と『天力』。その片方だと思い出して、隆《たかし》は身構える。タルタニンやマーグリットのような好戦的で危険な人物かも知れないと危ぶんだからだ。

「ど、どんな奴なんだよ？」

「高度な治癒魔法を使う神父よ」

「神父……か」

それを聞いて少し安堵する。エクセラも緊張していた顔を緩めた。

「ヒーラーで神職ですか！　優しそうな人ですね！」

「一回、見ただけだけど、物腰穏やかな感じだったわ。タルタニンなんかより全然まともよ。コブの町の身寄りのない子供をお供に連れていたしね」

隆《たかし》はふと孤児院の先生を思い出す。両親のいない幼い隆《たかし》に先生達は優しく接してくれた。

(子供好きに悪人はいないよな)

とにもかくにも、こんな危なげな所で野宿はしたくない。隆《たかし》もエクセラもアイナの提案に頷いたのだった。

第六章　幸福の丘

魔都に絶賛改装中の帝都では、帝国城を魔王城とすべく改築と修繕が進められていた。

かつての帝王の間で、セルフィアノは玉座から魔物達に指示を送る。文句も言わず、作業に精を出す魔物を眺めながらセルフィアノは思う。

(うんうん。皆、頑張っていますね)

そんな中、隅の方でせっせせっせと黒い羊皮紙を折りながら叫んでいるネフィラに、セルフィアノはジト目を向けた。

「スズキが無事でありますように!!　スズキが無事でありますようにいいいいい!!」

「ネフィラ。アナタは一体、何をやっているのですか？」

ネフィラはクマのある疲れた目でセルフィアノをギロリと睨む。

「知らないのですか!?　『六六六コウモリ』ですよ!!　こうやってスズキの無事を魔神様に祈っておるのです!!」

「まじないの類ですか。そんな妙な折り紙をしても意味がない気がしますが」

「そんなことはありません!!　六百六十六体、折れば願いが叶ってスズキが帰ってきます!!　だから、妙な折り紙とか言わないでくれる!?　ねえっ!?」

「はいはい」

スズキがさらわれた件でかなりイラついている。放置した方が得策のようだ。

（それにまぁ、気を紛らわせる効果はあるかも知れませんし）

折り紙の山を見ながら、セルフィアノもまたスズキのことを案ずる。無論、スズキの件に関して、セルフィアノは責任を感じている。だからこそ、その焦燥を隠すように魔都の改装に力を入れ、忙しなく魔物達に指示を出しているのだ。

（ふう。問題が山積みです）

更にスズキ以外にも気がかりがあった。コブの町に続き、リーヴェンの村にいた人間も全滅したとの報《しら》せがあったのだ。彼らは奴隷用、食料用にと保存していた人間である。そして例の如く、リーヴェンに駐屯していた魔王軍は姿をくらませていた。

（やはり我々の中に反乱分子が……？）

考え事をしていたせいで、セルフィアノは辺りのざわめきにしばらく気付かなかった。

「何だ貴様は！」

「止まれ、止まれ！」

スケルトン兵の怒声でようやくセルフィアノは、三つの目を観音開きの扉に向ける。蜘蛛の姿をした魔物が、護衛のスケルトン兵に囲まれていた。

槍を突きつけられても、闖入者《ちんにゅうしゃ》は歩みを止めない。顔中央に集まった複眼から、紫の血の涙を流しつつ、セルフィアノの元に近付いてくる。

危険を察知して、セルフィアノの前にグラントが立ち塞がった。魔王軍参謀であるセルフィアノの護衛を任されている一騎当千のオーガである。

「えぇい！　止まれというのに！」

やがて、強引にスケルトン兵に羽交い締めされた蜘蛛は「た、助けてくれ」と、哀れな声を漏らした。

「セルフィアノ殿。これは……？」

いつしかコウモリを折るのを止めて、隣に佇んでいるネフィラにセルフィアノは言う。

「明らかに何者かに操られていますね。誰か、縛る物を……」

その刹那、

「カッカカカカ!!」

蜘蛛の声が急に別人のものに変わった。

「福音！『咲乱牡丹《さくらんぼたん》』より【言伝光輝《ごんでんこうき》】！」

高らかに叫んだ蜘蛛を皆、息を呑んで注意深く見る。蜘蛛は天井を見上げながら、再び哄笑した。

「俺の名は天力の御使いザビエスト！　三日後！　ミレミア平原にて太陽が真上に昇る時！　て、テメーら全員……ぶ、ぶ、ぶ……」

蜘蛛が突然、痙攣を始めた。「離れろ！　危険だ！」とネフィラが叫ぶのと、蜘蛛が「ブッ殺す!!」と声を張り上げたのは、ほぼ同時だった。

「ぐわあああああああっ!?」

突如、蜘蛛の体から目も眩《くら》む閃光《せんこう》が放たれ、スケルトン兵達が絶叫した。だが、彼らの叫びは途中で途絶える。スケルトン兵達の骨の体は瞬く間に灰と化した。

光が収まった後、蜘蛛とスケルトン兵五体は跡形もなく消え失せていた。

「な、何と凄まじい聖なる力……！」

セルフィアノは思わず呟く。怪しげな闖入者に対し、セルフィアノは帝王の間に、既に闇の結界を張り巡らしていた。なのに、この威力……！

「大丈夫ですか？　ネフィラ」

「私は雷のオーラで防御しましたから」

事もなげに言う。流石は魔王軍特別攻撃隊・雷槍疾走《らいそうしっそう》の長である。次にセルフィアノは、自らの前に立つグラントの肩に手を当てた。

「グラント。ご苦労様でした」

「ウガ」と言ったグラントの皮膚が少し焦げていることにセルフィアノは気付く。

（グラントの皮膚まで焼くとは。『天力』——我ら魔族を滅する為に神が与えたという、天剣と対を為《な》す二つの力……）

セルフィアノは顎に手を当てて熟考する。

（今しがた起こった事象だけを見れば精神操作系の能力……ですが、違いますね。蜘蛛を操っていたのは、おそらくその力の一端。本質は『聖なる光の力を基礎《ベース》とし、それを様々な形に応用できる』——？）

そうだとすれば厄介だ、とセルフィアノは密かに唇を噛んだ。そして魔王軍随一の知能は、更に思考を巡らせる。

（しかし、グラントに傷を負わせる程の強大な聖なる力をどうやって得たのでしょう？）

世界には魔法理論というものが存在する。スケルトン兵五体を跡形もなく消滅させ、鉄壁の防御力を誇るグラントの体を焦がす聖なる力が、セルフィアノにはたった一人の人間から発せられたものとは思えなかった。

セルフィアノは双眸を閉じ、代わりに第三の目をゆっくり開く。そして、瞑想《めいそう》するように静かに呼吸をしながら状況を俯瞰《ふかん》する。

もし仮に、コブの町、リーヴェンの村の件が魔王軍の謀反でなかったとしたら……。生気を吸い取られて死んだ人間達……。駐屯していた魔王軍の消失……。

やがてセルフィアノは三つの目、全てを開く。

「なるほど。全て、その者の仕業だったということですね」

（命ある者から生気を吸い取り、それを聖なる光の力に転換して我ら魔を滅ぼす――それが『天力』の正体ですか）

敵の能力を看破した後、セルフィアノは凛《りん》とした声でネフィラに告げる。

「ミレミア平原での戦に備え、各地に駐屯している魔王軍の半数を帝都に集結させましょう」

「しかし……十中八九、敵の罠《わな》では？」

「だから何だと言うのです。魔王軍の保管庫たる町村を壊滅させておいて、不敵な宣戦布告。許せる訳がありません」

救世十字軍のような夜討ちではなく、わざわざ魔物を伝令に使った。よほど己の能力に自信があるのだろう。

（だとしても、敵の能力の大方は見切りました。ならば、敵が指定した戦場で、あえてそれをねじ伏せてみせましょう）

「ふふふ！　人間如きが！　目にもの見せてくれる！」

普段、表に出さない悪魔としての一面を見せつけ、セルフィアノは叫ぶ。

セルフィアノの声を聞いて、辺りに沈黙が漂った。やがて、ネフィラがおずおずと言葉を発する。

「で、ですが……」

「雷槍疾走《らいそうしっそう》も参加してください。キルを含めた三百体程を帝都に向かわせましょう」

「い、いや、あの……セルフィアノ殿」

「ああ、心配はいりません。水晶玉通信で私が伝達します」

チラチラとネフィラはセルフィアノを見ては目を逸らしていた。珍しく不安げな様子のネフィラにセルフィアノは微笑む。

「言いたいことは分かりますよ。無論、陽動の可能性もあります。ミレミア平原に注意を向けさせ、帝都を奪還しようとしているのかも知れません。仮にそうでも心配は無用です。安心してください」

「い、いえ。そうではありません。セルフィアノ殿……」

言いあぐねているネフィラ。セルフィアノはハタと気付く。

（なーんだ、そういうことですか！　久し振りに怖いところ見せちゃいましたからね！）

笑うセルフィアノ。だが、ネフィラはセルフィアノの胸の辺りを指さし、気まずそうに言う。

「セルフィアノ殿……！　片乳がハミ出ています……！」

「……は？」

セルフィアノは下を向き、自分の胸元を見る。白いドレスの右半分が破れて、言われた通り、片方のオッパイがハミ出していた。

「ひゃあああああああ!?　何でええええええええええええ!?」

てっきりグラントが完璧に守ってくれたものと思っていた。だが、天力はグラントの守りをすり抜け、セルフィアノのドレスを焼き切っていたのだ。ちょ、ちょ、ちょっと待ってください！　じゃあ、私はあの時からずっと……？

セルフィアノは顔を真っ赤にしてネフィラに叫ぶ。

「早く言ってくださいよォォォォォ!!」

「言おうとしたんですよ！　でも『心配いりません』とか『言いたいことは分かります』とか言って聞いてくれなかったし！　別に良いのかなあって」

「全然良かないですよ!!　おっぱいボローン出しながら『目にもの見せてくれる！』とか言って笑ってた私、バカみたいじゃないですか!?　そうでしょ、ねえっ!?」

セルフィアノは大声でネフィラに迫る。するとネフィラは、

「は、はい！　バカみたいでした！」

とキッパリ言った。「ウガ！」と、隣のグラントも同意するように頷く。更に周囲の護衛の兵士

達も一斉に「バカみたいでした！」と声を揃えて叫んだ。

セルフィアノは破れた乳を隠しながら、拳と逆恨みを大理石の床に叩き付けた。

（お、おのれえええええ!!　天力の御使いザビエスト!!　絶対に叩き潰してやりますからねええええええええええ!!）

◇

隆《たかし》達がリーヴェンの村を出て、数時間。人気《ひとけ》のないあぜ道を進むのに疲れて、隆《たかし》は先頭を歩くアイナの背中を睨む。既に日は落ちて、辺りは薄暗くなっている。

（暗くなる前に辿り着きたかったのに）

まだなのかよ、と愚痴りたい気持ちを抑え、隆《たかし》は雑談っぽく話しかける。

「アイナはそのザビエストって人と知り合いなんだよな？」

「前にちょっとね。向こうは私の顔は知らないでしょうけど」

「え？　それってどういう……」

隆《たかし》とアイナの会話を遮り、エクセラが驚いた声を上げる。

「ま、待ってください！　それではザビエスト様の拠点の正確な位置をご存じないのでは？」

「ええ。言づてに聞いただけよ。この辺りだと思うんだけどね」

隆《たかし》は自分の鼻がピクピクと動くのを感じた。だ、ダメだ！　もう我慢の限界！　キレそう！

最終的にアイナは崖が高くそびえる行き止まりで歩みを止めた。普段、短気ではない隆《たかし》も遂に堪忍袋の緒が切れる。

「迷ってんじゃん!! どうすんだよ、もう夜だぞ!!」

「何言ってるの。時間通り、ついたじゃないの」

「崖が拠点!? んな訳ないだろ!! ふざけんな!!」

しかしエクセラはおずおずと崖の岩壁に手を伸ばした。

「これは、もしや……」

「行きましょ」とアイナは崖に向けて颯爽と歩き出す。ぶつかる、と隆《たかし》が思った瞬間、アイナの姿は崖に吸い込まれるように消えた。あ! もしかして、これって!

「幻術か!」

「そのようですね!」

隆《たかし》とエクセラも思い切って岩壁に進む。すると、視界が急に変わった。

目前に広がるのは小高い丘。木造の家々が間隔をおいて建てられている。家の前に灯《とも》された松明《たいまつ》のお陰で暗くなっているとは言え、丘の全景がしっかりと見て取れる。中央に一際、大きな洋風の家屋があった。

「救世十字軍も同じような幻術を使ってたな」

隆《たかし》がぽつりと呟くと、またもアイナは小馬鹿にしたような顔をする。

「知らないの? この幻術はリールルー様が編み出したものなのよ。自らの変化の術を応用してね。

タルタニン達が、魔物に察知されずに軍備を整えられるのもリールー様の幻術あってこそよ」

「何と！　そうだったのですね！　流石は大軍師リールー様！」

「ふふ！　当然よ！　リールー様は天才なんだから！」

リールーを称えられて、アイナはまるで自分のことのように無邪気に喜んだ。その笑顔がとても愛らしかったので、隆《たかし》は苛立ちを忘れて見とれてしまう。しかし、隆《たかし》の視線に気付いたアイナは、すぐに仏頂面に変わった。

「ホラ、ボサッとしてないで行くわよ。きっと、あの大きな屋敷がザビエスト様の住処《すみか》よ」

「分かってるよ！」

隆《たかし》が丘に登ると、頭に花冠を付けた女や子供がいた。もう薄暗いのに笑顔で花を摘んでいる。

「あ、えっと」

隆《たかし》が近付くと、女の子は走って行ってしまった。脅かしちゃったかな、と反省していると、女の子はやはり笑顔で司祭服を着た男性を連れて戻ってきた。

「この場所に客人とは珍しいですなあ」

温和そうな禿頭の男がそう言った。この人がザビエストさん、か？

すぐにアイナが頭を下げた。

「ザビエスト様。突然の来訪をお許しください」

「えぇと、アナタは……」

「アイナと申します。以前、談合の時、リールー様に同行していました」

「ああー！　影武者の！」

（か、影武者……？　色々やってんだな、アイナって）

「こちらはレイルーンのエクセラ姫。そしてコレが勇者です、一応」

「コレとか、一応って！」

隆《たかし》がふて腐れて叫ぶ。ザビエストは「ほうほう」と優しげな眼をエクセラと隆《たかし》に向けた。

アイナはザビエストに此処に着た経緯を話し始める。

「……ほう。なるほど、なるほど。不死船団の船が難破――それは大変でしたね」

「それで、もしよろしければ一泊の宿を……」

「勿論です！　これも神のお導き！　一泊と言わず、好きなだけ居てください！」

「ありがとうございます！」

アイナ同様に、隆《たかし》もエクセラもザビエストに頭を下げた。

（一泊だけでもありがたいのに。ホントに良い人だな！）

その後、ザビエストは夕食を一緒にと誘ってきた。難破して以来、ろくな食べ物を口にしていなかった隆《たかし》達はザビエストの好意に甘えることにした。

屋敷の食堂では、白装束の女性達が長卓に、パンやサラダ、鶏肉《とりにく》などが載った皿を笑顔で運んでくる。ふと気になって隆《たかし》はザビエストに尋ねる。

「此処にいる女性や子供達は？」

「皆、魔王軍に家族を殺された者達です。不肖、私めがかくまっております」

「ご立派ですわ！」

エクセラが感極まったように言う。隆《たかし》もまた、心から頷いた。

「私は此処を『幸福の丘』と名付けました。世界中全ての人が、こうやって幸せに暮らせる世になって欲しいと願っています」

隆《たかし》はしきりにコクコクと頷く。自分の理想とザビエストの理想が同じだと感じたからだ。同じ考えを持って頑張っている人間がいることを隆《たかし》は嬉しく思った。

食事をとりながら、ちらりと隣の部屋を見る。小さな男の子や女の子が、心から楽しそうにニコニコと微笑みながら花を編んでいる。ほのぼのとした雰囲気は、隆《たかし》の理想としている光景に近い。

(スズキーランドも負けてられないな！　もっと、やれることがあるだろうし！)

前向きな決意をしつつ、隆《たかし》はパンを平らげる。食事の後、相変わらずザビエストはニコニコしながら、だが、思いがけない提案をしてきた。

「勇者様。腹ごなしに一つ、お手合わせなど如何でしょう？」

「お手合わせって……ええ!?　い、いや俺は!!　人間相手には無力だし!!」

「これは失礼！　言葉を間違えましたな！　単純にお互いの力を見せ合うだけですよ！」

「は、はぁ。まぁ、それくらいなら……」

(魔物がいないと俺の力は発動しないんだけどなぁ)

宿も食事も提供して貰ったのに、断ることなどできない。隆《たかし》は首を縦に振るしかなかった。

「私は準備をしてきます。勇者様も用意ができましたら、教会の前に」

ザビエストはそう言って退出する。広場にあるという教会にそのまま向かおうとした時、アイナが隆《たかし》の服の袖を引っ張った。

「待ちなさい。力を見せ合うだけ、なんて言ってたけど、ザビエスト様はきっと本気よ」

「でも、ザビエストさんってヒーラーなんだろ？」

「あの自信……もしかしたら治癒以外の能力があるのかも知れないわ」

真剣な表情で少し考えた後、アイナは自分の荷物から小包を取り出し、それを隆《たかし》に見せる。

「預かっていた物よ。リールー様からアナタにって」

「し、師匠が俺に!?」

このタイミングで渡してくるということは、戦闘用の装備かも知れない。隆《たかし》の胸は高鳴った。

（やっぱり離れてても師匠は俺のこと、考えてくれてるんだ！）

そんな嬉しい気持ちは小包を受け取った刹那、疑問に変わる。武器や防具にしては、包みは思いのほか軽かった。

隆《たかし》は不思議に思いながら丁寧に包みを開く。すると、中にはピンク色の衣装が折り畳まれていた。

「な、何だコレ……？」

意味が分からず、隆《たかし》はそれを持ち上げて自分の前で広げてみる。衣装の全貌が明らかになった。

ピンクのトップスと、フリルが付いたミニスカートの一体型。よく見ると、お腹の部分に角の生えた一角兎の刺繍が付けられてある。

「い、いやいやいやいや!!　コレ、俺にじゃないって、絶対!!」

「そ、そうですわね！　だってこれでは、まるで小さな女の子が着るような……」

隆《たかし》はエクセラと顔を見合わせて笑う。だがアイナはそんな隆《たかし》に、睨むような目を向けた。

「いいえ。間違いなく、アナタ専用の装備よ」

「俺の……装備……コレが……？」

まじまじと眺める。すると、兎の刺繍もまた隆《たかし》を見詰め返しているようだった。

「装備って言うか……これじゃあ……」

呟いた後、隆《たかし》は床にピンクい衣装を叩き付ける。

「女装じゃねえかよ!!」

途端、アイナが血相を変えた。

「な、何してるの、アンタ!?　これはリールー様が作られた『聖女装』なのよ!!」

「女装って言ってんじゃん!!」

「いいから早く着替えてきなさい！」

「着れるか、こんな低学年女の子雑誌の付録みたいな安っぽい服!!　師匠、俺のことバカにしてんじゃねえの!?」

「や、安っぽいですって……？」

「だって見てくれよ、この下品なピンク！　それに最悪なのがお腹の刺繍！　何だよ、この主張の強い不細工な兎は！　ミニスカートだし、もう罰ゲームじゃん、コレ！」

リールー師匠にからかわれたのだと思い、隆《たかし》は大声で怒りをブチまけた。その瞬間、『パン』と乾いた音がして、隆《たかし》の頬に鋭い痛みが走る。

「……は？」

呆気に取られながら、隆《たかし》は痛むホッペを押さえる。目の前には隆《たかし》より、もっとずっと怒りの表情を見せるアイナがいた。

「謝りなさい!!」

◇

（コイツ！　マジでイラつく！）

スズキは何故、叩かれたのか分からない様子で頬を押さえている。そんなスズキの顔を見ていると、アイナはもう一発殴ってやりたい衝動に駆られる。本当に腹が立つ！　いや、会った時からずっと腹が立っている！

（せっかくリールー様が作ってくださった服を！）

物心も付かない頃、両親を魔物に殺されたアイナは、十四才の若さで帝国軍兵士に志願した。女性の身ではあったが、世界を魔王軍から救おうと粉骨砕身して訓練に励むアイナを揶揄《やゆ》する者はいなかった。事実、アイナは魔法の才こそなかったものの、武術、剣術は男以上にこなした。

だが、人類の命運を賭けた、魔王軍との数年間に及ぶ人魔戦争で帝国軍は壊滅した。人類は魔物に屈したのだ。

アイナの所属していた隊は、命からがら敗走した。風の噂では南方のサイネス城も魔王軍の手に落ちたと言う。続々と人類の敗戦が知らされる中、親のように接してくれた上官、兄妹《きょうだい》のようだった仲間達も追っ手の魔物に殺されていく。

気付けばアイナは一人、深い渓谷にいた。涙も涸《か》れ果て、もはやどうでも良くなって身投げをしようとしたその時、アイナの肩を誰かが摑んだ。

振り返れば、美しき桃色の髪。帝国軍軍師リールー＝ディメンションが沈痛な表情で佇んでいた。

「だ、大軍師様!?　アナタは死んだ筈では!?」

リールーは無言で首を横に振る。そして……。

「すまんのぞ」

アイナを抱きしめながら謝った。

「リールー様……？」

「全ては我が策が至らなかったが故。こんな思いをさせて言葉もないのぞ」

リールーの目から涙が零れる。今まで遠くで指揮を執る姿しか見たことがない大軍師が、見知らぬ一兵卒である自分の為に泣いていた。

「リールー様のせいではありません！」

数年間、魔王軍の猛攻を凌《しの》いだのはリールー＝ディメンションの知略があったからだ。なのに、軍師は涙を流し、振り絞るような声で言う。

「こんな世界にしておいて『死ぬな』とお主に言えたものではない。それでも死ぬのは待って欲しいのぞ。遂に我は見つけたのぞ。魔王軍に蹂躙《じゅうりん》されるこの世界に、一条の希望の光を」

「それは……？」

リールーは遠い目をした後、ふと気付いたようにアイナの顎に細い指を当てる。そして覗き込むように顔を近付けた。

アイナの顔が紅潮する。吐息を感じる距離でリールーは囁くように言う。

「うむ。お主にもその才能の片鱗《へんりん》が見えるのぞ」

「わ、私に世界を救う才が？」

……その日以後、アイナはリールーの従者となり、プリティスの修行を開始した。

リールーは時に厳しく、時に優しく、親のようにアイナに接した。いつしか、両親の復讐《ふくしゅう》しか頭になかったアイナの心に新たな目標が生まれた。

（リールー様の為に、私はこの命を捧げよう！）


リールーの護衛を務められるまでプリティスに熟達したある夜。アイナはリールーが夜更けに編み棒を手に、格闘していることに気付いた。

「リールー様も編み物をされるんですね」

「始めたばかりなのぞ。なかなかに奥が深い……あ痛っ！」

「だ、大丈夫ですか!?」

編み棒の先で手を刺してしまったらしい。ふふっ、リールルー様ったら！　大軍師なのに可愛らしいところがあるわ！

(でも、こんな女の子が着るような桃色の衣装、一体……？)

「この聖女装があれば、より一層、可愛くなれるのぞ」

言われてアイナは気付く。り、リールルー様はわざわざ私の為にコレを！

「スカートの部分にフリルなんかも付けてみようと思うのだが、どうかの？」

「最高です、リールルー様！」

「お腹のところに一角兎の刺繍を入れようと思うのだが、」

「完璧です、リールルー様！」

(私の為に徹夜までして！　ああっ、リールルー様！)

アイナはより一層、プリティスの修練に励んだ。リールルーが編んでいる聖女装に見合う実力を付ける為に。

しかし。タルタニンとザビエストを招いた例の談合の後、リールルーは聖女装の入った小包をアイナに手渡しながら言った。

「これをスズキに届けて欲しいのぞ」

(私にじゃ……なかったんだ……！)

アイナは深い絶望を感じた。だが、そのことをリールルーに悟られぬよう、どうにか平静を装う。

バカ！　私が勝手に勘違いしたんじゃない！　そうよ！　勇者がこれを着て、世界を救ってくれるのなら本望よ！

アイナは無理矢理そう思い、自らの気持ちを押し込んだ。

なのに、なのに……。


（なのに、それをコイツっ！）

目の前にいるスズキが心の底から憎らしかった。スズキはアイナに頬をぶたれて放心状態だったが、やがて怒りが込み上げてきたらしく大声で叫ぶ。

「痛ってえな、何すんだよ！」

エクセラが止めようとして間に割って入る。しかしスズキ同様、アイナの苛立ちも治まらない。

「リールー様が作ってくださった聖女装を無碍《むげ》に扱うからよ！」

「はぁっ!?　こんなの欲しいなんて頼んだ覚えねえし!!」

「この装備を作る為にリールー様がどれだけ苦心したと思ってるの！」

「知らないって！　だったら、師匠が着ればいいじゃんか！　女なんだし！」

スズキにそう言われて、アイナは少しだけ冷静になった。

「リールー様は、自分にはプリティスを使えない致命的な欠陥があると仰っていたわ」

一瞬、場が静まり返る。スズキもまた真剣な表情で尋ねる。

「そ、それは？」

「……一重まぶただからだそうよ」

「そんな理由かい!!」

「分かるでしょう！　リールー様は可愛いというより、お綺麗なのよ！」

「ってか、変化の術でどうとでもなるだろ、一重くらい!!」

「作られた可愛さじゃダメだとも仰っていたわ。プリティスには、内から醸し出す精神的な可愛さもないとダメなのよ」

「都合の良い言い訳にしか聞こえないんだけど!!　絶対、恥ずかしいから着ないんだって!!　だから師匠、こんな汚れ仕事を俺にやらすんだ!!」

「よ、汚れ仕事……？」

アイナは自らの能力に誇りを持っていた。リールーに褒められたこともさることながら、この残虐な世界に与えられた希望――それがプリティスだと信じて疑わない。アイナの拳がわなわなと震える。

「ホント、女々しい男ね!!」

「コレ着る方が女々しいだろ!!」

「わ、私もそう思います……」

今まで沈黙を保っていたエクセラが言葉を発する。

「男が女子《おなご》の服を着るなどありえません！　男は男らしく！　女は女らしくあるべきです！」

前時代的な考えだと、アイナは舌打ちする。だが、流石に仕方ないと思うところはある。この世界では幼い頃に『男は男らしく、女は女らしく』と教えられる。レイルーンの姫としてしっかり教育されたエクセラなら、なお一層その思いも強いのだろう。だが……。

「今は、男とか女とか、そういう問題じゃないのよ！」

「でしたら、コレは私が着ます！」

「アンタが着ても意味ないのよ!! バカ!!」

「ば、バカ!? バカって言わないでください!! バカ!!」

「とにかく、俺も着ないからな!!」

「アンタは着なさいって言ってるでしょ！ このバカ!!」

「なっ!? バカって言うな!! バカ!!」

三人で「バカバカ、バーカ！」と言い合いを始める。やがてコンコンとノックの音がして扉が開かれる。

「あ、あのー。待ってても全然来ないので……どうしましたー？」

ザビエストが、ぎこちない顔で笑っていた。

◇

（ふう。先程は取り乱してしまいました。反省……）

エクセラは王族の身でありながら『バカ、バーカ』と罵り合ったことを恥じていた。

しかし、あの衣装。あんな辱めを勇者に受けさせるのは、自分は猛烈に反対だ。『男は男らしく、女は女らしく』！

（それに、世界を救う勇者様には格好良くあって欲しいです！）

そう思いながらエクセラは、教会の前で対峙する勇者とザビエストを見る。周囲には松明を持った女子供がいて、彼女らはまるで祭りでも楽しむような穏やかな笑顔でこの様子を眺めていた。

エクセラの隣にはアイナが佇んでいる。謝ろうかと思ったが、今はそういう雰囲気でもない。アイナは相変わらずしかめ面で勇者を見据えていた。結局、聖女装を着なかった勇者を。

「それでは始めましょうかね」

ザビエストは食事時とは打って変わった鋭い眼光を放つ。まるで戦で敵を狩る兵士のようだ。

（お手合わせだと言っていたけれど……）

エクセラは不安を感じる。緊張の面持ちの勇者を前に、ザビエストが両手を広げた。途端、ザビエストの腕の周りに花弁が舞う。

「こ、これは？」

「オーラの具現化よ」

隣のアイナが、ぽつりと言った。

「あの花のオーラが対象に触れることで、治癒の能力を発揮するの」

「で、でも……！」

花はザビエストの前方で渦を巻いていた。やがて多量の花が集まって、人間の形となっていく。

「……福音『咲乱牡丹《さくらんぼたん》』より【十二聖歌隊《じゅうにせいかたい》】」

ザビエストが呟き、次々と花が人の形へと変化した。勇者の前方に出現したのは、十二体の人型を象った何者か。この状況にエクセラ同様、アイナも驚いていた。

「ま、前に見た時と違う……！　やっぱり、天力は治癒魔法だけじゃない！　その聖なる力を攻撃にも転化できるんだわ！　治癒に特化する時は『花』！　そして攻撃に特化する時には……」

「天……使……！」

エクセラの口から、自然とその言葉が発せられた。

（何て美しい……！）

見惚《みほ》れてしまう。エクセラの目に映るのは、絵本で見た天使そのものだった。もっともザビエストが自身のオーラを使って具現化させたのだから、この世界の人間が認識している天使の姿なのは当然かも知れないが。

エクセラは軽く目を瞬《しばた》かせて、戦いに集中する。

（勇者様のお力は、この世界の種族に愛される能力！　人間ではなく、天使族なら効果はある筈！）

天使の聖なる力は魔物に作用する力であり、人間には無害だとも伝承には書いてある。な、ならば、ザビエスト様は一体、どのような攻撃を!?

天使十二体が純白の翼を広げる。それぞれがふわりと浮遊すると、勇者の周りをぐるりと囲む。

「ぐっ!!　俺の能力が通じない!?」

勇者が焦りの声を出す。確かに天使達は、勇者の可愛さに動じる様子もなく、周囲をぐるぐると回っている。そして驚くことに、天使達は人語を喋った。

『この子、たいして可愛くはないわ』

『まぁ可愛いといえば可愛いけれど、言うほどそんなに可愛くはない』

『そうね。可愛いか可愛くないかでいえば、可愛い部類だけど、さして取り上げることもない』

予想外の攻撃にエクセラの眉はヒクヒク動いた。

「勇者様が小馬鹿にされていますわ!! 『囲んで、回って、ディスる』――これが天使の攻撃なんですか!?」

「分からないわ。でも、勇者の能力の効きが弱いのは確かね」

(た、確かに!)

アイナが冷静に言葉を続ける。

「かつて天使族はこの世界に実在したと聞いたことがある。純粋な天使族ならスズキの能力は作用したでしょう。けれど、あれは人間であるザビエスト様のオーラによって生まれた人造の天使。この様子だと、おそらく普段の三割程度の可愛さしか伝わっていないようね」

「半分以下ですか……！」

「ええ。それでも可愛さのスキルが全く効いてない訳じゃない。手はあるわ」

真剣な顔でアイナが勇者に叫ぶ。

「ホラ、何してんのよ！　こういう時の為のプリティスでしょうが！」

(そうですわ！　勇者様の可愛さを何十倍にも高める、リールー様直伝のプリティスなら！)

「スズキ！　天使は複数！　『乳寄《ちちよせ》からの愛撃《あいげき》』が効果的よ！」

ヂュマの船でアンデッドを一掃したアイナの得意プリティス。それを出せと、アイナは勇者にアドバイスをしている。だが、

「よ、四十八の……プリティス……モニョモニョ……」

「ゆ、勇者様!?」

勇者の様子がおかしいことにエクセラは気付く。勇者のおどおどした態度と恥ずかしそうな顔を見て、エクセラは確信した。

(照れているんだわ！　何を言ってるのか分かりません！)

「何をモニョモニョ言ってんのよ、アイツ……！」

アイナがイラついたように拳を握りしめていた。胸の前でハートか何か良く分からない変な形を作るスズキを『ほほほほほ』と天使達は回りながら笑う。

『プッ。何よ、この仕草？』

『何て女々しい。恥ずかしくないのかしらね』

『ああ、やだやだ。気持ち悪い。男の子は逞《たくま》しくないと』

天使は勇者の周りを回りながら、侮蔑の言葉を吐き続けた。やがて、エクセラは勇者の目尻に涙が浮かんでいることに気付く。

「あ、あれは『悲哀のフロー』でしょうか……？」

「違うわ！　アレはプリティスじゃない！　あのバカ、普通に泣いてるのよ！」

「えええええええ!?」

『ほほほほほほほほほ』

天使の嘲笑と言葉の暴力は続く。堪忍袋の緒が切れたアイナが大声を出す。

「いつまでボーッと突っ立ってんのよ！　反撃しなさい！」

アイナの声が聞こえたのだろう。勇者は蚊の鳴くような声で言う。

「ち、違う……ち、力が出ないんだ……」

「力が出ない、ですって？」

すると、ザビエストが微笑みながら言う。

「『聖なる光のエネルギーで対象にダメージを与える』――これが攻撃に転じた天力です」

ザビエストの言葉に、アイナが唇を噛む。だが、肩で息をする勇者を眺めながら、エクセラは違和感を覚えていた。

光属性の魔法が魔物に大きなダメージを与えるのは知っている。更に、強烈な光の魔法ならば熱を持ち、魔物以外にも多少のダメージを与えることはできるだろう。だが、天使達から発せられる光はとても穏やかで、人間に危害を与えられる程のものとは思えなかった。

（でも実際、勇者様は苦しんでいる……？）

勇者は両膝に手を当てて、立っているのもやっとの様相だった。不意にザビエストが、ぱちんと指を鳴らした。勇者を囲っていた天使が忽然と消える。

「勇者様のお力は大体分かりました。このくらいにしておきましょう」

ザビエストの言葉の途中で、勇者はふらりとその場に倒れてしまった。

◇

「……クソっ！」

質素なベッドに仰向けになりながら、隆《たかし》は自分への苛立ちを天井に吐き出した。古びた木造の小屋は、ザビエストが用意してくれた空き家である。エクセラ達は女性ということもあり、彼女らから離れたところに隆《たかし》専用の小屋が与えられていた。

隆《たかし》は、ベッドの傍らに置いた聖女装の入った包みに目を向ける。

（コレを着てれば勝てたのか……？　いや、そんな訳ねーじゃん！　こんなの着て、負けたら今よりもっと惨めだったって！）

着なくて正解だったのだ、と隆《たかし》は自分に言い聞かせた。その時、突然、ノックもなく、ドアが音を立てて開かれる。驚きながら視線を向けると、ザビエストが立っていた。

「お休み中のところすみません。勇者様お一人ですか？」

「は、はい」

「戦いに集中してしまい、攻撃を止めるのが遅れました。本当に申し訳ない」

扉を閉めると、ザビエストは照れくさそうに毛のない頭に手を当てた。隆《たかし》は愛想笑いを返す。

「いえ。俺が弱いのが悪いんです」

ザビエストは無言で部屋隅にある木の椅子を運んでくると、隆《たかし》の寝ているベッド近くに腰掛けた。

「ちょっと暑いので失礼しますね」

そして、重苦しそうな司祭服を脱ぐ。ザビエストは鎖帷子《くさりかたびら》のような軽装備を身につけていた。隆《たかし》が想像していたより、ザビエストはずっと筋肉質だった。だが、それより隆《たかし》の目を引いたのは……。

「い、入れ墨？」

露わになったザビエストの両腕には、牡丹の入れ墨が彫られていた。ザビエストは快活に笑う。

「カッカッカ。入れ墨とは違います。神から天元のオーラを授かった時、自然と浮かび上がってきたものです。私は神紋なんて呼んでいますがね」

「ああ……なるほど」

(ダメだな、俺。こういうの見るとビビっちまう。前の世界と違うのに)

ザビエストの腕を見て、隆《たかし》が狼狽したのには理由があった。ザビエストの神紋は、転生する前に出会ったヤクザの男、佐々木《ささき》が彫っていた入れ墨に良く似ていたからだ。

「アイナさん達にも言ったのですが、一応、勇者様にもお伝えしておこうと思いまして……」

そう前置きした後、ザビエストは隆《たかし》の隣で語り出した。

「二日後、帝都は戦乱に巻き込まれます。なので、勇者様達にはなるべく帝都周辺から離れていて貰いたいのですよ」

「それって……？」

「端的に言います。我が天力の威を持って、魔王軍から帝都を奪還するのです」

「帝都奪還!? だ、だったら俺も!!」

隆《たかし》はベッドから起き上がろうとするが、まだ力が入らない。上半身を起こすだけで精一杯だった。

「勇者様のお力を借りるには及びません。帝都のことは私に任せ、レイルーンで心穏やかにお過ごしください」

「で、でも！　俺だって勇者です！　少しは力に、」

言葉の最中、ザビエストが椅子から身を乗り出すようにして、隆《たかし》に顔を近付けた。相変わらず、人の良さそうな笑顔を見せながら、ザビエストは言う。

「役に立たねえよ。あんなクソみてーな力」

「え……」

「勇者の生命力って、さぞや凄《すげ》ぇんだろなと思ってたら、普通の人間と変わりゃしねー。むしろ平均より弱ぇえくらいだ。使い道ねえよ、お前」

「ざ、ザビエストさん……？」

「お前ガキンチョだから、しっかり釘さしとかねえと、しゃしゃり出てくるもんな」

隆《たかし》が絶句している間も、ザビエストは淡々と語り続ける。

「いいか。タルタニンもお前も……いや、一人の兵もいらねえ。俺だけで帝都を取り戻す」

「た、たった一人で!?　そんなの無茶だって!!」

「無茶じゃねーんだよ。俺にとっちゃあな。それに、もう準備は出来てる」

ザビエストは、ホルスターのような物で腋《わき》の下に吊ってある二つの酒瓶を隆《たかし》に見せる。

「コブとリーヴェンの酒瓶だ。これがありゃあ、帝都周辺の魔王軍を一掃できる」

「何を言って……？」

コブとリーヴェン。確かそれは、魔王軍によって滅ぼされたという町村の名ではなかったか。そう、ドレインを使う魔物によって——。

（ドレイン!?）

瞬間、隆《たかし》は気付く。自分が今まさに陥っている、この状況。まるで全身の力を吸い取られたようなこの感覚は……。

「て、天力はドレインなのか!?」

「ちっと違うな。ドレインは吸うだけだろ？『吸収した人間の生命力を何十倍にも高めて攻撃に転用する』——これが天力……いや俺が編み出した天力の応用技術だ」

「じゃあ、その為に人を殺して!?　コブの町も、リーヴェンの町もアンタが!?」

「カッカカ。必要悪ってやつだ。けど心配はいらねえ。天力の精神操作で、草でもやってんみたいに笑いながら死ねる。神の慈悲だよ」

悪びれもなく言うザビエストに、隆《たかし》の体は怒りでわなわなと震える。な、何が神父だ！　何が聖なる光のエネルギーだ！　コイツ、とんでもない悪人じゃないか！

隆《たかし》は幸福の丘にいる笑顔の女子供を思い出す。彼女達はザビエストの天力で操られていたのだ。

「二日後。天力と、このザビエストの名は世界中に轟くだろうよ」

楽しそうに笑うザビエストを隆《たかし》は睨み付ける。

「……ふざけんな」

「怖い顔すんじゃねえよ。物を買うには金がいる。魔王軍倒すにゃ、命がいる。当然の代償だろ？」

「そんなの間違ってる！」

「間違ってねえさ。誰も死なない戦争なんてあると思うか？　戦争に犠牲は付きもんだ。勝利だって、味方の犠牲の上にある。コブの町、リーヴェンの奴らの命はその前借りみたいなもんだ。世界救済の為には仕方ねえ」

「戦って死ぬのと、戦う前に殺されるのとじゃ意味が違うだろ！」

「あーっ、もう！　うっせえなあ！」

うんざりしたようにザビエストは言うと、隆《たかし》の左腕を両手で握った。

「なっ!?　ちょ、ちょっと待っ、」

有無を言わさず、隆《たかし》の人差し指を思い切り反らす。ぼきりと鈍い音がした。同時に激痛。隆《たかし》の絶叫は、だが、ザビエストの左手を口に当てられたことで、低い唸り声に変わる。

「邪魔なんだよ、テメーみてーなガキは。レイルーンに戻ってマスでも掻いてろ」

ザビエストがようやく隆《たかし》の口から手を離す。「はぁっ、はぁっ」と呼吸を荒くする隆《たかし》。

「この指のこと、誰にもチクんじゃねえぞ。言ったらブッ殺すから。分かった？」

間近にザビエストの目を見て、隆《たかし》は一瞬、痛みを忘れてゾッとした。

マーグリットと同じ。いや、ザビエストの目はもっと暗く冷たくて、威圧感があった。

今、自分を殺すと脅している。なのにザビエストは雑談でもするような笑顔だった。口調もドスを利かす訳でなく、日常会話のよう。その手慣れた様子に隆《たかし》はより一層、恐怖を感じた。

(こ、コイツは本当に俺を殺す！　何のためらいもなく殺せるんだ！)

「おい。分かったのかよ？」

「は、はい……」

痛みと恐怖に心を支配され、隆《たかし》は従順に頷く。

「良い子だ。どれ……折った指、見せてみな」

言われるままに隆《たかし》は手を差し出す。ザビエストは震える隆《たかし》の手をもう一度握った。治癒の天力で治してくれるかも、という淡い期待は即座に打ち砕かれる。ザビエストは、隆《たかし》の中指を同じように逆方向に反らせた。またも鈍い音が響いて、隆《たかし》は泣き叫ぶ。

「俺ぁ本気だぜ。チクったり、俺の邪魔しやがったらマジで殺すからな？」

隆《たかし》は涙をボタボタこぼしながら、折られた二本の指を押さえていた。

「しゃ、喋りません！　レイルーンに戻ります！　だから、だから、もう勘弁してください！」

謝りながら、カチカチと歯の根が鳴った。ザビエストは「男と男の約束だぜ」と笑って立ち上がり、司祭服を羽織った。

「あ、そーだ。タンスの戸棚に包帯が入ってる。使いなよ」

呑気な声で言うと、ザビエストは小屋を出て行く。

ザビエストが去った後も隆《たかし》は、痛みと恐怖に怯えながらベッドの上でガタガタと震えていた。

◇

ザビエストが用意してくれた荷台のある馬車を前にして、エクセラはぺこりとお辞儀する。

「泊めて頂いたばかりか馬車の用意まで！　感謝いたします、ザビエスト様！」

「いえいえー。当然のことをしたまでです」

(こんな素晴らしい人がいるなんて！)

柔和に微笑むザビエストにエクセラは感動する。アイナもまた素直に頭を下げていた。

しかし、エクセラ達がザビエストに礼を言った後で、勇者は蚊の鳴くような小さな声で言う。

「早く帰ろう……」

「勇者様？」

何だか暗い。すごく暗い。まるで勇者の周りだけ黒雲に覆われているようである。

(やはりザビエスト様に負けたのがショックなのでしょうか)

翌日、ザビエストが帝都を取り戻す為にミレミア平原に侵攻する旨を聞いている。エクセラはそのことについて、もう少しザビエストと話したかったが、勇者の意を汲《く》み、こくりと頷いた。

「そうですね。それでは、とりあえず帝都に戻りましょう」

アイナが御者台に座るのを見て、エクセラは勇者と一緒に荷台に向かう。荷台の窓を開けると、ザビエストが笑顔を見せる。

「世界の平和と勇者様のご無事を祈っております」

「ザビエスト様。本当にありがとうございました。そして、どうかご無事で……」

「カッカカ。お任せください」

ニコニコと微笑むザビエストに一礼して、エクセラ達は幸福の丘を出たのだった。


アイナの操縦する馬車に揺られながら、エクセラは気まずい雰囲気を感じていた。隣の席の勇者がずっと俯いたまま一言も喋らないからだ。

持ってきたハルトライン伝説を読みながら、ちらりと勇者の手元を見る。包帯の巻かれた右手が気に掛かった。

「勇者様。その手は？」

「あ、ああ。昨日倒れた時に捻ったんだ」

「よろしければ、塗り薬を……」

エクセラが触れようとした時、勇者が怒声を発した。

「いいってば！」

「す、すいません！」

エクセラは慌てて謝罪する。しばらく馬の蹄《ひづめ》の音だけが響き、やがて、

「……ごめん」

勇者はぽつりと謝った。

ザビエストに貰った乾パンと水を飲みながら、馬車は数時間走った。御者台で手綱を握るアイナはその間ずっと無言だったが、夕日が差し始めた頃、馬車は不意に歩みを緩めて停止する。

(休憩でしょうか？　い、いえ……もしかして魔物!?)

少し緊張しつつ、馬車から降りたエクセラは「あ……」と声を出す。

アイナと自分が佇んでいる場所から地平線が見える。更に、遥か東方に霞《かす》む帝国。馬車は広大なミレミア平原にて停止していた。

(此処が明日、戦場に……！)

エクセラは心臓が鼓動するのを感じた。アイナが、肩を落としている勇者に近付いていく。

「……あの時、どうして着なかったのよ？」

勇者は答えず、無言を貫いた。

「聖女装をまとっていたら、きっと結果は変わっていたわ」

「あ、アイナさん！　勇者様は今、体調が悪くて！」

エクセラは勇者をかばおうとするが、アイナは眼中にないように勇者に向けて叫ぶ。

「本気を出しなさいよ！　リールー様が言っていた！　プリティスはアンタの為に考えられたものだって！　アンタは希望の光なんでしょ！」

ようやく勇者が重い口を開く。

「着たってどうせ変わらなかったって。もっと、気持ち悪いとか言われたかも知んないし」

どんよりした口調で呟く。そのことがより、アイナをイラつかせたようだ。

「あのねえっ！　何度も言ってるでしょ！　聖女装はリールー様がわざわざ、」

「うっさいな‼　もう放っておいてくれよ‼」

遂に爆発したように勇者もまた叫んだ。

「ゆ、勇者様……」

アイナはもう怒らなかった。全てを諦めたような冷めた目を勇者に向けた後、馬車を置いて一人、この場から歩き去ろうとする。

「あ、アイナさん！」

エクセラはアイナを追いかける。三度呼びかけて、やっとアイナは歩みを止めた。エクセラに素っ気ない声で言う。

「アナタ、馬車くらい扱えるんでしょ？」

「乗馬はしたことがございますが……」

「なら問題ないじゃない。私とは此処でお別れよ」

「で、でも、アイナさんはどうするんですか？」

「ザビエスト様と一緒に、このミレミア平原で魔王軍と戦うわ」

「ええっ⁉　アナタはリールー様から、勇者様を守るように言われているのでは⁉」

「そうね。だから、自分の目で確かめたかった。本当にスズキが命を賭けて守るに値する勇者なのかを。そして、答えは出た……」

アイナは遠くで俯いている勇者に氷の眼差しを向ける。

「スズキとザビエスト様。どちらが守るに値する人物なのか、言うまでもないわ」

今まで行動を共にしてきた勇者が、なじられるのを聞いて、エクセラも流石に黙っていられなくなる。

「勇者様は、世界を救う英雄です！　私はレイルーンで何度も奇跡を見てきました！」

「奇跡？」

「はい！　私は勇者様が、いにしえの英雄ハルトライン様の生まれ変わりだと信じています！」

馬車から持ってきた本を抱きしめてエクセラは言った。アイナはエクセラの本を見て、鼻で笑う。

「『英雄ハルトライン伝説』か。アナタ、幾つなのよ？　未だにお姫様のつもり？」

「わ、私はただ！」

「数年に及んだ人魔大戦。魔王軍が帝国に侵攻した未曾有の危機にもハルトラインは現れなかった。そして人類は魔王軍に滅ぼされた。現実を見るべきよ」

「うっ……」

正論を言われて、エクセラが言葉に詰まる。

「そもそもそんな人間、本当に存在したかどうか」

「ハルトライン様は実在しました！　絶対に！」

「そうかしら。海を剣で真っ二つとか、ありえないでしょ。子供のおとぎ話よ」

「そ、それは！　例えば比喩的なことかも知れません！」

「剣じゃなくて魔法を使ったってての？　無理無理無理。どんな高位の魔法使いにだって不可能よ」

馬鹿にするように笑ってから、アイナは顔を引き締めた。

「私は奇跡なんか信じない。道は自分で切り開くものよ」

アイナの迫力にエクセラは言葉を失う。やがてアイナは少し表情を少し緩めた。

「ま、実際のところ好都合だわ。レイルーンに戻ってヌクヌク暮らしてくれれば、私もリールー様の言いつけ通り、アイツを守ったことになるもの」

「アイナさん……」

「それじゃ、お幸せに」

皮肉を含んだ別れの言葉を言うと、アイナはエクセラ達の前から歩き去った。

第七章　レオス先生の教え

（スズキ、無事でいて！　私も頑張るからね！）

ネフィラは帝国城でコウモリの折り紙を続けていた。時に『こんなの無駄なのでは』とか『私なにやってんのかしら』などの疑念が沸き上がるのを振り払いつつ。気付けば折り紙コウモリの山が、そこかしこに屹立《きつりつ》していた。

スケルトン兵が折り紙に没頭するネフィラのもとに歩み寄り、敬礼する。

「ネフィラ様！　キル様と三百体の雷槍疾走《らいそうしっそう》の精鋭が魔都に到着してございます！」

「あっそう！　うるさい！」

「えっ、あっ？　し、失礼しました!!」

悲しげに肩を落として、下がるスケルトン兵。肉体疲労と心労でゲッソリしながら、ネフィラは更に黒い羊皮紙を手に取り、無心で折り続ける。そして……。

「や、やった!!　できた!!　できたぞっ!!」

遂にネフィラはやり遂げた。折りに折ったり、六六六コウモリ。調度タイミングよく、キルがネフィラの前に現れる。

「お待たせしましたー！　……って、何やってんすか、ネフィラ様？」

「六六六コウモリだ!!　今しがた、完成したのだ!!」

「今回の戦勝祈願っすか？　でもそれ、ガセネタっすよ！」

キルはヘラヘラと笑いながら言う。

(全く！　セルフィアノもキルも不信心ね！)

だが完成に満足なネフィラは余裕の表情を崩さない。

「信じぬ奴は信じぬとも良い。だが、これは古くから伝わるまじないだ。必ず効果はある」

「いや、だから完全にガセなんですって。六六六コウモリの話、広めたのアタシとメルっすもん」

「……へ？」

「二十年くらい前、暇だったんでメルと一緒に考えたんすよ！　折り紙でコウモリ六六六個折ったら願いが叶うってホラ話！　そしたらホントに皆、コウモリ折り始めて！　メルと一緒に大笑いしてたんす！」

「お、おま、おまっ……」

ネフィラの体から雷のオーラがバリバリと溢れ出る。

「お前が考えたんか――――――――い!!」

発散された雷がコウモリの山を燃やす。ネフィラはキルの胸元に摑みかかった。

「す、すいませんっ！　ネフィラ様まで信じるとは思わなかったんす！」

「うるさい！　コウモリ折った時間返せ！」

「やあっ!?　服引っ張るのやめてくださいっす!!」

ネフィラはキルの衣装をぐいぐいと引っ張る。キルは零れそうな胸元を隠しながら謝っていたが、ネフィラの怒りは収まらない。

「時間返せ！　スズキも返せっ！」

「す、スズキ!?　スズキがどうかしたんすか!?」

「ヂュマにさらわれて、帰って来ないのよおおおおおおおおおおっ!!」

「ええっ!?　でもスズキなら、そこにいるじゃないっすか!!」

「え……」

キルの指の先を見て、ネフィラは目を丸くする。扉の前で、スズキが申し訳なさそうな顔でセルフィアノと一緒に佇んでいた。隣にはエクセラもいる。

「うおおおおおおお!?　スズキぃぃぃぃぃぃぃぃぃぃ!?」

「ネフィラ。ただいま」

これは夢か幻か。六六六コウモリを完成させた途端、スズキが帰ってきたのだ。

ネフィラは興奮して、キルの肩をバンバンバンと叩く。

「ホラホラ！　意味はあったろう！　なっ、なっ！」

「い、いやー。たまたま偶然な気がするんすけど」

(何がたまたま偶然よ！　私の愛が通じたんだわ！　きっとそうよ！)

そして堰《せき》を切ったように、ネフィラはダッシュしてスズキを抱きしめた。

「怪我してない!?　ご飯食べてた!?　ちゃんとうんこしてた!?」

「……してたよ」

スズキは寂しげな笑顔を見せながら、そう言った。

（あ、あれ？　普段だったら抱きついたりしたら、恥ずかしがるのに？）

愛が通じた……訳ではなさそうだ。単純にスズキは元気がない。よく見れば、右手に包帯を巻いている。

「お、おい。その指は？」

「何でもない」

そしてスズキは俯いてしまう。セルフィアノが困ったような顔を見せた。

「色々あったのでしょう。今はゆっくり休ませてあげましょう」

「そ、そうですな」

「しかし、スズキ。一つだけ教えてください。ギュマはその後、どうなったのです？」

セルフィアノに尋ねられ、スズキは訥々とギュマが海に落ちた経緯を話す。ネフィラは苦虫を噛み潰したような顔をしてそれを聞いていた。

「フン！　ギュマの奴め！　自業自得だ！」

「え、えっと。じゃあ不死船団はもう無くなっちゃったってことでいいんすかね？」

怒るネフィラに代わって、キルがセルフィアノに尋ねた。

「いいえ。たとえ体を数百に切り刻まれようとも時間さえあれば、ギュマは各部を引き寄せて復活するでしょう」

「そんなになっても復活できるんすか！　やっべー！　流石、不死身！」

（ってことは、またスズキにちょっかい出してくるかも知れないわよね）

ネフィラはスズキを安心させようと、言葉を掛ける。

「スズキ。今後はお前の守りを強化しよう。必要なら護衛の魔物を数体付ける」

「大丈夫。心配いらないよ」

やはり、スズキは暗い面持ちでぼそりと言った。

「いや、だがな……」

言いかけてネフィラは止める。そ、そうよね。大変なことがあったんだもの。疲れてるわよね。

セルフィアノの言う通り、今はそっとしてあげましょう。

「わかった。とにかく、お前とエクセラは先にレイルーンに戻っていろ。我々は今から人間共の反乱を鎮圧せねばならんのでな」

「レイルーンにはメルが待機してるからさ！　ま、しばらく待っててくれ！」

ネフィラの後で、キルがスズキに笑顔を見せた。

◇

（いつも一緒に居たがるネフィラが戻ってろって、言うなんてな）

戦闘の準備で慌ただしい帝国城をエクセラと歩きながら、隆《たかし》は先程のネフィラとの会話を思い返していた。

隆《たかし》は知らない振りをしていたが、反乱というのはザビエストのことに間違いないだろう。ザビエストは既に魔王軍に宣戦布告していたのだ。

ネフィラもキルも、事もなげに言っていたが、相手はあのザビエスト。二人とも本当に大丈夫なのだろうか――そう思いかけて隆《たかし》は頭を横に振る。いや、自分なんかが心配してもしょうがない。それに魔物が倒されて、世界が平和になればそれに越したことはないじゃないか。

隆《たかし》とエクセラは帝国城より離れたところにある砦に向かっていた。セルフィアノいわく、そこでレイルーンに向かう竜車に乗れるとのことだった。

歩く隆《たかし》とエクセラと入れ違うように、凶悪そうな魔物の群れが帝国城に向かっていく。聞くところによれば、各地にいる魔王軍の半数が帝都に集結しているという。

「何て大軍だ……」

隆《たかし》が呟くと、エクセラも頷いた。

「既に初発の部隊は、ミレミア平原に向かったらしいです」

「じゃあ総勢はもっと、ってことか」

「はい。反乱の鎮圧と言っていましたが……これではまるで第二次人魔大戦です」

エクセラが息を呑むのも頷ける。今、帝都全てが魔物で埋め尽くされていた。

不意にエクセラが言う。

「本当に私達……レイルーンに戻って良いのでしょうか？」

「俺なんかが行っても、たいした役に立たないよ」

「で、でも！　勇者様のプリティスがあれば！」

「ははっ。アイナがいるだろ」

乾いた笑いをしつつ言う。するとエクセラは黙り込んだ。

辿り着いた竜車場では、悪魔が申し訳なさそうに隆《たかし》に頭を下げてきた。ミレミア平原での戦闘用に割いている為、竜車が不足しているらしく、用意するのにしばらく掛かると言う。

待ち合いの椅子にエクセラと隣合わせに座って待つが、なかなか竜車は来ない。

「準備ができるまで、ちょっと散歩してくるよ」

「は、はい。お気を付けて……」

気まずさを感じた隆《たかし》は一人、帝都を歩き出した。

時が過ぎ、帝都に集結していた魔物の殆どはミレミア平原に向けて出立したようだ。魔物の数もまばらとなった帝都を歩きながら、隆《たかし》はふと先程のエクセラの言葉を思い出す。

（アイナ……ザビエストなんかと一緒に行動して大丈夫かな？　……い、いや！　アイナは俺より強いプリティス使いだ！　任せておけば良いんだ！）

大きく溜め息を吐く。ってか、俺より優れたプリティス使いがいるってことは、俺の存在意義ってもう完全にないよな。

少し前まで、どうにかこの世界を救おうと考えていた。だが今、その気持ちは完全に薄れてしまった。

ズキッ、とザビエストに折られた指が痛み、隆《たかし》は包帯の巻かれた手を見る。

（ほのぼの異世界生活したかっただけなのに。何で俺こんな目に遭うんだよ）

ザビエストに対して怒りは湧いてこなかった。いやむしろ、指を折られたのは自分が間違っていたからかも知れない。そうだ。よくよく考えればザビエストの言ってることは一理ある。世界を救う為には人間の犠牲が不可欠なんだろう。ザビエストが言うように、戦争に勝った方も何人も死んでいる。負けた方はもっと死ぬ。それが現実だ。誰も血を流さない、そんな都合の良い力なんてある訳が――。

『我《われ》がお主の前に正体を現したのも、ひとえに勇者の凄まじき力を見たからぞ。この者なら、無血に近い革命を起こし、この世を救えると思うたからぞ』

リールーと初めて会った時に言われた言葉を思い出し、隆《たかし》は歯を食い縛る。

「……無理だって、そんなの」

吐き捨てるように独りごちた、まさにその時。

「やっべー！　出遅れちまった！　急げ！」

「兄者。肩の防具なんかいらなかったんじゃ？」

「いるわ！　団長は肩、斬られて死んだんだぞ！」

何処かで聞いたことのある野太い声がした。ドタバタと駆ける獅子の獣人は隆《たかし》の顔を見るや、

「す、スズキっ!?」

顎が外れそうなくらい驚いた表情をした。

「レオス先生……」

隆《たかし》は呟く。悪魔研修の講師レオスの驚きの表情は、だが、すぐに怒りへと変化して、隆《たかし》のもとにズカズカと歩み寄る。

「バカ、お前！　あれから全然、授業に来ねえじゃねーか！　不良か！」

「心配掛けてすいません」

「べ、別に心配してた訳じゃ……！」

レオスはごほんと咳払いした。気まずそうな顔を見せた後、連れている虎の獣人を置いて、

「ちょっと来い！」

隆《たかし》の腕を無理矢理引いて、路地裏に連れ込む。

「な、何ですか、レオス先生？」

二人っきりになると、レオスは腕組みをしながら、隆《たかし》に言う。

「何ですか、じゃないだろ！　宿題の答え、聞きたくねえのか？」

「は？　宿題……って何でしたっけ？」

「忘れてんじゃねえよ!!　マジで不良だな、お前は!!」

(えぇっと……そうだ。確か『魔物と人間は共存できるか』って問題だったっけ)

隆《たかし》は思い出して苦笑いする。あの時、自分は共存できると言い張った。そしてレオス先生はその

場で答えを言うのを保留し、隆《たかし》にもっとよく考えろと言った。

（うん。流石、悪魔研修の先生だな。よく考えたらホントの答えが分かったよ）

「それでスズキ。正解だがな、」

少し照れたような顔のレオスに隆《たかし》はきっぱりと言う。

「その前に俺、答えを変えます。やっぱり違う種同士、仲良くなんかできないと思います」

「正解は『頑張れば共存でき……』あぁっ!?　えっ!?　ちょ、お前、今なんて!?」

レオスは吃驚していたが、隆《たかし》は続ける。

「俺、子供でした。共存なんて夢物語ですよね。人間は魔物より弱いんだし、分をわきまえて慎《つつ》ましく暮らすのが良いんじゃないかって今は思います。だから俺、レイルーンに戻って静かに一生を終えます」

「ま、待て！　じゃあスズキ、もう俺の授業に来ないの？」

「はい。行きません」

「えっ、えっ！　マジで？」

「すいません。先生とはこれで最後です」

パクパクと口を開いたり閉じたりするレオスに、隆《たかし》はぺこりと頭を下げる。

「レオス先生。短い間でしたが、お世話になりました」

そして隆《たかし》は歩き始めた。だが、しばらくすると、

「……ふざけんじゃねえ」

ドスの利いた声がして、レオスは猛然と隆《たかし》に駆け寄ってきた。隆《たかし》の胸ぐらをグイと摑む。

「お前、人間と魔物は共存できるって言っただろうが!! 簡単に諦めんな、この野郎ォォ!!」

獣人の力で脳震盪《のうしんとう》が起こりそうなくらい、グイグイと揺さぶられて隆《たかし》は焦る。

「だ、だ、だって! 俺なんかがいくら努力しても無駄なんですよ!」

「無駄だぁ……?」

揺さぶるのを止めて、レオスは凶悪な獣の顔を隆《たかし》に近付けた。

「ちっと見ねえ間に、お前の身に何があったか俺は知らねえ! だがな、スズキ! お前——本当に全力でやったのか?」

「えっ」

「獣王鬼団は一角兎を倒す時にも全力を出す! 全力、全力! 常に全力だ! 何故か分かるか!」

「い、いえ! 分かりません!」

「死んだ時、後悔しないようにだ!!」

「後悔、しないように……?」

「そうだ! 命は今、この瞬間しかねえ! だから外面《そとづら》なんか気にしねえ! 他人の目なんか、もっと気にしねえ! なり振り構わず必死で戦い抜く! それが獣王鬼団の掟《おきて》だ!」

隆《たかし》の両肩をレオスはしっかと持って、顔を近付ける。

「やるだけやったのか!? 本気でやったのか!? 今、死んでも後悔しねえくれえに、お前は命がけでやりきったのかよ!?」

どくん、と隆《たかし》の心臓が大きく鼓動した。

(俺は全力を出したか……? 出してない! いや、違う! 出さなかったんだ!)

レオスの熱意が伝播《でんぱ》したように、隆《たかし》の体が熱くなる。

(他人の目を気にして! エクセラに格好良いところを見せようとして! 恥ずかしがって!)

隆《たかし》の精神に重くのし掛かっていたザビエストの幻影が瞬間、罅割れて砕け散る。

何、悪党に言いくるめられてんだよ、俺! どんな理由があっても、人が人を殺して良い訳がない! ザビエストが怖くて無理矢理、気持ちを押し込めてただけだ!

(それに『怖い』? どうせ俺、一回死んでんじゃん! 怖いものなんてもうないだろ! なのにまた、やりたいこともできずに死ぬのかよ! こんなんで死んだら絶対また後悔するぞ! ……てか……って言うか……)

「爪、痛ってえええええええええええええええ!!」

レオスの爪が隆《たかし》の肩にギリギリと思いっきり食い込んでいた。

「あ、すまん……」

レオスが両手を離す。だが、今の隆《たかし》には肩の痛みすら心地よく感じた。よし! 叫んだら何だか元気が出てきたぞ!

隆《たかし》は満面の笑みをレオスに見せる。

「レオス先生、ありがとうございます! 俺、もう一回やってみます! 今度こそ、なり振り構わず全力で!」

「お、おう！　そうか！」

走り出そうとして、隆《たかし》はレオスを振り返る。

「先生。また、相談に乗ってもらっても良いですか？」

「フン。いつでも来い」

隆《たかし》はレオスに手を振る。レオスもまた隆《たかし》に片手を上げた。別れ際にボソッと「やっぱり教師は最高ニャ……！」とレオスが小さく呟いた気がしたが、おそらく気のせいだろうと思い、隆《たかし》は振り返らずに走った。


待ち合いの椅子に置きっぱにしていた聖女装の小包に、隆《たかし》は急いで駆け寄る。

(よかった！　無くなってなかった！)

そして、聖女装を広げる。フリルの付いた桃色の衣装が、隆《たかし》の眼前にふわりと広がる。同時にリールー師匠の懐かしい匂いが漂った。

(下品で安っぽい？　目も心も曇ってた……)

「これ、師匠の髪の色じゃないか。バカだな、俺」

優しい手触りを感じながら、隆《たかし》は聖女装を抱きしめた。その時、背後からエクセラの声がする。

「勇者様、戻られていたのですね！　竜車の準備ができたそうですよ！」

エクセラの隣で、悪魔が申し訳なさそうに笑う。

「すまねえ。ずいぶん待たせちまった。行き先はレイルーンだったな？」

隆《たかし》は首を横に振る。

「いや。行き先はミレミア平原だ」

「ゆ、勇者様⁉」

「エクセラ、ごめん。それに、もうちょっと待ってくれ。これに着替えなきゃなんないんだ」

隆《たかし》が聖女装を抱きしめているのを見て、エクセラはあんぐりと口を開けた。

「ソレ着て、出掛けるの⁉　嘘でしょ⁉」

驚きすぎたせいか、エクセラは言葉を乱していた。叫んだ後に気付いたようで頬を赤らめる。

「み、ミレミア平原に行くのは構いません！　でも、そんなのは着る必要ないです！　勇者様が女子《おなご》の格好をして、辱めを受ける必要なんかありません！」

「いや、着る。これは俺の意志なんだ」

「ま、マジですか……！　自分から進んで女装を……！　ええええええ……！」

「ザビエストは間違ってる。どんな手段を使っても、この戦争は止めなきゃならない」

「分かり……ました……」

エクセラは思い詰めた表情で、鞄《かばん》からカミソリを取り出した。そして無言で隆《たかし》に手渡してくる。

「えっ……ちょ……死ねってこと？」

「違います。着替える時、これで、おすねの毛を」

「あ、ああ、なるほど！　よかった！　エクセラ、ありがとう！」

◆

帝都西部。広大なミレミア平原を太陽がギラギラと照りつけている。太陽は、ゆっくりと真上に近付いていていた。

ネフィラは後方を見渡す。キルを中心に雷槍疾走《らいそうしっそう》の精鋭が顔を連ねている。更にその後ろに、魔王軍の部隊が続々と集結していた。彼らの背後は帝都である。皮肉にも魔王軍がかつての人間の首都を守る形で陣取っていた。

魔物数千体で形成された鎮圧軍の中に、通常の戦闘ではネフィラにとって見慣れない物が散見される。

移動式の矢倉を思わせる数メートルある物体の上部には、巨大水晶が飾られている。運んでいる魔物もこれが一体、何の為の物か計りかねているようだった。

突然、矢倉の巨大水晶に、三つ目の魔王軍参謀セルフィアノの顔が映し出される。

『えー、テステス。皆さん、聞こえますかー？』

間隔を空けて何基も設置された巨大水晶。それが一斉にモニターのように、セルフィアノの胸から上を映し出している。

「せ、セルフィアノ様!?」

「こ、これは一体……！」

ざわつく部隊に、ざわめく魔物達。そんな中、ネフィラは冷静だった。

ネフィラは帝都でのセルフィアノとの会話を回想していた。


「私はあまり気が乗りませんな。やはり陽動では？　我らが魔都を留守にしている間に、救世十字軍とやらが攻め込むという……」

ネフィラが進言すると、セルフィアノは鼻で笑った。

「無論、それは想定してあります。故に、全軍ではなく半数を集結させたのですよ」

「どちらにせよ、セルフィアノ殿が魔都を離れるのは、いささか危険ではないですか？」

セルフィアノ自身がミレミア平原で指揮を執ると聞いていた。ネフィラはこのことを、片乳ボロンの私怨ではないかと危惧していたのだ。

しかし、セルフィアノは丸い水晶玉をネフィラに見せる。

「私がスズキとイチャコラする為だけに、この水晶玉通信を開発したと思いますか？」

「ち、違うのですか？」

「当日は、巨大な水晶を数基用意します。そしてミレミア平原にいる魔王軍に私の指示を遠隔でありますところなく伝えるのです。これなら私は魔都にいながら、軍を統率することができます」

「なるほど。しかし、あの……吐血は？」

「ふふふ。使用する魔力工程の微細化に成功しました。一時間程度の通信ならば吐血しません」

ネフィラはこくりと頷く。確かにそれなら、同時刻に全部隊に対して的確な指令が可能。更に、司令官の姿を常に見せることで兵士の士気も高まる。

(流石はセルフィアノといったところかしらね)

巨大水晶に映る美貌を眺めながらネフィラはそう思う。まぁ実のところ、片乳ボロンした時は絶対確実にアホだと思った。だが、やはり単なるアホではなかったのだ。

ネフィラがセルフィアノを見直していると、近くでキルが叫ぶ。

「ネフィラ様、ネフィラ様！　来たっすよ！」

キルの指先を見て、ネフィラは目を細めた。

(あれがザビエスト……なの？)

司祭服を来た温和そうな神父が、子供を数人従えてミレミア平原を闊歩《かっぽ》している。

「何だ、ありゃあ。ガキなんか連れてんぞ」

「アイツは何がしてーんだ？」

ざわつく魔王軍。ネフィラもまた呆気に取られてしまう。わざわざ宣戦布告してきたのだ。救世十字軍のレイルーン襲来のように、大部隊を引き連れてやってくるものだと思っていた。なのに、子供を連れているとはいえ、

(……たった一人？)

『全軍戦闘態勢を保ちつつ、そのまま待機です』

セルフィアノが落ち着いた声で言う。数基ある矢倉上部の巨大水晶から、セルフィアノの声は拡

声されてミレミア平原に響き渡った。

（そうね。罠かも知れないわ）

だがザビエストの背後には、広々とした大地が広がるのみ。伏兵の可能性は低い。

ザビエストは立ち止まり、不敵に笑った後で司祭服を片手で捲《めく》る。革のホルダーに酒瓶が二つ入っていた。二本のボトルを同時に手に持つと、ザビエストは一気に飲み干す。

「今度は酒を食らい始めたぜ？」

「飲んでなきゃ、やってられねえってか！」

笑う魔王軍。だが、ネフィラはその瞬間、ザビエストの体から大きく拡散されたオーラを見逃さなかった。

「違う！　あれは酒ではない！　強大なエネルギーを補充したのだ！」

「……福音『咲乱牡丹《さくらんぼたん》』より【六之乗数聖歌隊《ろくのじょうすうせいかたい》】」

途端、ザビエストの周辺に赤い花弁の花が咲き誇った。四方八方に咲き乱れる牡丹が集結して人型を象る。そして各々が見目麗しい天使へと変化していく。

「こ、これは……！」

ネフィラは絶句する。ザビエストの周囲は花畑と化し、そこから凄まじい速度で次々に天使が生み出されていく。

「何て数だ……」

「ね、ネフィラ様、ヤバくないっすか！」

数の有利さの為、緊張感に乏しかった魔王軍の顔色が一気に変わる。地平線を埋め尽くすように牡丹が舞った後、気付けば帝都側に陣取る魔王軍以上の天使の軍勢が出現している。

天使の姿は一様に同じだったが、一体のみ四枚の翼を背負い、銀色の光のオーラをまとう天使がいた。ザビエストの守護霊のように背後に浮遊する。

「カカカ。余裕の顔が青ざめたなー。ざっと、七千体だ」

そしてザビエストは天を仰ぎ、自らの力に酔いしれるように叫ぶ。

「跪きやがれ、魔王軍！　これが『天力』！　世界の頂点にして、神に選ばれし救世主の力だ！」

（こ、これほどまでの大軍だとはね）

今にして思えば、セルフィアノが魔王軍の半数を帝都に集結させたことは英断だった。いや、それでも眼前の天使達との戦闘には足りないくらいである。

ネフィラも、そしてほぼ全ての魔王軍が狼狽を隠せない。だがそんな中、巨大水晶のセルフィアノは冷静な声を響かせる。

『惑わされることはありません。規模は途轍もなく大きい。ですが、これは術。術者を殺せば具現した天使共は全て消えます。敵は奴たった一人！　ザビエストを殺せばそれで全てが終わります！』

最後に口調を強める。そして魔王軍は「そうだ！」とばかりに咆哮《ほうこう》した。

（冷静ね、セルフィアノ。そしてその通り。ザビエストとかいう奴一人を殺せば私達の勝ち）

だがそれは向こうも重々、分かっている筈。ザビエストに辿り着くまで、一体どれほどの犠牲が出るか想像に難くない。

その時。ネフィラの思考を遮る大音声が戦地に木霊する。

「セルフィアノ様の言う通りだ！　天使族は遥か昔に滅んだと聞く！　つまりあれは人間によって生み出された見かけ倒しに過ぎん！」

その声の大きさに見合った数メートルの体格を持つサイクロプスが叫んでいる。背後の巨人族が呼応するように雄叫《おたけ》びを上げる。魔王軍巨人兵団――ギガンボスを団長とし、巨軀《きょく》の魔物で形成された武闘派である。

『ギガンボス。不用意に近付いてはなりません。まずは岩を投擲して、様子を見ましょう』

セルフィアノの指示と同時に、多数の岩石が積まれた荷車が到着する。人の頭部以上あるその岩を片手で難なく摑むと、ギガンボス達は天使の群れに向けて放り投げた。

だが、天使達は穏やかな笑みのまま、ひらりひらりと岩石をかわす。

「野郎、ちょこまかと！」

激昂《げきこう》したギガンボスがセルフィアノの制止を聞かずに単身、突っ込んでいく。部下の巨人兵団もまたその後に続いた。

「奥に隠れずに出てこい、人間が!!」

天使の群れに向けて叫ぶ。だが次の瞬間、ギガンボスは片膝を突いていた。ギガンボスの頭上で天使が「ほほほほほほほほ」と笑っている。

「あ……あが……！」

巨軀で凄まじい剛力を誇るギガンボスが為す術《すべ》もなく、地に伏せた。口から泡を吐き、そのまま動かない。他の巨人達の頭の上にも天使が飛来。屈強な巨人族が、心臓発作を起こしたように次々と倒れる。

ネフィラの隣でキルが叫んだ。

「た、倒れちまいましたよ!? 何もできずに!!」

「天使のドレインだ」

(しかも、ほぼ即死。これは厄介だわ)

ネフィラは巨大水晶に映るセルフィアノの様子を窺う。命令を無視して突っ込んだ巨人兵団に対し、首を軽く振る仕草を見せた後、気持ちを切り替えるように指示を出す。

『黒死魔術師団。遠隔による魔法攻撃を行ってください』

セルフィアノの命令を受けて、悪魔神官のソーサラー達が天使達に対して様々な魔法を放つ。蛇のようにうねる火炎に、氷の矢が天使達に降り注ぐ。だが……。

『む……』

セルフィアノが唸る。天使達は魔法がヒットしても笑顔のまま。まるでダメージがなさそうだ。

(魔族が放つ闇の力に耐性があるのか)

ネフィラは眉間に皺を寄せる。火、氷、土――どの属性でも魔族が扱う魔法は闇属性を帯びてしまう。そしてそれはネフィラの雷撃も同じ。厳密に言えば、ネフィラの雷は『闇・雷属性』なのだ。

(これでは私の雷撃もおそらく作用しない。したとしても、効力は半分以下になりそうね)

「相性は最悪だな」

ネフィラは呟く。ギガンボスは『見かけ倒し』と言っていたが、とんでもない。考えようによっては、かつて存在した天使族より強大な力を持っているのかも知れない。

『皆さん、傾注。奴の天使一体一体は主天使《ドミニオン》クラスの力を有していると分析します』

セルフィアノが厳かに告げる。キルがネフィラに不思議そうな顔を見せた。

「主天使って何すか？」

「簡単に言えば、お前とメルと同程度の戦闘力を持つ天使ということだ」

「ああ、なるほど――って、そ、それが七千体っすか!?」

(魔王軍近衛師団《このえしだん》三個を相手にするのと同じこと。おそらく魔都は崩壊するわ)

ネフィラはザビエストの背後に立つ四翼の天使を見据える。

(更に一体、オーラが違う。あれは司令塔。智天使《ケルビム》クラスってところかしら)

「天力……我ら魔族を殺すに特化した力か」

内心の動揺を雷槍疾走《らいそうしっそう》の兵士に悟られぬよう、ネフィラはぼそりと呟いた。

◇

(加勢する必要なんか、なかったかしらね)

アイナは草陰から戦況を見守っていた。ザビエストが放った天使の大群は、サイクロプス達を仕留め、悪魔神官の魔法を物ともしない。

遠くにはセルフィアノの顔が映し出されている巨大水晶が等間隔で並んでいる。妙な魔導具を開発したものだと思いながら、アイナはセルフィアノの顔を見て、違和感を覚えた。

巨人兵団を滅ぼされ、魔法も無効。なのに何かを期待するように口角を僅かに上げている。

アイナは嫌な予感と共にザビエストの様子を窺う。ザビエストは先程サイクロプスが投擲した岩石の近くにいた。刹那、岩石が意志を持っているかの如く、ピクリと動く。その岩には、目と口のある凶悪な顔が表れている。濁った声で岩が笑った。

「ギギギ！　魔王軍に栄光あれ！」

刹那、閃光を放ち、爆裂する岩。咄嗟に、ザビエストの背後にいた四翼の守護天使が主を守るように翼を広げ、更にお付きの少年がザビエストの前に飛び出す。

（鉱物の魔物！　セルフィアノめ、狡猾《こうかつ》な！）

アイナは軽く唇を噛みながら、ザビエストの元へと走った。黒煙が晴れると、ザビエストと少年が倒れている。

「ザビエスト様！」

「いってー。小細工しやがって」

天使の守護だけでは防ぎきれなかったらしい。ザビエストは足を押さえている。それでも、命に別状はなさそうだ。問題は盾になった子供である。全身火傷を負い、呼吸が荒い。致命傷だ。

事は一刻を争うというのに、ザビエストはアイナを見て和やかに微笑んだ。

「ああ、これはアイナさん。もしや、加勢に来てくれたのですか？」

頷きながら、アイナは叫ぶように言う。

「ザビエスト様！　治癒の天力で、少年の手当を！」

アイナは以前、ザビエストがマーグリットの無くなった腕を再生したところを見ている。大丈夫！　あの治癒能力があれば、この子はきっと助けられる！

ザビエストが、ひょこひょこと足を引きずりながら少年へと歩む。そして少年に右手をかざした。

（え……）

アイナの目は驚愕の為、大きく見開かれる。ザビエストは笑いながら、自らの傷ついた足に左手を当てていた。右手をかざした子供が痙攣し、代わりにザビエストの傷口が塞がっていく。

「よし。完治」

笑顔の子供が息絶えた瞬間を目の当たりにして、アイナが叫ぶ。

「い、今、一体何を!?」

「ああ。生命力を分けて頂いたのですよ」

子供は眠ったようにして死んでいた。まるで、ドレインで命を吸い取られたリーヴェンの村人達のように。

（まさか……！）

アイナは気付き、天使達を振り返る。この天使達も同じようにして生み出されたのだとしたら！

この規模の生命エネルギーを得るには町単位の人間の生命エネルギーが必要！　だとすれば！

「コブの町もリーヴェンの村も、アンタが……！」

「天力は流用の神力です。魔王軍を一掃するのに、代償として複数の人間の生命力が必要だったのです。これは仕方のないことなのですよ」

「流用？　それはね——悪用っていうのよ、このバカ！」

アイナは怒りを滲ませた瞳でザビエストを睨み付ける。

「人類の敵はアンタの方じゃない!!」

「アイナさん。アナタにはガッカリです。てっきり気付いた上で、加勢に来てくれたのかと……」

「そんな訳ないでしょ！　知ってたら、誰がアンタなんか！」

敵意剝き出しのアイナの前に、天使が十数体、舞い降りる。

「はぁ。アナタも青っチョロいあのガキと同じですねえ。なら、加勢は結構です。代わりに天力の肥やしになってください」

「舐めないでよ！」

(天使は私と同じ女性タイプ！　同性相手じゃ効きが弱い！　必殺フローで一気に仕掛ける！)

「四十八のプリティス・第二十七の仕草『乳寄《ちちよせ》』！」

アイナは胸元をはだけ、胸の谷間を作る。そして腰を落とすや、

「四十八のプリティス・第四十七の仕草『愛撃《あいげき》』！」

谷間の前、両手でハートを象る。不死船団のアンデッド達を骨抜きにした、アイナ必殺のフロー。

複数の敵相手に効果的な連続プリティスだ。

だが天使達は、嘲笑と冷笑が入り交じった笑い声を発した。

『何よ、それ。全然可愛くないわ』

『どっちかって言えばお色気よね』

『下品な女』

（くっ！　やっぱり天使には効きが弱い！　でもザビエストは……？）

突如、遠慮の欠片《かけら》もない男の拳がアイナの腹部にめり込む。「がはっ！」と胃液を吐き出し、アイナはくずおれる。

「悪りぃな。ガキンチョにゃ全然興味ねーんだよ」

そしてザビエストはアイナの髪の毛を摑む。

「勇者といい、お前といい、何だよそのくだらねー技は？」

「プリティスは……攻撃力、魔力を超える唯一無二の絶技……」

「ハァ？　天力こそ最強、唯一無二の力。テメーの力は偽物だ、このマヌケ」

そしてザビエストはアイナの顔面を地面に叩き付ける。アイナの顔から涙と鼻血が溢れた。

「うぐっ……」

「つーかお前、さっき俺のことバカって言ったよね？　謝れよ」

そのまま顔を何度も地面に叩き付けられる。朦朧《もうろう》とする意識の中、静観している魔物達の声がアイナに耳に聞こえてくる。

「何だ？　仲間割れか？」

「セルフィアノ様。如何致しますか？」

『芝居でもなさそうな雰囲気ですね。全軍そのまま待機。天力を分析する絶好の機会です。それに少しでもザビエストの体力を削ってくれれば、なお良しといったところですが……まぁそれは無理でしょうかね』

グシャッと足で頭部を踏み付けられる。アイナの口元には、大きな血だまりができていた。

「カカカ。誰もテメーを助けに来ねえ。哀れだねー」

「わ、私は……」

「あん？　やっと謝る気になったか。よし、そのまま土下座しろ」

「わ、私はね……確かにアンタの言う通り、偽物かも知れない……」

顔面を血で染めたアイナの脳裏に、リールーとの修行が思い返される。

プリティスをマスターしたアイナをリールーは褒め称えた。

『やはりお主にはプリティスの素質があるのぞ』

（嬉しかった。でも……）

『スズキに少しでも近付けるように努力するのぞ。スズキこそ天賦の才能。唯一無二のプリティス使いなのぞ』

誇らしく語ったリールーの顔はまるで母親のような……いや、むしろ……。

（恋人を愛《いと》おしむような……）

『だ、誰ですか？　攻撃はまだ待てと言った筈です！』

セルフィアノの叫ぶ声で、アイナの思考は現実に戻る。ふと見上げると、ザビエストも眉間に皺を寄せ、前方を眺めている。

「あん？　何だ、あの魔物は？」

セルフィアノの命令も聞かず、こちらに歩み寄る一体の魔物。その魔物を視認した時、アイナの目は大きく見開かれた。

「ヂュマ様！　あれはヂュマ様だ！」

何体かの魔物が叫んだ。ほぼ同時に、

「あの裏切り者め!!」

雷槍疾走《らいそうしっそう》の長、ネフィラの怒声もアイナの耳に聞こえてくる。

（ヂュマ！　最悪……！）

剣でバラバラにして船から放り投げた。その恨みを晴らすべく復活して、追ってきたのだろう。

だがヂュマはアイナの手前で止まり、ザビエストに怒りの形相を向けていた。

「こ、この……お、男は……！」

ビキビキとヂュマの顔が悪鬼の形相になる。

（な、何？　ヂュマは、ザビエストを知ってるの？）

「んー？　どっかで会ったっけ。でも忘れたわ。人も魔物もいっぱい殺したから」

余裕綽々《よゆうしゃくしゃく》のザビエスト。対して、ヂュマは見るからにボロボロ。罅割れた体で「ひゅうひゅう」と掠れた呼吸を繰り返している。手足はどうにか癒着しているが、歩くのがやっとの状態のようだ。

ザビエストを見据えるヂュマに、アイナは僅かな希望を見た気がした。ヂュマとザビエストが争えば、この場から逃げる隙が生まれるかも知れない。

だが、そう思った途端、ギロッとヂュマがアイナを睨む。そして、アイナに歩み寄ると、そのまま倒れるように覆い被さる。

（くっ！　やっぱり私を殺すのが先か！）

このままヂュマに首筋を噛み切られる――そんな想像をした。だが、しばらく経っても、死も痛みも訪れなかった。

ヂュマはアイナに覆い被さったまま微動だにしない。魔物達もこの状況に困惑していた。

「お、おい。ヂュマ様は何をやってるんだ？」

「まるであの女を守るみてえに……」

（守る？　バカね。そんな訳ないでしょ）

ならば、どうしてヂュマは自分に攻撃してこないのか。それはアイナにも分からなかった。

やがて業を煮やしたように、ザビエストがヂュマを足蹴にする。

「おい。どけよ、ガラクタ」

そのまま蹴られ続けるヂュマ。激しい振動がアイナにも伝わる。それでもヂュマはアイナから離れない。まるで、本当に自分を守ってくれているかのように。

（い、意味が分からない!!　ヂュマが、どうして私を守るのよ!?）

「何で？　ど、どうして……？」

アイナは振り絞るような声で、ザビエストに蹴られているヂュマに囁く。ヂュマは感情に乏しい人形の声で訥々と喋る。

「こ、この男に……何かが壊されるのを……も、もう見たくない……」

(ま、魔物が人間をかばう……？　嘘！　こんなの嘘よ！)

魔王軍は黙って、この状況を傍観していた。不死船団団長が人間にやられている――通常なら、助けに向かうのは当然である。だが、セルフィアノからの指示はない。以前、ヂュマが軍規に背き、スズキをさらったからだろう。

ヂュマの体の軋む音がアイナに直《じか》に伝わる。アイナは船上で、自分がスズキに言った言葉を思い返していた。

『魔物が改心するなんてありえない。【籠絡した後、隙を突いて殺す】――これが正しいプリティスの使い方よ』

アイナは歯をきつく食い縛る。

(分かってなかったのは私！　スズキのプリティスの使い方、それこそが本当の！)

ザビエストに蹴られ続け、ヂュマはもう動かなくなっていた。全ての機能が停止したかのように、口をぱかりと開けたまま喋ることもない。

「何だ、このガラクタの魔物は。弱ぇえなあ。天使を使うまでもねー」

笑いながら、トドメを刺そうと大きく足を振りかぶったザビエスト。だが、アイナが入れ替わるようにヂュマに覆い被さった。

「弱った魔物いたぶって……威張ってんじゃないわよ……！」

「ハァー？　今度はお前が代わりに蹴られるの？　さっきから何やってんだ、テメーらは？」

「分かんないでしょ？　私もアンタもね、全然分かっちゃいなかったのよ。でもね。こんな私にも一つだけハッキリ分かったことがある……」

アイナはザビエストに鋭い眼光を向けた。

「アンタなんか救世主じゃない！　勇者でも英雄でもない！　この世界にはね！　誰も傷付けない力がある！　代償なんか求めず、血を流さずに済む力が！　アンタなんかのじゃない本当の力！　それこそが世界を救う勇者の──」

「うっせーな。さっさと死ねや、ブス」

頭を足で強く踏まれたせいで土が口に入り、アイナはそれ以上喋れなくなった。

◆

ネフィラは腕組みしながら、ギュマとアイナがザビエストに暴行される様子を遠目に眺めていた。

ギュマのことは、スズキの件もあって腹立たしく思っていたが、弱者に唾を吐くザビエストもまた癇《かん》にさわった。

舌打ちして目を逸らし、巨大水晶を見る。セルフィアノが少し焦った様子で、隣に居る魔物と喋っている様子が映っていた。

『……え？　スズキがレイルーンに戻っていない？　魔都から竜車でミレミア平原に向かった？』

「なっ!?　スズキが!?」

思わず声が出てしまう。

（うう……あの子、どうしていっつも言うこと聞かないの……！）

ネフィラは母親のような気持ちで唇を噛み締める。もう、スズキったら！　でもひょっとして、私の身を案じて？　可愛いんだからっ！

数基、配置された巨大水晶のセルフィアノが一斉に喋る。

『ミレミア平原にいる全ての魔物に通達！　スズキが戦場に現れるかも知れません！　見つけたら、絶対に前線に向かわせないようにしてください！』

セルフィアノの顔は真剣だった。自分が魔都に招いたせいで、ギュマにさらわれたことをセルフィアノなりに反省しているのだろう。ネフィラもまた、集結している雷槍疾走《らいそうしっそう》の者達に命令する。

「お前達！　何があってもスズキを通すなよ！」

皆、こくりと頷く。キルがドンと薄い胸を叩いた。

「周りにバリケード張りますよ！　スズキには長生きして貰わなきゃなんねえし！」

「うむ」

ネフィラは雷槍疾走《らいそうしっそう》の背後を見渡す。雲霞《うんか》の如く、魔物達が集まっている。セルフィアノの命令に従い、これらの魔物全てがスズキを通さない。

「蟻《あり》の這い出る隙もないっす！　これならスズキは安心っす！」

キルの言葉にネフィラは頷き、安堵する。スズキは絶対にこの場に辿り着けないだろう。問題は……。

ネフィラは前方に視線を移す。背後の魔物を超える数の天使達がザビエストの周りに集まり、地平線を埋め尽くしている。

『皆様、お待たせしました』

不意に、凜としたセルフィアノの声がネフィラの耳に届く。

『敵の分析が完了しました』

（遂にセルフィアノが動く、か。ようやく戦闘準備が整ったようね）

巨大水晶のセルフィアノは、まるでネフィラの目の前で語りかけるように声を発する。

『勅令！　魔王軍直属特別攻撃隊・雷槍疾走《らいそうしっそう》！　先陣を切り、その命を魔王様に捧げよ！』

「……御意」

セルフィアノに返答するというよりは、魔王に忠誠を示すようにネフィラは言う。

セルフィアノは、敵の分析が完了したと言った。天使達に対し、勝率は充分にあると考えたのだ。

だが、それと同時に耳慣れない命令──『命を捧げよ』。

セルフィアノの第三の目は、先の大戦と同じ、或いはそれ以上の犠牲が出ると見越しているのだろう。無論、ネフィラ自身もザビエストが凄まじい力を持っていることを実感している。

「……ネフィラ様」

ぼそりとキルが呟いた。普段見せない真剣な表情をしている。

「コレ、うちの隊、半分以上死にますよね？」

「ああ。久し振りの生き死にの戦いだ。怖いか？」

「冗談！　メチャクチャ燃えてますよ！」

そう言ってキルは愛用の鎌を振り回す。緊張と興奮が入り乱れたような顔だ。ネフィラもまた、自らの体が汗ばんでいるのを感じる。

（ふふ。私も熱くなっちゃってる。悪魔のサガかしらね）

死んでスズキに会えなくなるのは凄く寂しい。だが、悪魔として生まれ持った本能が抑えきれない。強敵との戦闘……。戦いへの渇望……。生と死の衝動……。興奮で体が熱い。

（こんなのスズキが知ったら、嫌われちゃうよね）

それでもネフィラの口角は自然と上がる。ニタリと悪魔の笑みを一瞬見せた後、ネフィラは雷槍《らいそう》
疾走《しっそう》の兵士達に檄《げき》を飛ばす。

「行くぞ！　我らの屍《しかばね》の上に魔王軍の勝利を築く！」

仲間達の怒号のような声が平原に響き渡った。

第八章　真・英雄伝説

人海とはよく言ったものだ――眼前に広がる光景を見てザビエストは思った。数十メートル先で蠢《うごめ》く魔王軍数千体は、まるで波打つ海の如く壮観だった。

(ま、アイツら『人』じゃねえけどな)

含み笑った後、この大軍を全て屠《ほふ》り、自分一人で帝都を奪還する未来を想像する。歓声と栄光、そして最後にタルタニンの悔しがる顔を思い描き、ザビエストは哄笑した。

(全滅させてやるよ、魔物共。一体残さずにな)

「カッカカカカ！　百年――いや千年、語り継がれる本当の英雄伝説の始まりだ！」

叫ぶと、ザビエストの足下からアイナの苦しげな呻き声が聞こえる。

「あれ。生きてたの、お前」

冷たい目でアイナを見下ろす。叩き潰したと思っていた虫がまだ生きていたのと同じ感情しか芽生えない。ああ鬱陶しいと一気に体重を掛けて、アイナの頭部を踏み潰そうとした時。

「キャ――――――ッ!!」

遠くで陣取っている魔物達から声が上がった。

(……何だ？)

ザビエストはアイナを踏む力を緩め、声のあった方に目を細める。連続して響く魔物達の声は、合唱のように重なっていく。それは悲鳴ではなく、何処か喜びの入り交じった歓声だった。

「ウオオアアアアアアアッ！」

「ヤ————————ンッ！」

男の魔物は祭りのような野太い雄叫びを。女の魔物は嬌声を張り上げている。

更にザビエストは異変に気付く。最後尾が霞む魔物の大群。それがじわじわと引き裂かれていく。

（あ……？　魔物の群れが真っ二つに割れて……）

目前で起きている光景に、ザビエストは一瞬、何もかも忘れて見とれてしまった。数千もの魔物の大群が裂かれ、分かれていく。よく見れば、魔物達は叫びながらふらつき、その場に倒れていた。

連続して魔物が倒れていく。敷き詰め並べた木の板をパタパタと倒す遊戯のように。

「何だ、こりゃあ……」

呟きながら、ふとザビエストの脳裏を過ったのは懐かしい記憶。似たような絵物語を昔、ザビエストは読んだことがある。


『彼《か》の神剣エクスカリバラスは大海をも二つに切り裂く』

この世界に居る者なら皆知っている。三百年の昔、竜王を倒して世界を救った英雄ハルトラインの伝説。事実かどうかも疑わしい昔話の類いだ。しかし、目の前で繰り広げられる異様な光景は、ザビエストが読んだ本の挿絵に酷似していた。

何者かが魔物の海を真っ二つに裂きながら、ザビエストに向かって歩いてくる。

目を細めていたザビエストは、それを視認した瞬間、大きく目を見張った。

ザビエストの視界に映るのは、風にはためくスカートのフリル。鮮やかな全身のピンクが、帝国軍大軍師リールー＝ディメンションの棚引く髪のように美しく揺れている。

「てめえ……」

スズキの姿を認め、ザビエストのこめかみはピクピクと痙攣する。男にしては長めの髪と相まって、スズキの姿は女子《おなご》のように見えた。魔物達が叫ぶ。

「か、可愛すぎるううううううう!!」

「アタシ、もうダメ――――――――!!」

聖女装の腹部に刺繍された一角兎は、まるでゴルゴン。見た瞬間、石化のスキルが発動するように周囲の魔物が恍惚とした表情でパタリパタリと倒れていく。その状況に目もくれず、スズキはザビエストの数メートル前で立ち止まると、キッと目を鋭く尖らせる。

口に溜まった唾をごくりと飲み込んだ後、ザビエストは笑う。

「カッ……カカカ。マジかよオメー。何だ、その格好。ふざけんじゃねえよ」

「ふざけてるのはお前だろ。俺の仲間踏んでる、その汚い足をどけろ」

「邪魔したらブッ殺すって言ったよなあ？　変態女装野郎。キメェんだよ」

「何とでも言え。で、その足をどけろってんだよ」

（こんな野郎が勇者？　バカも休み休み言えってんだ！）

ザビエストは背後の天使に人差し指を動かして合図する。

「殺せ。干からびるまで吸い取っちまえ」

だが、天使達は動かない。天使はスズキの姿をまじまじと眺めていた。

『へ、へぇー。なかなか可愛いじゃない』

『いいなあ、あのピンク！　私も着たいなあ！』

「……おい。何言ってんだ、テメーらは？」

天使達はモジモジしたり、キャッキャッと色めき立っていた。ザビエストの眉間に皺が寄る。

「とち狂ってんじゃねえよ」

ザビエストはアイナから足をどけて、拳をなぎ払うように振った。途端、スズキを見て沸き立っていた天使達数体が忽然と消失する。

（魔物や天使に、このアホくせー妙な衣装が作用してんのか）

それにしても自分の生み出した天使が懐柔されるなど初めてである。前線にいる凶悪そうな女悪魔もスズキを見て、生まれたての子馬のようになっている。

「す、スズキ……！　だ、ダメだ……可愛すぎて動けぬ……！」

「ネフィラ様、ヤバいっす！　今日のスズキ、マジハンパねえっす！」

（幹部みてーな悪魔連中ですら、立ってるのがやっとの状態か）

スズキがザビエストを睨んでいる。ザビエストもまたスズキを睨み返した。

確かに考えようによっては面倒くさい能力だ。だが、この戦況下に於いてはどうか。周囲数メートル以内にいる魔族と天使を魅了するだけの力に何の意味がある？

「テメーなんぞが出てきたところで、何も変わんねえんだよ」

ザビエストは踵を返すと、自らの後ろに控えている天使達に向き直る。先程、ザビエストが数体消失させたことで、天使達も気を引き締めたようである。

「構やしねえ。天使共。このまま全軍突撃だ」

ザビエストの意志が七千体全ての天使達に伝わる。地平線を埋め尽くす数の天使が、ふわりと宙に浮いた。

◇

「アイナさん！　大丈夫ですか！」

くずおれたアイナの元に、エクセラの声が聞こえた。

「え、ええ……どうにかね」

立ち上がろうとしたが、ザビエストに受けたダメージで足元がふらつく。エクセラはアイナに肩を貸してきた。アイナは無言でエクセラに体を預ける。

エクセラに誘導されて魔物側に退避する途中、アイナは首だけ動かして背後を振り返る。天使の群れに対して、仁王立ちしているスズキの背中が見えた。

（スズキ……）

魔王軍の誰よりも前線に立つスズキに加勢できない自分の不甲斐なさが腹立たしかった。だが、こんな状態ではスズキの足手まといだ。退避するより他はない。

エクセラは雷槍疾走《らいそうしっそう》が陣取る位置まで、アイナを連れてきた。雷槍疾走《らいそうしっそう》の長・ネフィラは雷を帯びた槍を杖《つえ》のようにしてどうにか体勢を保っている。

「か、体は動くか、キル？」

「女みてえなスズキの可愛さに意識飛びかけたっすけど……何とか大丈夫っす！」

「よし！　あまり直視しないようにしてスズキを守りつつ、敵陣営に攻め込むぞ！」

そして大きく深呼吸して呼吸を整えた後、

「行くぞ!!」

ネフィラの声がミレミア平原に響き渡った。少し遅れて、怒号のような魔物達の雄叫びが続く。

大地を揺るがせる雷槍疾走《らいそうしっそう》の声を聞いて、アイナは背筋に冷たいものを感じた。

(何て覇気と威圧感！　これが魔王軍直属特別攻撃隊・雷槍疾走《らいそうしっそう》！)

ネフィラを先頭に先頭の魔物達が歩き出し、浮遊する天使の大軍との距離を詰めていく。

かたや、ザビエストもこのまま帝都に雪崩れ込むつもりのようだ。天と地、二つに分かれて天使の群れが進軍してくる。

魔物と人間合わせて、犠牲者は一体どれほど出るだろう。帝都にまで戦火が広がるなら、十数万の命が散らされるやも知れない。

一触即発の双方を俯瞰した時、アイナの脳裏にリールーと共に見た三体のモンスターが蘇《よみがえ》った。

魔族も天使も、そして人間も、今日で全て消えて無くなるのではないか。そんな不安を感じて、アイナは目を瞑《つぶ》る。だが、その時。

「待て」

スズキの声が聞こえて、アイナは顔を上げた。スズキは魔物側に向かって、行軍を止めるように片手を上げていた。

(無理よ、もう……)

この状況で、両軍の衝突を避ける術はない。諦めて消沈しているアイナと逆に、スズキは声を張り上げる。

「聞こえるか、セルフィアノ！」

『あ、はい！　聞こえます！　その衣装、とってもキュートですよー！』

「それは良いから！　俺の姿もその水晶に映し出せるか？」

すると巨大水晶の中のセルフィアノは困った顔をした。

『も、もちろん、私の魔力を使えば可能です。でも……そうしたら私が魔物達に指示できなくなってしまいます……』

「頼む、セルフィアノ！　俺を全ての巨大水晶にフォーカスさせてくれ！　お願いだ！」

『ああ……可愛い……！　こんな時でも可愛いでーす……！』

「セルフィアノ！　早くしてくれ！」

『こ、怖いっ！　でも可愛いですー！　【こわかわ】！』

やがて巨大水晶に映ったセルフィアノが消え、代わりにスズキの全身が映し出される。セルフィアノが全魔物に指令を出す為に等間隔に配置された巨大水晶を、全ての天使と魔物が見上げていた。

（スズキ……一体、何を……？）

聖女装を身にまとったまま、スズキは深く息を吸った後、胸を少しはだけた。そして胸の前で伸ばした両腕を交差させる。アイナがごくりと生唾を呑んだ。あ、あの動作はまさか！

スズキがゆっくり口を開く。

「四十八のプリティス・第二十七の仕草『乳寄《ちちよせ》』！」

咄嗟にアイナは周囲を窺い――そして戦慄する。

浮遊していた天使達が一斉に動きを止めていた。更に、雷槍疾走《らいそうしっそう》を含めた魔王軍も、足下をぐらつかせている。

スズキのプリティスに、戦場は一瞬の空白状態。だが、

「止まってんじゃねえ！　突っ込めや、天使共！　消されてえか！」

ザビエストの叫びで、天使達は思い出したように帝都に向けて行軍を再開する。空と陸から、雲霞の如く押し寄せる天使の群れ。

（だ、ダメ！　やっぱり止まらない！）

アイナは絶望と共にスズキを見る。スズキは目に光を宿したまま、腰を落としていた。ま、まだ終わっていない！　あれは乳寄《ちちよせ》からの連続プリティス！　つまり……！

（私の必殺フロー！）

今まで何度も繰り返し練習したアイナの特技。それが眼前のスズキにより、一層洗練された動作となってアイナの瞳に映る。乳寄《ちちよせ》の体勢を保ちつつ、腰を充分に落とし艶めかしく、くねらせる。続けて、胸の前で心臓の形を指でなめらかに象った。

あまりの完璧な仕草にアイナの目は大きく見開かれる。

(そう、そうよ！　それが四十八のプリティス・第四十七の仕草……！)

「――愛撃《あいげき》」

スズキが呟いた。同時に等間隔に置かれた巨大水晶から、桃色の衝撃波が津波のように発生する……アイナはそのような幻覚を見た。

ドスッと重い音がして、アイナはネフィラが愛用武器ブリッツベルグを地に落としたことを知る。続けて、雷槍疾走《らいそうしっそう》の魔物達が恍惚とした表情でバタバタと倒れる。

更にその後ろを見て、アイナは絶句する。数千の魔王軍全てがヘナヘナと腰砕けになっていた。

(て、天使達は!?)

次にアイナはザビエストの方を振り返る。だが天使達はそのまま上空を浮遊している。

「ダメ……か！」

苦渋の声を振り絞るアイナ。だが、隣にいるエクセラが叫ぶ。

「いいえ！　天使達も苦しんでいます！」

よく見ると、浮かんだまま天使達は頭を抱えていた。陸にいる天使もまた同じように、苦悩の表情を浮かべている。

「「「アア……アアアアアアアアアア!!」」」

天使達の大絶叫がミレミア平原に木霊する。同時に耳をつんざく爆発音。天使達の体が炎に包まれ、轟音《ごうおん》と共に爆ぜる。空にいた天使も、陸にいた天使も全て、連鎖反応を起こすように次々と爆死していく。

この光景を見て、アイナ以上に驚いていたのはエクセラだった。

「いや、何で爆発するんです!?」

「自分より可愛くて悔しかったんでしょう」

「天使って、悔しかったら爆発するんですか!?」

「ザビエストに作られた肉体を持たない人造の天使が、スズキのプリティスによる超高濃度のキューティを浴びた。存在が保てなくなって爆裂するのは当然の帰結よ」

「と、当然の帰結なんですか、コレ……! 常人の私には全く理解が及びませんけれども……!」

確かに常人にこの現象を理解させるのは難しいとアイナは思う。ザビエストもまた、ありえない光景に顔を引きつらせていた。

「七千体の天使共が全滅……? 何だ、このでたらめな力は……!」

呆気に取られたように、そう呟く。ザビエストの背後にいた天使の大軍はことごとく消失。後はただ草原の草が風に揺れるのみである。

アイナはふと、ヂュマの船でスズキに偉そうに語っていた自分を思い出す。

『私の愛撃《あいげき》は最大で三十体の魔物に作用するわ』

（ふふっ。恥ずかしくなるわ。自分の無能さに）

アイナは自嘲した後、独りごちるように呟く。

「リールー様の仰った通りね。天賦の才能にして、唯一無二のプリティス使い。私なんかスズキの足下にも及ばない」

（圧倒的すぎて悔しさも消えるわ。逆に清々《すがすが》しいくらい。畏敬の念ってこういうのかしらね）

アイナは痛む体に力を入れて、ザビエストに向けて大声で叫ぶ。

「見たか、ザビエスト‼　数千体を同時に射貫《いぬ》く防御不能、不可視の立射‼　これが真の愛撃《あいげき》‼　本当の救世主の力よ‼」

「クソ女が……！」

ザビエストが鬼気迫る顔でアイナを睨んだ。その時、スズキの可愛さにやられながらも、どうにかブリッツベルグを杖にして立つネフィラが叫んだ。

「す、スズキ！　まだだ！　天使がもう一体残っているぞ！」

アイナもまた、ザビエストから少し離れた位置で顔半分がケロイド状になった天使に気付く。

（ザビエストの守護天使！　どうにか愛撃《あいげき》に耐えたんだわ！）

ザビエストが勝ち誇ったように笑いながら、見るも不気味な天使に指示を出す。

「カカカ！　スズキをブッ殺せ！　智天使《ケルビム》！」

「ひひ！　ひひひひひ！」

四枚あった翼の半分はもがれ、満身創痍《そうい》の状態。それでも天使に似つかわしくない凶気の笑い声を轟かせ、強力な天使がスズキの生命力を根こそぎ吸い取ろうと飛翔《ひしょう》する。だが至近距離に到達した刹那、聖女装をまとったスズキが、天使の手にタッチした。

「四十八のプリティス・第四の仕草『手握《てにぎり》』」

「……ヤンッ」

スズキに軽く手を握られた瞬間、智天使はその恐ろしい顔から想像のつかない嬌声を発する。すれ違いざまに、スズキに触れられただけで智天使は体から閃光を放って爆死した。

◇

鎧袖一触《がいしゅういっしょく》とは、この事だろうか――エクセラもまたアイナと同様に、たった一撃で智天使を葬った勇者に畏敬の念を抱いていた。

（これで全ての天使が全滅！　凄いですわ、勇者様！）

もはや勝負はあった。さぞや落胆しているだろうと、エクセラはザビエストを一瞥する。しかし、

「カッ……カッカカカカ！」

（な……？）

エクセラの予想に反して、ザビエストは楽しそうに笑っていた。

「やるじゃねーか、小僧。やっぱあの時、殺しときゃー良かったなー」

（虚勢を張っているだけですわ！　だってもう打つ手はない筈です！）

七千体の天使を失ったザビエストは、このままだと魔王軍になぶり殺されるだけである。エクセラはザビエストに向けて、凛とした王族の声を発する。

「投降してください！　もはやアナタに勝ちの目はありません！」

「いーや。そうでもないなあ」

にやりと笑いつつ、ザビエストは司祭服をはためかす。

「カッカカ。まだ一瓶あるんだぜ」

(そ、それは！)

取り出された酒瓶は、コブの町とリーヴェンの村を滅ぼし、生命エネルギーを注入したものと酷似していた。今まで冷静だった勇者の顔に焦りが生じる。勇者がザビエストに問う。

「お、おい!!　もう代償はない筈だろ!?」

「忘れたのか？　俺の拠点のことを」

「幸福の丘の人達を……？　そんな……！」

「全員、処女や子供だったからな。力の比率も高けえ」

(幸福の丘にいた子供や女性を全員……！　な、何て酷い……！)

絶えずニコニコと微笑んでいた女子供を回想し、エクセラはやり切れない思いを抱く。今考えれば、あれは天力による集団催眠状態だったのだ。彼女達はザビエストの天使製造の為に、訳も分からないまま殺された……。

一気に酒瓶を飲み干したザビエストは満足げに手で口を拭う。

「補充完了。今日一番、漲ってんぜ」

「ザビエスト……！」

勇者は歯を食い縛り、ザビエストを睨め付ける。エクセラは勇者の周りの空気がビリビリと張り詰めるのを感じた。もちろんエクセラも怒っていたが、それ以上に勇者は憤慨している。だが、ザビエストは余裕の表情で鼻を鳴らした。

「テメーがこの世界に来て以後、授けられた『天力』。必然、テメーのより進化した力なんだよ」

「リールー師匠が言ってた。人間は進歩向上するものだって。俺だって、あの時の俺じゃない」

「なら、試してみようじゃねーか。どっちが強ぇえのかをよー」

ザビエストの周囲に牡丹が咲き乱れる。牡丹はザビエストの前方に集まると固まり、一輪の巨大な花を形成した。

「今度は力を分散させねえ。一体のみに天力を集中する」

南国に生えるという巨大な花をエクセラは耳にしたことがある。しかし眼前の花はそれ以上に思われた。溜め池ほどの大きさの花弁から、ぬうっと姿を現したのは金色の天使の頭部だった。

「福音『咲乱牡丹《さくらんぼたん》』より【金色大熾天《こんじきだいしてん》】！」

頭、そして胸部と、徐々にせり上がって出現する天使にエクセラは総毛立つ。な、何て大きさ！もはや天使と言うより女神像です！

エクセラは首が痛くなる程に見上げながら、自分の足が震えていることに気付く。全貌を現した金色の女神像は五十メートルはあろうか。それがまるで生物のようにゆっくりと動き、巨大な掌の上にザビエストを乗せる。ザビエストが女神像の肩の上で哄笑する。

「魔法攻撃無効化に物理攻撃無効化！　テメーの精神に作用する攻撃も例外じゃねー！」

（た、確かにあらゆる攻撃が通じなさそうです！　というか、この者に感情なんてあるの⁉）

金色の女神像の顔は彫刻のように動きがなかった。女神像は固定された表情のまま、帝都に向けて歩き出す。ズシンズシンと巨大な足を踏みしめる度に大地が揺れた。

「カカカカ！　全てブッ潰せ！」

そして逡巡する魔王軍を前に、巨大な腕を振り下ろす。轟音と振動。女神像の拳で、魔物達の四肢が飛び散り、大地が崩壊する。あまりの衝撃にエクセラは尻餅をついてしまう。

（こ、こんなの、どうやって倒したら良いんですか⁉）

狼狽したエクセラの視界に巨大水晶が入る。既に水晶は勇者ではなくセルフィアノを映しており、彼女の顔には焦燥が浮かんでいた。セルフィアノは、七千体の天使が全滅したことでザビエストに攻勢を仕掛けようと中央の軍を前方に進めていたのだ。

セルフィアノが進軍させた魔物を女神像は叩き付け、踏み潰す。

『た、退却！　退くのです！』

一斉に前線を離脱する魔王軍。一見して鈍重そうな女神像から逃げるのは容易《たやす》いと誰もが思った。

しかし女神像の口がゆっくり開かれ、口腔内に眩《まばゆ》い光の玉が具現する。

女神像の口から発射された光線は、退却中の魔王軍を直撃。光線を浴びた数百体の魔物は、一瞬のうちにドロドロと溶解した。

『おのれ……！　これ程までに強力な切り札を隠していたとは……！』

歯嚙みするセルフィアノが巨大水晶に映し出されていた。この様子を見て、ネフィラを含めた雷《らい》槍疾走《そうしっそう》の魔物達も後退する。

今、女神像の周りには魔物は誰もいなかった。ただ一つの人影を除いて――。

（ゆ、勇者様!?）

勇者は屹然《きつぜん》と女神像を見上げていた。いや……女神像の肩に乗るザビエストを。

勇者が退避していないことに気付いたネフィラもまた、後方から「逃げろ！」と声を張り上げていた。それでも勇者は首を横に振る。

「アイツは絶対に許さない」

女神像が勇者に迫る。ネフィラと同じく逃げるよう忠告しようとしたエクセラだったが、聖女装をまとった勇者が、ただならぬ気迫に満ちていることに気付く。

（止めるつもりですわ！　たった一人で！　救世十字軍侵攻の際、魔神召喚で現れたイフリートを何もさせずに帰したように！）

「四十八のプリティス・第一の仕草『上目《うわめ》』！」

遥か上空から足下のスズキに、女神像は感情のない目を向けていた。だがその歩みが止まることはない。

（ま、全く意に介していませんわ！　こ、これは……！）

エクセラの淡い期待は打ち砕かれる。人形であるヂュマにも通用し、七千体の天使を葬った勇者のプリティスが、女神像に対しては毛の先程も作用している気がしない。

「逃げてください、勇者様！　もう無理です！」

「そうだ！　踏み潰されてしまうぞ！」

ネフィラもまた勇者に向けて叫ぶ。だが勇者は聞こえていないかのように、帝都に向かう女神像に追いすがる。

（そんなに近付いては危ないですわ！）

エクセラのイヤな予感通り、勇者は足をもつれさせて、ステーンと尻餅をついた。

「ああっ、しっかり！　勇者様！」

それでも立ち上がり、また走り出すがその刹那、またもステーンと転ぶ。

「またスズキが転んだぞ！」

ネフィラと一緒に心配している間に、勇者は本日三度目の尻餅をついた。

「いや、どんだけ転ぶんです!?　ドジっ子ですか!!」

しかしエクセラの隣、アイナが首を横に振る。アイナは這々《ほうほう》の体《てい》ながらも強い言葉を発する。

「違う！　わざと転んで同情を誘う！　あれは四十八のプリティス・第七の仕草『餅尻《もちしり》』よ！」

「ええっ!?　あれもプリティスなんですか!?　ドジっ子じゃなかったんですね!!」

「ドジっ子どころか完璧な餅尻《もちしり》よ。私が十年、死に物狂いで修行したところで、あの美しい餅尻《もちしり》に辿り着けるかどうか……」

アイナは少し潤んだ目で勇者を眺めていた。

（あ、あら？　アイナさん？）

常に辛辣だったアイナは、この戦いで勇者を認めたようだ。しかし、そうこうしている間にも勇者はスッ転び続ける。

「意味あるんですか、アレ!?」

「確かに女神像の歩みは止まっていないわ。でも、ご覧なさい。足下でウロチョロしているスズキを、女神像は叩き潰そうとしたり、光線で焼き払おうとはしていない」

「あ！　確かに！　少しは可愛いと思ってるってことですか！」

「分からない。でもスズキの愛撃《あいげき》は、ザビエストが具現化した天使達を爆裂させた。女神像にだって効果はある筈」

アイナは意志の宿った目で、転び続ける勇者を見る。

「スズキを信じるのよ！　リールー様が考えた四十八のプリティスは無敵なんだから！」

「はい!!」

勇者は女神像に、ことごとく無視されているがそれでも諦めない。餅尻《もちしり》を続けつつ、別のプリティスを発動する。

『光輝微笑《こうきびしょう》！』

『願懇《がんこん》！』

『泣御結《なきおむすび》！』

転んだり、笑ったり、泣いたり、おにぎり食べたり、また転んだり。『いやこの局面で流石にそれは違うんじゃ？』とエクセラが目を疑うようなプリティスすら勇者は繰り出していた。それでも女神像には何の変化もない。ただ帝都への歩を進めていく。

「クソぉっ!!　スズキはあんなにも可愛いのにぃぃぃぃッ!!」

ネフィラが叫ぶ。見ると、ネフィラは大量出血で倒れそうな程に鼻血を吹き出していた。

(この威力！　勇者様は全力でザビエストと戦っているのですわ！)

一見、滑稽に思える転がりながらのプリティス連発だが、エクセラは勇者が、なり振り構わず必死で戦っているのだと悟った。

(そうです！　アイナさんが言ったように、私も信じなければ！　勇者様を！)

だが、エクセラは隣のアイナの顔に絶望の色が浮かんでいることに気付く。

「……アイナさん？」

「も、もうスズキは……四十八のプリティス全てを試したわ……！」

「そんな!?　プリティスは無敵じゃなかったんですか!?」

全部試したのに女神像は止まらない。こうなったらもう撤退するしか道はないではないか。

ザビエストの嘲笑《あざわら》う声が高所より聞こえる。

「オラオラ！　このまま帝都に雪崩れ込むぜー！」

女神像は前線の陣営にまで至近していた。勇者はまるで魔物達をかばうようにその前に立つ。

アイナが堪らず勇者に叫ぶ。

「もう充分よ！　アナタはよくやったわ！」

「そうだ、スズキ！　いったん退却するのだ！」

ネフィラもまた叫んだ。だが、勇者はハッキリと言う。

「まだだ！　まだ全力じゃない！」

「でも！　もう打つ手がないではないですか！」

エクセラも勇者を止めようと叫び……そして気付く。スカートの下、勇者の両足がすりむけて出血している。

(餅尻《もちしり》で転びすぎて血が！)

だが、次の瞬間。エクセラは自分の目を疑う。いや、エクセラだけではない。アイナ、ネフィラ、キル、その場にいた全ての魔物が勇者の行動に驚愕する。

勇者は足の血を手で拭うと、それを自らの唇に塗った。

「な、何だあれは……！　唇の色がより鮮やかになったぞ！」

ネフィラが驚きの声を上げる。エクセラも同様に吃驚した。この世界にも化粧の文化はある。だが、男が！　唇に紅を塗る！——そんなことは到底、考えられなかった。

(何と言うことでしょう！　勇者様がより一層、女子《おなご》のように！)

姫として英才教育を受けて育ったエクセラには偏見があった。男は男らしく、女は女らしくと育てられたからだ。ああ、見たくない！　こんな勇者様は見たくありません！　世界を救う勇者様には格好よくいて貰いたいのです！　あ、あれ、でもよく見ると……。

(見方によっては……カッコいい……のかも？)

エクセラの気持ちが揺れた時、アイナが口を開く。

「と言うか……な、何なのよ、アレは……！　あんな技はプリティスには無いわ！」

「ええっ!?　それは一体、どういうことですか!?」

エクセラの疑問の声が届いたかのように、勇者が言う。

「四十八のプリティス・第四十九の仕草『紅唇《べにくちびる》』！」

（四十九!?　な、何てこと！　増やしたんだわ！　四十八しかないプリティスを！　勝手に！）

エクセラは勇者の自由奔放さに驚愕していた。師匠に教えられたことを守らないなんて！　自分勝手！　ザビエストも異常なら、勇者様もまた規格外です！

突如、ドォン、と耳をつんざく爆裂音。見れば、傷すら入りそうになかった女神像の右足の膝から下が粉砕されている。

「お、おいおい！」

片膝を突いた女神像に、ザビエストが焦りの声を出す。肩に乗っていたザビエストはバランスを崩したが、巨大な腕の辺りでどうにか体勢を整える。

「き、効いた!!　効きましたっ!!」

何故、唇が赤いと女神像の右足が破壊されるのか――エクセラには理解できない。だが、勇者は追撃とばかりに、その唇に指を当てた。

「四十八のプリティス・第五十の仕草『投唇《なげくちびる》』！」

そしてチュッと女神像に向けて、投げキッスを放つ。ネフィラが叫ぶ。

「あああああっ!!　何という煽情的《せんじょうてき》な仕草だ!!　た、たまらん!!　私もして欲しいッ!!」

そしてエクセラは違う意味で叫ぶ。

「どんどん勝手にプリティス、増やしていきますけど!?　そもそも全部で四十八しかないのに、第五十の仕草っておかしくないですか!?」

「……全然おかしくなんてないわ」

アイナは真剣な顔で呟く。

「私は毎日、リールー様の教えてくれた技を磨くことのみに執心した。でもスズキはプリティスを独自に改良し、その先を行ったのよ」

「ま、まぁ確かにそういう風に言われると、凄い気も致しますが……！」

「ザビエストが言ったように、天力は神が与えた進化した力かも知れない！　でもね！　スズキだって進歩しているのよ！」

アイナの視線を追うようにして、エクセラは遥か上方を見上げる。『投唇《なげくちびる》』を浴びた女神像の金色の顔面にヒビが入っている。そのヒビは女神像の顔から徐々に首を伝わり上半身、そして全身へと波及していく。

やがて金色の女神像は、ミレミア平原を揺るがす轟音を発して爆裂した。

（や、やった！　やりました！　勇者様が勝ちましたっ！）

ザビエストのオーラで作られた女神像は爆裂後、その姿の片鱗も残さずにミレミア平原から消失した。

「て、テメー……！」

怨念の籠もったザビエストの声が聞こえ、エクセラはぞくりと体を震わせる。

エクセラから離れたところで、ザビエストが手足を妙な方向に曲げて倒れていた。女神像が爆裂する前、崩壊する肩から腕を伝い、ザビエストは地上に転がり落ちたのだ。

血走った目で勇者を睨むザビエストだったが、次の瞬間、ゴフッと血を吐いて失神した。数十メートル上方からの落下。全身打撲に複雑骨折だ。

『捕縛！　ザビエストを捕縛するのです！』

セルフィアノの指示で魔物軍の屈強な魔物が、気を失ったザビエストを取り囲み、縛り上げる。

（お、終わったのですか……？　これで全てが……）

エクセラは改めて勇者を見る。ミレミア平原に悠然と立つ、凛々しき――いや可愛き姿を。

フリフリのスカートにピンクの衣装。なのに勇者はどんな兵士よりも逞しく、また威厳があるようにエクセラには思えた。

「勇者様……！」

エクセラは勇者に近付こうとしたが、堰を切ったように魔物達が騒ぎ出した。

「スズキが勝ったぞ！」

「雷槍疾走《らいそうしっそう》のスズキが反逆者を倒したんだ！」

そう叫ぶ魔王軍の兵士を、自慢げな顔をしたキルが肘でチョイチョイと突く。

「スズキ様だろ！　ウチの隊長補佐なんだからな！」

そしてキルは目頭を手で押さえているネフィラをニヤニヤと見る。

「あれれ？　もしかしてネフィラ様、泣いてます？」

「な、泣いてないッ！」

魔物達がそんな風に沸き立つのを目の当たりにして、エクセラは感動に打ち震えていた。感動と共に脳裏に浮かぶのは、自分の小さな心に対しての憤慨だった。

エクセラは拳を握りしめ、唇を噛む。

(私はバカです！　英雄ハルトラインと勇者様はタイプが全然違う！　なのにずっと、同じものを求めようと……！　いいえ！　代償を求めない勇者様のお力の方が、ハルトラインよりも上！　そんなことにも気付かなかったなんて！)

エクセラの近くでは、体を再生したヂュマが「きけけけ」と笑っている。

「ああ……か、可愛い……そ、そして強い……！　だ、だから私はスズキが好きなんだ……！　や、やっぱり私専用の人形にしたい……！」

ヂュマの言葉に同意するように、エクセラは一人こくりと頷く。

(私が間違っておりました！　勇者とは姿形にあらず！　世界の為に、なり振り構わず自分のプライドを捨てられる――その尊い精神性を持つ者こそが勇者なのですわ！)

急にエクセラは、持ち物袋に入れていた本が煩わしく、また汚らわしい物に思えてきた。ハルトライン伝説を取り出すと、エクセラはバシーンと地面に叩き付ける。

近くにいたネフィラが眉間に皺を寄せた。

「む？　エクセラ。貴様何をやっている？　その本は何だ？」

「クソみたいな本ですよ！　こんなもの、こんなものっ！」

自分への苛立ちと勇者への謝罪を込めて、エクセラは服と髪の毛を乱しながら、ドスドスと絵本を踏みにじった。

「お、おい……エクセラ？」

「オラッ、オラッ!!　オッラァ――――――ッ!!」

「え……！　ちょ、ちょっと何なの、この子？　怖っ……！」

ヒートアップして、英雄ハルトライン伝説をストンピングするエクセラに、ネフィラですら怯えていた。

そんな二人の元に勇者が歩み寄ってくる。勇者は普段の穏やかな笑顔でネフィラを見た。

「ネフィラ。無事？」

「ふ、フン。当然だ。それより……よくやった。お手柄だ」

素っ気なく告げるネフィラの隣で、キルが満面の笑みを見せる。

「ホントすげえな、スズキは！　これじゃあ、もう下の世話はいらねーな！」

「だから、それは最初からいらないって！」

慌てて勇者が叫ぶ。エクセラはおかしくなって、くすりと笑った。周りにいる雷槍疾走《らいそうしっそう》の魔物達もまた釣られるようにして笑う。

そんな中、アイナがよたよたとエクセラの傍まで歩いてくる。満身創痍だが、その顔は清々しい。

アイナはネフィラ達に囲まれて笑顔のスズキに視線を向ける。

「たった一人で戦争を止めた……これがリールー様が世界を託した力なのね……」

「はい！　勇者様なら必ずこの世界を真の平和に導いてくれる――私はそう信じています！」

「そうね。私も今なら、そう思えるわ」

不意に、勇者がこちらを振り向いた。

「エクセラ！　帰ろう、レイルーンに！」

「はいっ！」

エクセラも勇者に満面の笑みを返した、その時――。

「カカッ！　カカカカカカカ!!」

和やかな雰囲気を壊す凶気の笑い声が、突如、ミレミア平原に木霊する。

数体の魔物に取り押さえられていたザビエストが、意識を取り戻したようだ。ザビエストを拘束しているサイクロプスが怪訝な表情で言う。

「何だコイツ？　意識が戻った途端、笑い出したぜ」

「さっさと殺しちまえよ」

身動きが取れぬよう、がんじがらめに捕縛されているザビエストは、笑いを止めると、打って変わった鬼気迫る表情で勇者を睨んだ。

「英雄気取りで、めでたしめでたしってか？　ハッピーエンドで終わった気になってんじゃねえぞ。

クソガキが……」

終章　残虐すぎる異世界で鈴木《すずき》は可愛くない

ネフィラは今、最高の気分だった。スズキの行動には終始ハラハラさせられたが結果、ザビエストを倒して魔王軍を救った。あの女神像を純然たる攻撃力だけで倒そうとするなら、集結した魔王軍の殆どは戦死していただろう。いや、果たしてそれでも倒せたかどうか。

（なのにスズキは！　もう可愛いし、強いし、最高なんだから！）

帰ったら抱きしめてヨシヨシしてチューーして……ネフィラがそんな妄想に浸っていると、突然、辺りが騒然とし始めた。ザビエストの笑い声がネフィラの耳に届く。隣でキルが呆れ顔を見せた。

「何なんすかね、アレ。あんな状態で往生際の悪い」

ザビエストは屈強な魔物に押さえつけられながらも、スズキを睨んでいる。

「舐めてんじゃねえぞ。こんなんで終わらせるかよ。ハルトライン伝説なんか存在しねー。現実はおとぎ話じゃねーんだ……」

スズキは、ザビエストに怯えるエクセラの肩を守るように抱いていた。

「俺は舐められるのが大嫌れえなんだよ！　死ぬより、ずっとな！」

凶気に満ちたザビエストの目を見て、ネフィラは直感する。

「おい！　何かしようとしているぞ！　奴の口を塞げ！」

ネフィラは叫ぶが、取り押さえているサイクロプスが呑気な声を返す。

「大丈夫ですよ。魔法封印の鎖で縛ってますから」

「愚か者！　天力は魔法ではない！」

ネフィラが叱りつけるのとほぼ同時に、ザビエストの口が開かれる。

「福音……『咲乱牡丹《さくらんぼたん》』より終章……【因果滅消《いんがめっしょう》】……」

チッとネフィラは舌打ちする。ザビエストは激しく吐血しながら満足そうに笑った。

「お、思い知れ……テメーは救世主でも勇者でも英雄でもねー……ただの無力なクソガキだ」

邪悪なオーラが、ぶわっと大きくザビエストの体から発散されて、スズキに向かったのをネフィラは視認した。

（い、いけない！　スズキっ！）

「カカカ……ブッ殺されろ……絶望に……よ……」

ザビエストは、がくりと頭を垂れた。今まで取り押さえていたサイクロプスが驚きの声を上げる。

「な!?　し、死にました……!!」

「バカな!!　死んだだと!?」

ネフィラは叫び、即座に頭を巡らせ考える。

（一体、何をしたの!?　自らの生命力全てを費やす程に強大な天力で!!）

魔法に於いても自己犠牲は禁呪とされ、その者の最大魔力を超える力を発揮する。それはおそらく天力も同様であろう。

金色の女神像出現以上の惨事を予感して、ネフィラは呼吸を荒くする。

だが――何も起こらない。辺りはしばし沈黙に包まれた。

「……あれ。何だコイツ」

ふと。一体の魔物がスズキを見て呟いた。

「ただの人間じゃねえかよ」

前線にいた魔王軍の視線がスズキに集中していた。今の今まで反逆者を倒したスズキを祝い、喜んでいた者達である。彼らが皆、スズキを激しく睨み付けている。

「どうして俺ら、こんな奴と一緒に喜んでたんだ？」

（え……？　スズ……キ……？）

ネフィラもまたスズキを凝視する。いつものような心ときめく感じがしない。それどころか、腹の底から憎しみが湧き上がってくる。当然だ。人間は魔物にとって忌むべき存在。単なる肉の塊なのだから。

ちっぽけで何の魅力もない人間の少年を認識した瞬間、ネフィラの心がガラス細工のように砕け散る。

「わ、私は……今まで一体、何をしていた……!?」

震える声で呟く。近くにいたキルが怒りで顔を紅潮させていた。

「こ、コイツはただの人間だ！　この野郎！　雷槍疾走《らいそうしっそう》に潜り込んで、アタシらを騙してたんだ！」

キルの言葉に、スズキと仲の良かった雷槍疾走《らいそうしっそう》の魔物達も憎悪の牙を剝く。

「魅了系のスキルか！」

「人間め！　姑息《こそく》な手を！」

ネフィラはもう一度、スズキを見る。ザビエストを倒した時の雄々しさは何処へやら、スズキは哀れな表情を浮かべていた。

咄嗟にアイナがスズキを守ろうと間に入ろうとするが、魔王軍の魔物に弾き飛ばされる。くずおれるアイナに駆け寄ったエクセラを魔物達が睨む。

「コイツらもスズキの仲間だ！」

「殺せ、殺せ！」

殺気に満ちた状況の中。ネフィラは巨大水晶に映るセルフィアノに視線を向ける。セルフィアノの顔は蒼白だった。

『な、な、何ということでしょう……！　わ、私の第三の目まで欺くとは……！』

そして絞り出すような声で号令を発する。

『魔王軍にとって、真の敵は天力のザビエストではありません!!　そこにいるスズキです!!　今すぐ始末するのです!!』

セルフィアノの指示に魔王軍全体が沸き立った。

「コイツら全員、皆殺しだ!!」

「俺が殺してやる!!」

魔物達の殺意を一身に浴び、スズキは怯えながらも、エクセラとアイナをかばうように両手を広げる。

「ぜ、全部、俺が一人でやったことなんだ！　エクセラ達は関係ない！」

一体の魔物がスズキに飛び掛かろうとする寸前。ネフィラが雷槍ブリッツベルグをぶんと振る。身を切り裂くような風音に、辺りは一気に静まり返った。

ネフィラの気持ちを代弁するようにキルが叫ぶ。

「お前らはすっこんでろ！　一番腹が立ってんのは雷槍疾走《らいそうしっそう》のアタシらなんだ！」

ネフィラは、キルの言葉に頷く。そう、その通り。今の今まで、ゴミのような人間の術中に、我が隊はまんまと嵌《は》められ、操られていたのだ。

(許せぬ！　人間如きが！)

ネフィラが怒りに任せてブリッツベルグを地に突き刺す。激しい地割れを起こした後、ネフィラは素手のままでスズキに近付いて行く。

スズキを見て、沸き上がるのは嫌悪と憎悪。もはや可愛いなどとは微塵《みじん》も思わない。ただ殺意だけが募っていく。

「ソイツを殺せええええええ!!」

「首を捻り、内臓を引きちぎれえええええええええ!!」

雷槍疾走《らいそうしっそう》のモンスター達も、スズキに罵詈雑言《ばりぞうごん》を浴びせる。スズキはただ、エクセラとアイナの前に立って震えていた。エクセラが涙目で叫ぶ。

「勇者様ぁっ!!」

「ご、ごめん。やるだけやったけど……ここまでみたいだ……」

その情けないスズキの姿に、ネフィラのはらわたは煮えくり返る。

(こ、こんなゴミクズを、私は隊長補佐に！)

自分の愚かさに、ネフィラは体中を掻きむしりたくなる。

(出会った時から、コイツはずっと私を欺いていた！　あの時も！　今この時までも！)

スズキと恋仲になろうと迫った時のことを思い出し、ネフィラの怒りは沸点に達した。

こ、こ、殺す!!　絶対に殺す!!　体中の骨をへし折り、苦痛の限りを与えて殺す！

ネフィラの腕にビキビキと血管が浮き出るのを見て、スズキが懇願する。

「お願いだ！　俺はいい！　エクセラとアイナは殺さないでくれ！」

(またコイツは、そんな甘っちょろいことを！)

『ネフィラは人間を殺さないでくれ』――いつかの時もコイツは私にそう言った！　そうだ！　コイツは、いつもそうだ！

不意に、ネフィラは疑問を感じる。魔力や物理攻撃力をものともしない、この無敵のスキルがあれば、参謀のセルフィアノすら暗殺することができたろう。

(なのに……何故だ？)

走馬灯のようにスズキと過ごした日々が蘇る。スズキとの買い物。スズキとの食事。スズキとの添い寝。コイツはいつでも私の寝首をかけた。私達を殺せた。それでもコイツはそれをしなかった。

何故か――。

『共存できる筈なんだ！』

魔王軍決起会でのスズキの言葉を思い出す。共存――そうだ。コイツはいつも我々との共存を願っていた。魔族を滅ぼすのではなく、人類と共に生きることを求めていた。だから救世十字軍が攻めてきた時も人間側に加わらなかった。同じ人間であるマーグリットにも与《くみ》せず、スズキは言った。

『この世界は俺が救う！』

同様に、人間の命を利用して魔物を滅ぼそうとするザビエストに対しても信念を貫いた。

(同胞がゴミのように我ら魔族に殺される残虐すぎる世界で、それでもコイツは……)

ネフィラの心の中で僅かな迷いが生じる。だが、周囲の魔物からは「殺せ！　殺せ！」と大合唱が起きていた。巨大水晶のセルフィアノが急かす。

『早く！　早く殺すのです！　その人間こそ、大いなる災厄！　スズキの能力が消失している間に急いで殺すので――――す！』

(当然だ！　どんな理由があっても許す訳にはいかぬ！)

ネフィラはスズキに近寄り、両腕を胴体に回した。

「いけ！　そのまま捻り潰せ！」

「ひゃはは！　内臓をブチまけさせろ！」

悪魔達が笑いながら叫ぶ。ネフィラの腕の中でスズキは震えていた。もはや死を覚悟しているのだろう。ネフィラがスズキの耳元で囁くように尋ねる。

「最後に言いたいことはあるか？」

「ネフィラ。騙して、ごめん……」

スズキは目に涙を浮かべて微笑んだ。魅了のスキルを失った今、それは哀れで愚かな人間の死ぬ間際の笑顔だった。

「……そうか」

呟いて、ネフィラはスズキを抱く両腕に力を入れる。

魔物達はスズキがネフィラに内臓を潰されて血を吐き、のたうち回るシーンを心待ちにしていた。

だが……十秒……二十秒……。いつまで経ってもその時は訪れなかった。

魔物達がざわつき始める。スズキもまた不思議そうに、ネフィラの大きな胸から顔を見上げた。

「ど、どうして？　ネフィラ……？」

ネフィラは我が子にするように、スズキを優しく抱きしめていた。震えるスズキの頬にネフィラの指が触れる。

「スズキ。お前は可愛い」

巨大水晶から、セルフィアノの驚愕の声が響き渡った。

『な、なぜ!?　呪縛は解けている筈なのに!?』

天才セルフィアノにも自分の心の内は読めないようだ――そう思い、ネフィラはほくそ笑む。

(まぁ、そりゃそうでしょうね。私自身にもよく分からないのだから)

ネフィラの胸で、スズキはしゃくり上げるようにして泣いていた。

「ありがとう……ネフィラ……ありがとう……！」

ネフィラは少し照れくさくなって、スズキの髪を手でクシャクシャにした後、突き返すように軽

く押した。その刹那、セルフィアノの怒声の如き指令が轟く。

『えぇい!! 誰でも構いません!! スズキを殺すのでーす!!』

「どけ! 俺が代わりに殺してやる!」

そう言って、スズキに向かってきた悪魔をネフィラは蹴り飛ばす。そして隊長の威厳を全面に出し、雷槍疾走《らいそうしっそう》の部下達に大声で叫ぶ。

「何をしている!! スズキを守れ!!」

キルも、雷槍疾走《らいそうしっそう》の魔物も一瞬どうして良いか分からないように顔を強ばらせた。そんな部下達をネフィラは雷神の如く睨み付ける。

「何度も言わせるな、雷槍疾走《らいそうしっそう》! 貴様らの隊長補佐を守れ!」

「あ……! う、うっす!」

キルがハッと気付いたように、大きく頷いた。そしてスズキのもとに大鎌を持って駆けつける。

それを見た他の魔物もブツブツ言いながら、スズキの周りに集まり始めた。

「うーん。いいのかよ、コレ?」

「ま、ネフィラ様の命令だからな」

キルがスズキの近くでフンと鼻を鳴らす。

「何だかんだで付き合い長いもんな。騙してたのは許してやるよ」

「キル……ありがとう……」

スズキは赤い目を擦りながら言う。そんなスズキの元に、よたよたと近付く人影があった。

「ぎげげ。す、スズキは、わ、私の大事な人形だからね……」

不死船団団長ヂュマもまた、スズキを守るように歩み寄る。更に、右サイドからスズキを狙って突進してきた魔物を、獅子の獣人がタックルで弾き飛ばす。

「それに、俺の生徒でもある」

現れたヂュマとレオスを見て、スズキは治まっていた涙をまた流し始めた。

「ヂュマ……！　レオス先生……！」

徐々にスズキの周りに集結してくる不死船団のアンデッドに、獣王鬼団の獣人達。巨大水晶に映るセルフィアノは、頬をヒクヒクと痙攣させていた。

『あ、相手はゴミでクズで、しかも私達を騙していた人間ですよ？　なのに、雷槍疾走《らいそうしっそう》だけでなく不死船団に獣王鬼団まで？　ふふふふ……何ですか、この茶番劇は……！　こんなに腹が立ったのは魔界で生を受けて以来初めてです……！』

ザビエストに見せた以上の怒髪天を衝く悪魔の形相で、セルフィアノは絶叫する。

『魔王様に盾突く愚か者共が!!　スズキもろとも叩き潰してくれる!!』

◇

隆《たかし》達一行がレイルーンのサイネス城に戻ると、メルが半泣きで隆《たかし》に飛びついてきた。

「スズキ、会いたかったよー！　もー！　私だけ仲間はずれなんだもんー！」

「ごめん、メル。でも、お陰で助かったよ」

隆《たかし》はメルの頭を撫でる。レイルーンの留守を預かっていたメルは、聞くところによるとスズキーランドの管理もしてくれていたらしい。隆《たかし》に抱きついたまま、拗ねた顔で言う。

「ウロウグルだって凹《へこ》んでたよー。小屋の隅で今もずっと三角座りしてるんだよー」

「ま、マジか！　後で会いに行ってやらなきゃな！」

すると、隆《たかし》の後ろでキルが笑顔を見せた。

「しっかし、メルやウロウグルにも見せたかったぜ！　スズキがザビエストって反逆者をたった一人で片付けたんだ！　ねっ、ネフィラ様！」

「うむ！　隊長補佐に相応しき働きであった！」

固い口調のネフィラだが、その顔は今にも笑みがこぼれそうだ。キルがあの時を回想するように遠い目をする。

「ホント、あの場にいた全員が大喜びだったよなー！」

ぎくりとして、隆《たかし》はエクセラの顔をちらりと見る。エクセラは無言で、こくりと頷いた。

ネフィラが歩んできて、猫の首を持つようにしてメルを隆《たかし》から引き離す。

「いつまで抱きついている？　スズキから離れろ」

「これくらい、いいじゃないですかー。ご褒美ですよー」

「私はそんな褒美をくれてやった覚えはない！」

そんな両者の様子を見て、キルも鳥頭のフォルスも笑う。

魔物達と一緒に笑い合いながら、隆《たかし》は内心、大きな安堵の息を吐いた。

(ホント、あの時は死んだかと思った……)


『スズキもろとも叩き潰してくれる!!』

ミレミア平原に木霊するセルフィアノの声。雷槍疾走《らいそうしっそう》に不死船団、そして獣王鬼団の面々と、その数倍の数を誇る魔王軍が対峙していた。

魔物同士の殺し合いが今まさに始まる寸前——前衛に立つ雷槍疾走《らいそうしっそう》の魔物がぽつりと呟く。

「……あれ? 俺ら、何やってたんだっけ?」

いつしか辺りには呑気な気配が満ちていた。魔王軍の魔物達も、ほんわかした顔で言う。

「えーっと。確か、スズキが……」

「ん? スズキが何だっけ?」

全ての魔物が皆一斉に隆《たかし》を眺めた。ごくりと生唾を飲み込む隆《たかし》。そして、次の瞬間。

「「やっぱりスズキは可愛いなあ!!」」

両軍の魔物は鼻の下を伸ばしてそう言った。

(こ、これは!? もしかして福音の効果が切れたのか!?)

隆《たかし》はザビエストがくずおれていた方を慌てて振り返り……。

「うっ!」

思わず口に手を当てた。ザビエストは放置されたまま数年経過したような白骨死体になっていた。

着ていた真新しい司祭服だけが骨に被さるようにして残されている。

隆《たかし》は恐る恐る、隣のネフィラを眺める。

「……ふわーあ」

ネフィラは今さっき目覚めたかのように、大きな欠伸をしていた。

（よ、よかった！　俺のスキルが戻ったんだ！）


「……ふぁふ」

あの時と同じように、ネフィラが大欠伸をする。そして目を擦りながら言う。

「何だか疲れたな」

「そりゃそうっすよ。色々ありましたもんね」

「私は少し休むことにする」

キルにそう言って、自室に戻ろうとするネフィラの後ろ姿を眺めながら隆《たかし》は思う。

あの時——ザビエストの天力によって、隆《たかし》のスキルは完全に打ち消されていた。それでも、ネフィラは隆《たかし》を殺さなかった。一人の人間として隆《たかし》を認めた上で、優しく抱きしめてくれた。

「ネフィラ。本当にありがとう」

「あん？　何の話だ？」

少し顔を赤らめて振り返ったネフィラに近付くと、隆《たかし》は背後から肩に手を当てた。

「疲れたよね。肩でも揉《も》むよ」

「そ、そうか！　よし！　なら頼む！」

「ど、どう？　このくらいの力で良い？」

「アッ、アンッ！　も、もっと！　もっと強くぅ！　アアアアァンッ！」

「いや、ちょっと!?　変な声、出さないでくれる!?」

誤解されていないだろうかと、隆《たかし》はおそるおそるエクセラを振り返る。だがエクセラは、にこやかに微笑んでいた。

◇

エクセラは隆《たかし》と別れてサイネス城を出た後、フードを目深に被ったアイナと歩いていた。

アイナは少し切なげに、夕日に照らされたサイネス城を振り返る。

「人間は成長する。そして魔物もまた成長するのね」

静かにそう語るアイナも、エクセラが初めて会った時より大人びて見えた。

「人間と魔物との共存――今なら満更、夢物語ではないと信じられる。そして私もスズキと同じように、その理想を実現したいと思うわ」

「アイナさんは、これから？」

「しばらくこの町に滞在させて貰うわ。私はリールー様からスズキの護衛を任されているし」

エクセラは歩きながら、くすりと笑う。

「……何よ？」

「勇者様の周りには、いつの間にかどんどん味方が増えていくのです。私はそれが嬉しくて」

「ふーん。そう」と何気なく呟いた後で、アイナは顔を朱《あか》く染めた。

「わ、私は別に、異性としてスズキに興味がある訳じゃないからねっ！」

「それは『紡照《つむでれ》』でしょうか？」

「バカ！　違うわよ！　スズキは単なる護衛の対象！　それだけだから！」

「なら良かったです」

「よ、良かった？　良かったって……アナタまさか、スズキのこと……？」

「あっ。そろそろスズキーランドが見えてきましたよ。好きなだけ滞在してください。勇者様もその方が喜ばれます」

　エクセラは微笑みながら、アイナに言った。


　アイナをスズキーランドに案内した後、エクセラは思うところがあって再び一人で城に戻った。

　やはり、自分の口から直接ネフィラに伝えておこうと思ったからだ。

　護衛のスケルトン兵にネフィラに会いたい旨を伝える。思ったよりも早く、エクセラは元王妃の間まで通された。

「ネフィラ様。スズキの奴隷が面会したいと……」

「エクセラか。良い。通せ」

自室に招き入れると、ネフィラは扉前で槍を持つスケルトン兵をシッシッと手で追い払う。

二人きりになった後、ネフィラは普段通り、椅子にふんぞり返り、威厳ある態度で言う。

「私に何の用だ？」

エクセラは身なりを正し、ネフィラに一礼した。そして真剣な表情でネフィラを見据える。

「ネフィラ様。正直に言います。私は今までアナタをずっと憎んでおりました。レイルーン国にサイネス城――私から全てを奪ったアナタのことを」

「フン。今更、謝罪でもしろと言うのか？」

ネフィラから凄まじい圧力をエクセラは感じる。勇者と応対する時には、絶対に見せない気配と態度。それでもエクセラに恐怖はなかった。ネフィラの目を見たまま、キッパリと言う。

「そしてネフィラ様はこの上、勇者様までも私から奪おうとされています」

「は、はぁっ!?　そ、そ、それは一体どういう意味よっ!?」

急に威厳が無くなり、慌てふためくネフィラ。エクセラは少し意地悪く片方の口角を上げる。

「隠さなくても良いんですよ。ネフィラ様が勇者様のことを好きなのは分かってますから」

「わ、私は、べ、べ、別に！」

「勇者様を見るネフィラ様の目は、恋する女性の目です。魔物の皆さんは気付かれなくても、私には一目瞭然です」

羞恥に顔を染め、呼吸を荒くするネフィラに、エクセラはそのまま話を続ける。

「船じゃあ、色気を全面に押し出して勇者様に迫って。あれで気が無いというのは、あまりに無理がありますよ」

「な、何よ、アンタはァ!!　わざわざ、そんなこと言いに来たの!?」

「いいえ」

エクセラは首を横に振った。そして本当にネフィラに言いたかったことを告げる。

「私は感動したのです。種族の壁すら超えた、あの時のネフィラ様のお気持ちに」

ザビエストの福音により、可愛さのスキルを失った勇者に対する抱擁。それはエクセラにとって、ありえない出来事だった。

雷槍疾走《らいそうしっそう》の魔物達や不死船団のギュマ、獣王鬼団のレオスも然《しか》り。アイナが言った通り、魔物もまた成長する。いや、勇者の願いと思いと行動が、魔物達の心を動かしたのだ。

エクセラは感動し、また、それと同時に嫉妬を感じた。あの時の勇者とネフィラが、相思相愛で抱き合う恋人同士に思えたからだ。

ネフィラはいつしか動揺が治まったようで、いつもの口調に戻っていた。

「感動だと？　エクセラ。私は貴様が何を言っているのかよく分からん」

エクセラは寂しい気持ちを振り払いながら、元気よく言う。

「ネフィラ様！　私、負けませんからね！」

「本当に全く意味が分からん」

「言いたいことはそれだけです。失礼致しました」

会釈して立ち去ろうとすると「待て」とネフィラが言った。流石に無礼が過ぎたかしらと緊張しているると、ネフィラは当然のように言う。

「飯の時間だ。お前も来い。一緒に食うぞ」

「は、はい！」

エクセラは満面の笑みで、ネフィラに返事をした。

あとがき

『残虐すぎる異世界でも鈴木は可愛い2』刊行となりました。こうやって、あとがきを書けるのも、応援してくださる皆様のおかげです。本当にありがとうございます。

小説二巻を出せたこと自体、作者として大変嬉しく思っているのですが、更に嬉しいことがありました。

何と、月刊ヤングエースにて、飯島いちる先生によるコミカライズが始まりました。ありがとうございます。

飯島先生の描かれる物語は、先生独特の構成や展開が入っており、原作小説を読んだ方も、新鮮な気持ちで楽しんで頂けることは間違いありません。動きのあるビジュアルが付くと、可愛さというものがより一層引き立ちますし、面白さも更に増していると感じました。

まだ読まれていない方は是非一度、目を通してみてください。コミックウォーカー等のＷｅｂ媒体で試し読みも出来ますので。

それで、前巻のあとがきで『可愛さは思った以上に奥深い』みたいなことについて書きましたが、二巻の制作にあたり、「可愛さを扱う小説を書いている以上、もっと深く可愛さの研究をせねば！」と一念発起し、勉強を開始しました。

近頃、私は可愛さの研究に、それはそれは余念がありません。「アレ可愛い」と聞けば東に向かい、「コレ可愛い」と聞けば西に向かい、入念にチェックしております。というか、可愛さの勉強などというものを、この年になって初めてやりました。意味あんのか、コレ……！

いや、意味はありました。そんな風に可愛さを研究していて分かったことがあります。

「可愛さだけで世界を救うことは可能」と一巻でリールーが言っていましたが——本当に可能なんじゃないかと私は最近、心底思うようになりました。

心が荒んでいる時に可愛いものを眺めたりすると、気持ちが落ち着きます。ちいかわ、GOTTEさんのハムスター……見ていると可愛すぎて、心がほんわかして、小説を書く気すら無くなっていきます。いや、それだとダメなんですけど。でも、そのくらい可愛いものにはパワーがあるということを再認識することが出来ました。

暴力、強盗、殺人……世の中の不幸な事件は、当事者達が事前に可愛さに触れられれば食い止められるような気がするのです。マジで。

結論——可愛さって、偉大。

それでは、この辺りで二巻の内容について、ほんの少し触れておきます。

一巻で自分達の暮らすレイルーンをどうにか守ったスズキですが、今回は人類と魔物間で勃発する大きな戦争を食い止めようと奮闘します。

新たな驚異『天力』。魔王軍の新しいモンスター。スズキ以外のリールーの弟子……等々、ボリューム満点の内容に仕上げたつもりです。

読者の皆様には、今巻でより一層ブラッシュアップされて、スケールの大きくなった可愛さを感じて頂ければ幸いです。

最後に感謝の言葉を述べさせて頂きます。

まずは、二巻の書籍化を進めて頂いた電撃の新文芸編集部はじめ、関係者の皆様。ありがとうございました。全力で書きました。

読者の皆様。冒頭でも言いましたが、皆様の応援のおかげで刊行させて頂くことが出来ました。小説家として出来るせめてもの恩返しは、読者の皆様に楽しんで頂くことだと信じ、自分なりに可愛さの勉強などした上で書きました。

読んだ後『面白かった』『買って良かった』と言って頂ければ最高に嬉しいのですが……この本の何処か一ページ、いや数行でも、皆様の心の琴線に触れるような可愛さや感動が描けていれば良いなあ、などと願っております。

こんな巻末まで読んで頂き、ありがとうございました。それではこの辺で、今巻のあとがきを終わります。

土日　月

電撃の新文芸

残《ざん》虐《ぎゃく》すぎる異《い》世《せ》界《かい》でも鈴《すず》木《き》は可愛《かわい》い2

著者／土《つち》日月《ひらいと》
イラスト／大《おお》熊《くま》猫《ねこ》介《すけ》

2023年1月17日　初版発行

発行者／山下直久
発行／株式会社ＫＡＤＯＫＡＷＡ
〒102-8177　東京都千代田区富士見2-13-3
0570-002-301（ナビダイヤル）
印刷／図書印刷株式会社
製本／図書印刷株式会社

【初出】……………………………………………………………………………………
本書は、2021年にカクヨムで実施された「電撃の新文芸2周年記念コンテスト」で【○○無双!部門】の《大賞》を受賞した『残虐すぎる異世界でも鈴木は可愛い』を加筆修正したものです。

978-4-04-914492-5　C0093　Printed in Japan

ファンレターあて先
〒102-8177
東京都千代田区富士見2-13-3
電撃の新文芸編集部

「土日月先生」係
「大熊猫介先生」係

左遷された無能王子は実力を隠したい

～二度転生した最強賢者、今世では楽したいので手を抜いてたら、王家を追放された。今更帰ってこいと言われても遅い、領民に実力がバレて、実家に帰してくれないから……～

著／茨木野
イラスト／ハル犬

無能を演じる最強賢者――
のはずが領民から
英雄扱いされて困ってます！

　二度の転生を経て最強賢者としての力を得た青年・ノア。今世では王族として生まれ変わり、前世では働き詰めだった分、今回は無能として振る舞うことにするが――？

　領主としての仕事をこなしていくにつれて、可愛くて胸も大きい村娘のリスタを皮切りに領民に実力がバレてしまい、手抜き王子が模範的な慕われる領主様に！？

　本当は無能として見られたいのに、最強賢者の片鱗が見えすぎて英雄と崇められる無双系ファンタジーコメディ！

電撃の新文芸

悪役王子の英雄譚
~影に徹してきた第三王子、婚約破棄された公爵令嬢を引き取ったので本気を出してみた~

著／左リュウ
イラスト／天野 英

婚約破棄から始まる悪役王子の
ヒロイック・ファンタジー！

王族で唯一の黒髪黒眼に生まれ、忌み嫌われる第三王子・アルフレッド。無能を演じ裏から王国を支えてきた彼はしかし、第一王子に婚約破棄された公爵令嬢を救うため悪役を演じるものの、何故か彼女はアルフレッドの婚約者になってしまい!?

——影に徹するのは、もう終わりだ。

ついに表舞台にでることを決意した第三王子は、その類まれな才覚を発揮し頭角を現していく。

神を【神様ガチャ】で生み出し放題
～実家を追放されたので、領主として気ままに辺境スローライフします～

著／こはるんるん
イラスト／riritto

神を召喚し従えて、
辺境を世界最高の領地へ。
爽快スローライフ開幕。

　誰もが創造神から【スキル】を与えられる世界。

　貴族の長男・アルトに与えられたのはモンスターを召喚するのに多額の課金が必要な【神様ガチャ】というスキルだった。

　父に追放を言い渡されたアルトは全財産をかけてガチャを回すが、召喚されたのはモンスターではなく残念な美少女ルディア。

　……だが、彼女は農作物を自在に実らせる力をもった本物の女神だった!

　アルトは召喚した神々のスキルを使って辺境で理想の楽園づくりをはじめる!

　神々との快適スローライフ・ファンタジー!

ある魔女が死ぬまで

-終わりの言葉と始まりの涙-

**定められた
別れの宣告から始まる、
魔女の師弟のひととせの物語。**

「お前、あと 一 年で死ぬよ、呪いのせいでね」「は?」

十七歳の誕生日。見習い魔女のメグは、師である永年の魔女ファウストから余命宣告を受ける。呪いを解く方法は、人の嬉し涙を千粒集めて『命の種』を生み出すことだけ。メグは涙を集めるため、閉じていた自分の世界を広げ、たくさんの人と関わっていく。出会い、別れ、友情、愛情――そして、涙。たくさんの想いを受け取り約束を誓ったその先で、メグは魔女として大切なことを学び、そして師が自分に託そうとするものに気づいていく。

「私、全然お師匠様に恩返しできてない。だから、まだ――」

明るく愉快で少し切ない、魔女の師弟が送るひととせの物語。

著／坂
イラスト／コレフジ

電撃の新文芸

もふもふと楽しむ無人島のんびり開拓ライフ
～VRMMOでぼっちを満喫するはずが、全プレイヤーに注目されているみたいです～

未開の大自然の中で
もふっ♪とスローライフ！
これぞ至福のとき。

　フルダイブ型VRMMO『IRO』で、無人島でのソロプレイをはじめる高校生・伊勢翔太。不用意に配信していたところを、クラスメイトの出雲澪に見つかり、やがて澪の実況で、ぼっちライフを配信することになる。狼（？）のルピとともに、島の冒険や開拓、木工や陶工スキルによる生産などを満喫しながら、翔太は、のんびり無人島スローライフを充実させていく。それは、配信を通して、ゲーム世界全体に影響を及ぼすことに——。

著／紀美野ねこ
イラスト／福きつね

電撃の新文芸